毛 姆 文 集

W. Somerset Maugham

英国特工

Ashenden

〔英〕毛姆 著 高健 译

上海译文出版社

目　次

再版自序

本书的依据是上次大战期间我在情报部门时的经历见闻,后作了改编,以供人当小说看。

“事实”乃是个拙劣的小说家。它率尔操觚,往往在开篇之前已经很长,接着语绪不贯地讲上一阵,就草草收场了,线头毛边到处都是,只是没个结局。有时它也能把人引入胜境,但不久又迹象不明起来,结果使往后的发展与题旨无关;它不懂得故事要有个高潮,而是把它的戏剧效果徒然糜费在无关紧要的琐细上面。

小说家中有一派人正是把这个方法奉作小说的圭臬的。他们说,如果生活本身便是任意的和不相连属的,那么小说呢,也就应当如此;因为小说应当模仿生活。生活当中事物的发生往往没有定准,所以小说里的事物也该这么发生;它们常常没有高潮,而高潮则是违反可然性的,它们只是向前发展而已。最使这些人反感的莫过于某些作家为了惊人所制造的那种特殊效果或离奇转折,而当他们自己所叙述的情节稍有可能呈现戏剧性的效果时,他们更是避之唯恐不及。他们拿给你的常常不是一个故事,而是据以可编造你自己的故事的那种素材。有时一段情节摆在了你的面前,但原委不明,意义要请你去猜测。有时他们向你提供了一个人物,而那解释却要由你去作出。他们描绘了一批人物,一个环境,但其余的一切都得靠你去完成。当然这也不失为一种写小说的方法,一些佳篇就是靠这种方法写成的。契诃夫最能将这种方法运用入妙。但究竟这个方法比较适用于短篇而不大适用于长篇。一段关于情绪的描写尽可以把人们的注意力吸引上五六页，但是篇幅长到五十页时，故事就非有个骨架来支撑不可。那骨架当然就是故事的情节。而情节总要有某些特征，使你回避不得。它总要有个开端、有个中部、有个结尾。它是自身完整的。它总是要从某一些情况来开始，而这些情况又将产生它们的后果，虽然作为起点情况的原因可暂不追究；而上述那些后果（又将依次成为进一步后果的原因），将被继续追踪下去，直到读者认为，从因果上讲，这些后果的后果已无进一步追踪之必要的时候为止。这就是说，一篇小说总是不免要在某点某点上来定其起讫。它不应沿着一条方向不定的线索乱跑，而是，从发展到高潮，遵循着一道果敢而矫健的曲线进行。如果你想加以图示的话，你所绘出的应是一个半圆形图。其实惊奇的因素乃是完全有必要的；而那种特殊效果，那种离奇转折（对此，契诃夫的模拟者们往往不无鄙夷之感），也只是在处理不善时才是不好；如果它们成了故事的必要组成部分，成了故事的逻辑的必然结果时，那正是再好不过。高潮也没有错，它是读者们很自然的要求；高潮只有当它的出现不是以前此发生的情节为其自然的先导时，才是不对。如果因为生活当中事情的结束总是不免有点虎头蛇尾，就把高潮一概避掉，那就纯粹是一种造作了。

因为本来就没有必要把小说应当模仿生活这个主张当成公理崇奉。充其量它也只不过是文学理论中的一种说法罢了。事实上，另外一种理论也未必便比它更站不住脚，那就是，小说应当把生活仅仅视作可以整理成精巧图形的原材料来使用。这点在绘画上不难找到非常酷似之处。17 世纪的风景画家们对直接再现自然一事并不多感兴趣，自然对于他们来说无非是为一次正式装饰所提供的一个借口。他们的构图布景，其依据纯系一名建筑师的造楼建屋之原则，比如何处应多画些云层，何处须少涂些树丛，另外如何巧用明暗以更好衬出所绘图景,等等。其背后用心初不在某一景物之描绘而更在一件艺术品之诞生。其笔下的一切均是一番精心的构制。在对自然之种种的处理方面,但能使观者的真实感不曾受到冒犯,他们便已于心释然。至于如何方能从中窥出更多的东西,在这事上他们唯有敬谢不敏,留给印象派了。而后者则不同,其追捕之自然对象,流动之美也;其所能满足之传达,日光之华彩也,阴影之色泽也,气氛之要眇空明也。其所求达到之目的,只能是逼真无贰。其所要求于画师者,也只须当好人眼,当好人手。再有,便是弃圣绝智,轻视头脑。最令人可怪者莫过于一旦你将他们的作品置诸比如克劳德①的那些伟岸巨作之旁,那时他们又将显得何等的空洞！其实当年克劳德的方法也即是日后短篇小说大师莫泊桑的方法。那是一个极佳的方法,而以鄙见观之,其寿命肯定比那另一派会更长些。现如今,想要再唤起人们对(目前实已不复存在的那类特殊的)俄罗斯人于其五十年前的种种景况的多大兴趣,已经不很现实,而契诃夫小说里的那类情节对于今天的读者来说,(除考虑其对民众尚较关心外)一般也已丧失其昔日之魅力——若与譬如麦克佩斯②或保罗与弗朗西斯卡③等相比。我所说的这种方法的实质即是,它从生活当中只汲取那有趣味的、有感人之处、有戏剧性的;它并不想要去模仿生活,但却又必须与之相当贴近,以防引起读者怀疑,产生受骗恶感。为此便不得不有所去取,有所增删;并使前面提到的那个正式装饰,于其素材来源方面,只取其便于驾驭者,从而形成一幅完整的画图,同时也是匠心独运之结果。但由于这其中也融

① 即 Claude Lorrain(1600—1682),法国古典派画家,画风以端肃凝重、气派宏阔著称。
② 莎剧《麦克佩斯》中的同名主人公,以弑君与叛逆罪落悲惨结局。
③ 事见但丁之《神曲·地狱篇》第五章,写中世纪意大利一贵妇与其夫弟的通奸与被处死之惨剧。这个叔嫂奸情的故事还多次成为日后一些小说家的题材。

入其作者一定的心血脾性,故它在相当程度上也无异于其人的一帧肖像,不过总的目的仍在如何赢得读者的兴趣爱好。如其在此事上尚能取得成功,便可信其为言之不妄。

我上面写了这么多话无非是想向读者们强调一点,即此书仅是一部虚构之作,虽说据我看来,其虚构程度也未必便更甚于目前号称为实录的若干同类作品,这些近年来坊间确曾出过不少。其实,总的来说一名谍报人员的工作乃是特别单调乏味的。其中绝大部分东西毫无用处,可供小说取材者更属寥寥,即或偶尔有之,也是支离破碎,意义不大。如何使之具有连贯性、戏剧性或可信性,那就全凭其作者的一写了。

1917年时我曾去了一次俄国。我的使命是去阻止俄国退出战线和片面与德媾和。读者必将清楚在此事上我曾无功而返。我曾远从符拉迪沃斯托克前往彼得堡。某日,横跨西伯利亚期间,列车在某站停了下来,于是乘客也都照例跑出车厢,有的去取水沏茶,有的采购食品,有的只为活动一下腿脚。这时只见一名失明士兵正坐在一条长凳上面,他身边也有一些士兵,更多的则站在他的身后。其年龄都在二十到三十之间。他们的军装也都破破烂烂,脏得厉害。那名失明士兵,一个满有精力的大小伙子,此时尚属稚龄。他脸上还刮得精光,可据我看他根本无须多刮,一月有上一回就已足够。我敢说他连十八岁都不到。他生得一张大脸,扁平而阔,额头上留下一个很大的伤疤,这大概便是使他失去视力的原因。那紧闭的双眼给他的容貌带来了一种奇异的空旷感;因而在外表上已仿佛不成人形。他开始引吭高歌起来,一边用手风琴自伴其歌唱,而歌声则强有力而甜美。因为火车还一时不开,他的歌曲也一直不断,一支接着一支。他的歌词我听不懂,但通过他的歌唱,粗犷而忧郁,我似乎从其中听到了那受压迫者的呼声:我体验到了那凉寂的茫茫草原与绵延不绝的森林；那宽广的俄罗斯江河的滚滚洪流以及无尽乡野里面的艰难困苦、辛勤劳作；到处的耕耘下种与成片的收割入仓；白桦林间风的吟啸；凄其晦暝的漫长冬夜；再有村庄里女子们的舞蹈，夏天傍晚清浅石濑溪流间青少年的凫水淋浴；我深深感到了战争的恐怖，濠沟里凄苦的夜晚，泥泞道路上的长途跋涉，战场上的畏惧焦虑与死亡枕藉。一切都是太可怕也太感人了。一顶帽子放在了这名歌者的脚下，来往过客已经在那里面填满了钱币；一种共同的思绪攫住了他们每一个人——那种无限的怜悯之情与空虚的恐怖之感，而在那张失去了光明和带着伤疤的面孔上确实蕴含着某种见之令人生怖的东西；你会感到，这个眼前之物已非此尘世所有，已被从这个五光十色、炫人心目的多彩世界当中给永隔开来。那些肃立于此的士兵都沉默无声和敌意十足。他们的那副态度充分表明，凡是路经此地之人其钱财衣物全都亏欠着他们的。这时，在他们那方只是轻蔑地忿怒，在我们一方又是无量的同情；但是谁也窥察不见一丝朦胧的希望之光，那唯一可能的补偿之道，以便使那名无助者及其全般苦难稍稍得以缓解。

当目前这场大战爆发后，考虑到我曾取得过的经验也许仍然有用，我曾极想再度参加情报部门，但我却因年龄关系而未被聘用；所以那里的情况如何我已不再了解，而且即使了解也不便谈论。我曾听有人讲过，那里的效率似不如我曾以一名卑微角色效力于其间的那个时期，但是否便是如此，也同样无从评说。情况今昔已有了很大改变，而且我敢断言一切会更难应付处理。当年一些中立国家的国民在往来进出时仍然享有其相当的行动自由，而凭借这点他们往往可以获取到不少有用情报；而今天各国当局鉴于以往的教训，其警惕性已远较过去为高，因而外来人员的表现如稍有异常之处，肯定是要大触霉头的。鄙见以为，情报部门一类的机构其成功之程度主要更系于其领导人的性格，而在前次大战期间英国的这一职位即曾经执掌于一名才气过人的高明之手。我久想著一文以颂扬他，只可惜我迄今还不曾与他谋面，我对他的了解，一个缩写字母而已。至于其余，亦仅限于从其批文中所约略窥知之一二。

然而世上有不少东西是会不断出现的：总会还有间谍的事，也总会有反间谍的事。虽说世变事易，困难增大，但一旦战火燃起，各地的特务奸细定将复炽，其一方必竭力掩护之，另一方则拼命侦缉之；这时节，总将有一批人，为泄私愤或为图财而竟忍心出卖背叛其家族亲友，而另一些人，又会出于猎奇心理或职责考虑而甘冒生命危险或屈辱去刺探情报，以为国尽忠。虽然自这些故事写迄已是二十年过去，我仍难以认为它们便已完全过时，理由之一即是，直至最近我还听说，此书一直被指定为进入这一行业者之必读书。另外，在此次战争初期，那位戈培尔①于其一次广播讲话中，竟还截取其中一节（硬将过去之虚构物当成眼前的实际情况）以攻击英国之轻佻态度及其野蛮行径。

今天我重以新版形式将此编再度奉献于读者面前并非出于一时之应景考虑，也不仅基于它曾被推选为教科书等原因。我刊行这批故事乃系为了提供娱乐，而这个，我迄今依旧无悔地认为，正是一部虚构之作的主要目的。

① 即 Joseph Goebbels（1897—1945），纳粹德国战犯，1933 年希特勒上台后任宣传部长与国民教育部长。

一　R其人

战事初起时[①],业已是职业作家一位的阿显顿却还淹留国外,而只是迟至金秋九月,方才风尘仆仆,赶回英国。不久,在一次偶然的聚会上他经人介绍认识了一位中等年纪的上校,但此人的姓名他并没记住。他与上校倒也攀谈了几句。临行时,这名军官又凑了过去,向他问道:

"我说啊,不知道你肯不肯赏光来我处一下,我有些话想和你谈谈。"

"当然肯的,"阿显顿答道。"而且时间由你。"

"那就明天午前十一点如何?"

"可以。"

"我这就给你留个地址。带名片了吗?"

阿显顿递过名片,于是上校掏出支铅笔来在那上面匆匆记下了所住街道名称与门牌号数。次日当阿显顿如约前往时,他发现所去之地乃是一带略显俗气的红砖瓦房建筑,这里虽过去也属繁华地区,颇曾盛极一时,但如今早已风光不再。一些寻觅芳邻佳宅而栖的人是不大会再卜居这里的。就在阿显顿受邀去造访的这家宅院,那门边墙上便张有"出售"字样的招牌,其百叶窗也都紧闭,不像里面有人居住。他拉了下门铃,房门立即为一军士打开,但开启之速却令他吃了一惊。开门人一见到他,二话不说便把他一直引入到后面一个长条房间里去,而这里过去显然曾是间餐厅,其四壁间的华贵装饰似与其目前稀疏寒碜的办公桌椅太欠协调。"这地方八成是叫些掮客跑合的给占了,"阿显顿想。他一进门,那名上校立即起身相迎，与他握手。（顺便说一句，上校在情报部门素以 R 为其代号，这点阿显顿只是后来才知道的。）说到这位上校，其身材中等稍高，但偏瘦，肤色黄，皱纹深，稀疏的发鬓已显苍白，胡须则是毛刷般的。此人一见最引人注目的一点即是他那双蓝眼靠得过近，几乎快成斜眼。但眼神却凌厉冷酷而机敏，留给人的印象只会是狡猾多变。这副尊容初见之下是会让你喜不起来也信不过的。不过此刻他的态度倒是满客气的。

他向阿显顿问了一连串的问题。问毕，不容分说，当即宣称他特有资格进入情报这一行列。阿显顿通晓多种欧洲语言，其写作行业本身即是一种绝佳掩护：他尽可以著述为名自由出入于多个中立国家而不致过于招摇。于是就在谈到这一点时 R 发话道：

“你晓得你还可以借此捞上一批材料，这对你写东西只有好处。”

“这点我没意见，”阿显顿答道。

“我现在就讲件新闻给你听听，事情就发生在前几天，而且我敢保证此事不假。我当时就觉着这完全是本小说的绝佳材料。情况是，一名法国部长曾前往尼斯去治感冒，随身带有公文皮箱一只，内藏一些重要文件。不错，非常重要的文件。好了，抵达那里一两天后，他在某某旅店结识上了一名黄发女郎，是他在那里跳舞时认识的，而且很快谈得入港。长话短说吧，他把那女郎带回旅舍房间——当然此事做得过于失检——而当他次日清早一觉醒来时，这才发现他的公事箱与那女人早已不翼而飞。头天夜晚他曾与女郎在他房间共饮了几杯，而照他的说法是，他刚一转身，那女的就在他的杯里下了麻药。”

① 指始于 1914 年 6 月的第一次世界大战。

故事讲完,R 的一对锐目炯炯有光地直盯着阿显顿。

“不乏戏剧性吧?”他问道。

“你刚才讲的事情就发生在前几天?”

“就在上上星期。”

“完全不对!”阿显顿高声道,“说实在,这个故事我们在舞台上至少也扮演过六十年了,另外还写进了上千部小说。难道你是想告诉人,生活只是直到最近才追赶上我们的步伐?”

听了这话 R 还有一两分不太自在。

“其实,如果必要,我连那些具体姓名与日期都可以不瞒你。协约国方面还真因为公文箱内文件的丢失而至今给弄得狼狈不堪。”

“对不起,先生,如果你们特工人员对付的不过是这类勾当,我担心,对一名小说作者的灵感源泉来说,那会是等于零的。那类故事是再也不能去写了。”

必要的安排很快便办妥了。当阿显顿起身告辞时,他早已把种种指令牢记在心。他第二天就要去日内瓦。R 最后对他讲的几句话(唯其因为说得轻松却给他的印象更为深刻)竟是:

“在你担起这项职务之前,你必须搞清的只是一件,而且不得忘记。那就是,事情你干好了,也没人谢你;你干砸了,也没人救你。①这样你满意吗?”

“完全满意。”

“那就该向你说声再见了。”

① 这是个非常令人玩味的句子。在译者看来,这还是对英国人的习性、作风与精神的一个绝佳的经典表述。

二　旅店风波

阿显顿正在返航日内瓦的舟中。是夕暴雨大作，山风凛冽，一艘负载沉重的小汽艇正在那滚动不定的湖面上艰难地破浪前行。飘风下的冻雨迅即转成雪霰，带着怨气似的不停地把甲板淋得湿漉漉的，仿佛一个饶舌女人，不论碰上什么都将唠叨个没完。阿显顿这是刚从法国回来，他去那里是为了草拟并递送一份情报。两三天前的一个上午，约五时许，他手下的一名印度人特工曾到他的房间去找过他；而碰巧他还没外出，因事先并未和他预约。按规定，此人只有在特别紧急的情况下才能前来旅馆找他。据他汇报，一名受雇于德国情报部门的孟加拉人最近从柏林到来，所携一口籐箱内之文件英国政府极想得知。那时同盟国方面正竭力在印度制造事端引发动乱，以便拖住当地的英国驻军使之无法回调，甚至还得经由法境增派更多士兵前去弹压。上级意见，此刻自不愁寻一借口将此孟加拉人立即在伯尔尼拘捕，这样至少可以使此人不致继续为害。只是那口箱子却迄未找到。阿显顿的这名手下倒是个办事衙役，人既聪明，胆子也大，而且与其本国中对英势力不满的人们交往颇多。据他最新发现，此孟加拉人出于安全考虑，在前往伯尔尼之前已将此箱寄存苏黎世车站衣帽室，而此刻由于他正在监狱候审，无法将此公文转交其同伙之手。德国情报部门目前正迫不及待地企图截回这批文件。既然正常的方法无法获致，德方遂决定当夜袭击车站，以窃回文件。这不失为一条果敢妙计，而阿显顿闻后也不禁大为兴奋（他平日的工作也太枯燥乏味了）。他看得出，德国驻伯尔尼的情报头目的这一招有些肆无忌惮，但也着实厉害，但偷袭之事就定在次日凌晨两点,一刻也耽误不得。时间之紧迫使他想向驻伯尔尼的英国上级请示,但无论通过电讯电话都既不稳妥也不济事。而这印度人又去不成(他此番来见阿显顿已是一条性命捏在手心,而如果他离开此屋时再被人察觉,那么好吧,不出几天他即将被发现浮尸湖面,背上狠戳一刀),这时唯一的办法只有由他亲自去辛苦一趟。

有一辆开往伯尔尼的列车他刚好可以赶上。他穿戴好衣帽飞快跑下楼来。他跳上一辆出租马车。四小时后他才在驻瑞情报总部门的门首拉起门铃。在那地方只有一个人知道他的名字,而他此次求见的也就是这个人。前来开门的是一名高个头面带倦容的人,以前他并未见过。这人见了他后二话没说便把他带进一间办公室。阿显顿向他说明了来意。高个子看了下表。

"我们方面要有所行动已经完全来不及了。我们不可能按时赶到苏黎世。"

他想了想。

"我们只能请瑞士当局接手这件事了。他们会用电话通知车站的。这样到时候当你的'朋友们'前去遂行那桩小小的盗文件案时,我敢说他们准会发现车站早已戒备森严,无法下手了。对你来说,目前也只能打道回府,回日内瓦吧。"

然后便与阿显顿握手道别,将他送出门去。阿显顿此刻心里十分清楚,这件事嗣后所发生的种种他将再也无由得知。身为一个庞大而复杂的机器中的一枚小小螺丝钉,他是没有条件来观看到一个完整的行动的。他可能只牵涉到一件事的开头或者结尾,也或许只参与了这件事的中段,但他个人的行动所将导致的后果他却少有再看到的可能。这情形之难遂人意也正仿佛一些现代化的小说那样,它们交给你的只不过是一批批彼此毫无关联的零碎事件,而期望你自己去把它们一一连缀起来，以便最后在你的心目中构制出一篇完整的东西。

虽然毛皮大衣与围巾手套一样不缺，阿显顿还是觉着冷彻骨髓。船上的会客室里倒是非常暖和的，另外灯光明亮可以读书，但他认为还是不去那里为好，因为如果哪位常出门的旅客在那地方又碰上了他，难免不心中产生疑问，奇怪何以此人要不断往返于瑞士的日内瓦与法国的桑南之间；于是为了充分利用所可能觅到的掩护方式，他只得在光线暗淡的甲板上打发时光。他向日内瓦方向望了望，但见不到一点灯光，而原来的霰，此刻已转成了雪，使他辨不出界标。那莱蒙湖，平时晴和的天气那么光洁潋滟，精美得有如某座法国花园里的一泓水景，在如今这个雨狂风骤的一天阴霾下却仿佛怒海一般的谲诡可怖。他下定决心，一旦返回他的旅店房间，他一定得屋内有一炉旺火，一盆热水浴，然后一顿美餐舒舒服服地只穿睡衣和毛巾服在炉边去享用。一想到这一美妙的前景，整个夜晚有烟可抽，有书可读，一点不受干扰，这时眼前渡湖的艰苦也就全然算不得什么了。突然两名船员步履沉重地从他身旁过去，头部全都弯着，以防雨雪吹到脸上，其中一个向他喊了句：船到岸了；然后便走向船边撤去门杠，露出舷梯。阿显顿再次望了一眼，透过那天风呼啸的夜色，他已模糊看到了码头上的灯光。多么慰人的景象啊。不过三两分钟，船已系好，于是阿显顿立即加入进一小伙乘客中间，围巾几乎蒙到眼睛，只待依次上岸。虽说这种出行他已经历过多次——他的任务即是每周一次跨湖去法国递送报告与接受指令——每次混杂于人众当中等待从舷门登岸时，他还是难免多少会有点惴惴不安。护照上面没有丝毫迹象显示他进入过法国；不错，此游轮在沿湖绕行时会有两次与法境擦边，但其整个航行仍将是在瑞士国境之内进行，这样他的途程尽可以是去维委或者洛桑，而始终不出瑞士疆界。不过话虽如此,他仍然不敢保证这其间秘密警察没有注意到过他,而如果他竟被跟踪者看到进入过法国,那么他护照上没有法方戳记一事却将变得无法解释。当然他早已有了一套现成说辞,但他也明白他的那些话不是太有力的,另外虽说瑞士当局也很难确切证明他一定便不是一名普通旅客,但他却难免不会因此而在监狱里蹲上两三天,那可就不太妙了,而且事后又会被坚决遣送出境,那就更惨透了。瑞士政府十分清楚,他们这片国土历来就是一切阴谋诡计的兴风作浪之地;各式各类的特务密探、谍报人员、革命者与动乱分子早就麕集密布于其各大城市的不少旅店,然而出于对其中立立场的重视珍惜,他们对足以将其卷入与各交战国的纠纷的任何过激行为总是要极力避免的。

和往常一样,码头上照例有两名值勤警官在监护旅客下船登岸,而阿显顿,当他尽量若无其事地从他们身边顺利通过时,这才算舒了口气。恶劣的天气仿佛在故意和人刁难,把个好端端的林荫道吹刮得乱糟糟的。店铺也都不再营业。返回途中他只遇见过一名过客,从他身旁走过时只见他一路总是侧着身子,缩着脑袋,仿佛在从一种莫名的狂怒中逃命出来。见此你定会大生感触:当此一切昏黑的凄苦夜晚,人类文明仿佛对自己的种种矫饰造作骤生羞愧,以致彻底拜服在自然力的盛怒面前。此刻打在阿显顿脸上的已不再是雪霰而是冰雹,脚下的路面也又湿又滑,行走起来不能不特别小心。他住的旅馆就正对湖面。到达后,一名门役立即将他迎入,当他步入大厅时,身后袭来的一股冷风几乎把柜台上的纸张吹飞。刺目的强光也使阿显顿感到眼晕。他停下脚步问了问那坐柜台的有没有他的信件。他被告知没有。当他正准备离开柜台走向电梯时,那坐柜台的补充了一句,有两位来客正在他的房间等他。可阿显顿在日内瓦并无熟人。

“是吗?”他回答道,不免相当吃惊。“他们是谁?”

他与这柜台上人一向注意搞好关系,因而但凡有所使唤差遣总是小费从优。坐柜台的对他报以审慎的一笑。

“这话告诉你也没啥。我看他们是从警局来的。”

“那么他们的来意是什么?”

“这个他们没说。他们只打听你去了哪儿啦。我回答说你外出散步去了。他们说他们要在这儿等你回来。”

“他们来多久了?”

“一个小时了。”

阿显顿心头咯噔了一下,但尽量使自己的心事不致外露。

“我现在就上楼去见他们,”他回答道。听见这话,开电梯的马上闪开,好让他进去,但阿显顿摇了摇头。“天太冷了,”他回答道,“我想锻炼发热,我自己跑上去吧。”

他其实是想给他自己多争取一点思考时间,可当他慢吞吞地走完三段楼梯时,他的一双腿脚却沉重得像灌了铅。那两名警官这次非要见着他不可的原因是明摆着的。他一下子突然感到疲倦极了。他深感他此刻简直应付不了那一连串的发问。如果他竟以间谍嫌疑而遭到拘留,那么至少这个夜晚就得在禁闭室里度过。想到这个,一盆热水澡与炉边的一顿美餐就越发成了强烈渴望。此刻他不是没心转身跑出旅店,把一切都置诸脑后;他的护照还在身上,他也清楚记得那开赴边界的车次时间:这样在瑞方当局还没来得及做出新的决定之前,他便已脱离险境了。不过话虽如此,他的一双脚还是在继续向上登攀。但就这么轻率地放弃职守的念头却是他无法接受的;他被派到日内瓦来干的这某种工作之中就含有一定的危险,这点他事先并不是不知道,因此他觉着还是坚持到底为好,当然在瑞士的监狱里蹲上两年决非是什么美事,但这类的不幸,也正如国王的遇刺，实际上也只是偶尔一见的事，虽说不能完全排除在这个行业之外。说话间他已登上了去四楼的平台，然后便向他的房间走去。阿显顿的身上似乎有着一股轻浮之气（为此，批评家们平时的确没少骂他），而正是这东西今晚帮了他忙。于是就在他面对房门准备进入的时候，他的窘境竟突然使他感到十分滑稽。他此刻但觉心气昂扬，完全有决心与困难周旋到底。门打开后只见他满面春风地笑对来人道：

"晚上好，先生们。"

一室通明，灯全亮着，壁炉内一团炭火正燃得旺旺，但到处却给烟气熏成灰蒙蒙的。两名访客，坐等得极不耐烦，自然没少吸烟，而所吸的又属于劣质但浓烈的雪茄。他们仍然全副人衣礼帽一直穿着，仿佛刚刚进门；但桌几上的烟灰缸却早已尽泄了实情；他们进门的功夫已经很不短了，足够把室内的一切看个详细。两名客人均属健壮体型，都蓄着黑髭，魁梧结实而稍嫌臃肿。看到他们不禁使阿显顿联想起那传说里莱茵金园的两个巨人门卫——法夫纳与法骚特[1]；他们那种沉甸笨重的皮靴、那盘踞在座椅上的庞硕架式、那副笨实而机警的面部表情，都明显地告诉人们他们是从侦缉队来的。阿显顿向室内横扫了一眼。他乃是个有着整洁习惯的人。他一眼便看出自己的东西被人动了，虽然还不算乱，但已不是原来的样子。他猜得出来，他的个人财物已经遭到了一番搜查。这点倒没有给他造成不安，因为凡是可以给他招致麻烦的文件材料他都不曾留在房间；他的通讯密码他已牢记在心，早在离开英国之前便已毁掉，而那些来自德方的讯息只是经由那第三者方才能到达他手，而这些一经接到便立即转送至适当地区。这一搜查他根本无需担心，但此事带

---

① 出自北欧传说《尼伯龙根之歌》，英雄尼伯龙根的宝物有两名巨人替他守卫。

来的感觉却是,现已证明,他已被瑞士当局视作密探一名。

“请问二位光临有何贵干?”他彬彬有礼地向访客问道。“这里气温不低,所以是否请宽宽衣服——大衣和警帽?”

使他微感恼怒的是,这两名来客竟然当着他这主人的面而一直拒不脱帽。

“我们也是刚刚坐下不久,”其中一个说道。“我们是路经这里,看门的说你马上就会回来,所以我们觉着还是等等。”

可他还不脱帽。阿显顿取下围巾,把那沉重的大衣也扒了下来。

“来支雪茄如何?”说着把烟盒依次递到两名警探面前。

“来一支也行,”那第一个叫法夫纳的先取了一支,跟着那法骚特也取了一支,但话却没一句,连句客气话也没一句。

很有可能是那烟盒上的牌子起了神奇作用了,居然两人的态度均有所改变,帽子脱了!

“你刚才在这种恶劣天气外出散步肯定会遭罪了吧,”法夫纳道,一边把那烟头一下咬下半吋,然后吐到壁炉里去。

说到回答问题,阿显顿有一项基本原则(而这个,不仅在情报部门,在一般生活当中也同样适用),那就是,但凡还有可能,总得多少讲点稍近真相的话;下面是他的答话:

“你们这是把我看成什么人了?但凡稍有奈何,谁会在这种天气出门。我今天不能不到维委去看一个卧床的朋友,然后便乘船回来。湖上可是冷透人了。”

“我们是警局的,”法夫纳丢下了这句。

阿显顿心想,如果他们觉着他竟一直还没猜出这个,那只能会把他当成一名十足的白痴看待了。不过你要是听到了这个后回答起话来就嘻嘻哈哈,那同样也是没有脑子。

“噢,真的,”他回答道。

“你身上带没带着护照?”

“带着。在这种战争年月一个外国人护照不离身总不失为明智之举吧。”

“相当明智之举。”

阿显顿把那精美崭新的护照递了过去,这本东西除了表明三个月前他曾从伦敦来到这里,并无其他迹象足以显示他去过任何边境。警探仔细看了一番后把它递到其同事手里。

“看起来一切倒还完全正常,”他评论道。

此刻正站在炉前烤火,嘴边还噙着支纸烟的阿显顿,听后没说什么。他细心打量着这两个警探,但脸上的 副表情,他敢自夸,还是挺友好而轻松的。法骚特把护照又递回给法夫纳,后者一边琢磨着一边在用那粗笨的指头敲打着护照本。“我们这次是奉局长之命而来的,”他干脆明说了来意,“来向你作点儿调查。”这时阿显顿已感觉到,两人的眼开始紧盯着他。

阿显顿明白这样一条道理,这就是,如果什么时候你找不到特别恰当的话好说,那就最好什么都别说;再有当一个人说了句话,而这话在他看来是要你句回话的,这时如果你还闷不作声,也会让他微感不安。所以阿显顿还是准备让警方先说。他自己也说不准,但他觉着对方这时稍显犹豫。

“最近一个时期以来,居民的不满投诉特别强烈,原因是,每晚那家赌场散场时候,赌客们从那里出来时往往过于吵嚷喧哗,以致弄得四邻不安。我们现在想知道,是否你个人也同样受到过惊扰。非常明显,由于你的房间就面向那湖水,这些寻欢作乐的家伙从你窗下经过时如果噪音过大,你是不可能听不见的。”

听到这个,阿显顿仿佛猛地吃了一下闷雷,半晌吭不出声。天哪，这个警探跟他讲的都是些什么胡言乱语(咚咚咚咚，这不就是戏台上的那个巨人在擂大鼓！)，难道警局领导就为了这个而不惜派人专程登门问安，垂询他的美梦是否受到那些俗客的喧闹惊扰？看来这像是在套他的话。但是把一些实为浅薄的东西误为高深往往恰是最大的愚蠢；这正是不少老实的评论家难免坠入的真正陷阱：阿显顿对人之为人所具有的那种蠢性是从不存一毫奢望的，而这个在他一生行事当中确实没少帮他忙。他登时心中一亮。如其说警探竟向他发出这样的问题，那只能是因为他们还不曾拿到他参与过任何非法行动的丝毫证据。不错，告发的事确曾有之，可是证据却提不出，因此查房也就毫无结果。但是此番寻访所找的借口却够多愚蠢，那编造的本领又有多可怜！阿显顿立即对他们此次寻访所可能出示的理由替他们设想出好几条来，而且自信这些设想也是在与这类人混得熟透的基础上提出来的。这实在是对人的智力的一大亵渎。这些人比他原来想的还更愚蠢；但是他对愚蠢的人向来还是心存忠厚的，因而此刻望着他们时态度反而更亲切了。他简直有心过去拍拍他们的肩膀，但他还是一本正经地回答了他们的问题。

“老实对你们讲吧，我这个人一向是能睡安稳觉的，这无疑也是心思纯净和毫无愧疚的必然结果吧，所以从没听到过什么响动。”

阿显顿望了望他们，想在他们的面孔上寻到他这句话理当引起的一丝浅笑微哂，但他们一副迟钝的脸上却毫无反应。但我们的阿显顿，不仅单是一名英政府雇下的谍报人员，他也还是个识趣解事的人，所以才能把那差点儿就要冒出的一声叹息给压了下去。他一改原来模样，面色显得更加凛然，语气也更加俨然。

“退一步讲，即使我的睡眠真的就让那些嘈杂的人众给吵醒了，我也决计不会考虑对他们采用投诉做法的。值此全世界饱经战乱、灾祸遍地、苦难重重的不幸岁月，我个人以为，横竖因为有少数人竟能苦中作乐，设法从中寻点排遣，便要对之强行干预，这实在是做得太过分了。”

“En effet，[1]”警探说道，“但这却改变不了这样一个情况，就是居民确实受到了干扰，因而警局领导认为此事不容警方不加过问，不进行调查。”

他那同事，那位迄此为止还一直在保持缄默因而显得十分神秘的人，这时突然打破了沉寂。

“我从你的护照看到你还是位作家，先生。”

阿显顿此刻已经完全不再激动，而是感到异样的意泰神闲，于是从容不迫地好意答道：

“是这样的。这是个充满苦痛与折磨的行业，但是也能不时地给人一点报偿。”

“La gloire，”[2]法夫纳客气地讲道。

“也或许只能带来恶名。”阿显顿谦虚地应道。

“那么你现在在日内瓦有何贵干？”

问题问得相当轻松，这一来倒使阿显顿不能不对此稍加警惕。对一个有头脑的人，一名满面笑容的警官往往比一名其势汹汹的警官更加危险。

“我正在写一出戏。”

说着用手指了下桌上的那些纸张。两双眼睛也跟着向那里瞟了一下。一个偶尔的眼神透给了他这些警探也早就见着了和留意到了那些稿件。

“可你那出戏为什么非要到这里来写而不在你的本国写呢？”

---

① 法语：的确如此；一点不错。
② 法语：（这是一个）成名的事、光彩的事或荣誉的事，等等。

听了这话，阿显顿望着他们的那副笑脸就笑得更可爱了，因为这是一个他早就备好了答案的问题，此时正乐得把它抛出去。现在他想知道的是这话听后的接受情况。

“Mais, monsier, ①战争的原因嘛。敝国现在已经是遍地灾祸，非常混乱，所以无法静坐下来，安心写戏。”

“你写的是出喜剧，还是悲剧？”

“噢，是出喜剧，而且属于轻松的那种，”阿显顿回答道。“一个艺术家需要的是平静，是安宁。可你又如何能使他获得那种超然物外式的心境，而这个正是一切创造性的工作所必需的，除非他能享受到宁静？叨天之幸，瑞士正好有条件保持中立，所以对我来说，日内瓦恰恰是我所能觅到的理想环境。”

法夫纳轻轻向法骚特点了下头，但这个究竟是想要表示他认为阿显顿是个白痴，还是对此人想从那动乱的世界里逃避出来的那番渴望稍表同情，阿显顿便无从得知了。不管如何，这个警探显然已得出结论，他再也从阿显顿的口里问询不出什么，因而再谈无益；而他此刻的话语也越来越杂乱了。说着他便起身告辞。

当阿显顿和他们热烈握手，把这一对家伙关到门外之后，他着实舒了口长气。他马上打开水龙头准备洗澡，而水也放得尽可能地更热一些。脱衣工夫，他回想了一下这次的脱险。

前一两天，有件事情的发生使他不得不警惕起来。他手下的一名瑞士人，在情报部门里认可的名字为伯纳德，最近从德国到来，这人阿显顿想接见他，于是指令他在某一时刻前往某一咖啡店去晤面。因为这人他以前并未见过，为了保证不致产生差错，他曾对此

① monsier 就不必注了；至于 Mais，这里相当于英文的“Why”“yes”，属口头语，也常相当于英文的“but”。

次见面他所要问的问题以及对方所需回答的问题，通过一中间人传达给了对方。会面他选择了午餐时间，这工夫咖啡店里的顾客常常不多。实际的情况是，进得门来，他只见到了一名顾客，而此人年龄也正合乎他所要找的那个。他走上前去，若不经意地把那预先提出的问题又摆了出来。现成答案答复完毕，他便往这人的身边一坐，然后叫了一瓶杜彭涅酒。说到这名特工，这是个个矮体壮、衣着邋遢的人，肤色偏黄、发作浅棕，修剪得短短的，脑袋属那种炮弹形，另外生着一双蓝色而飘忽的眼睛。他不太像是那种见了让人放心的人，而且如果不是因为阿显顿凭其经验而早就知道，此刻要寻一名肯去德国的人会有多难，那么今天见到此人他一定会对他的“前任”竟觅得这种角色而大为诧怪。他是个瑞士籍德人，所讲法语德国腔调特重。他一回答完马上就开口要他的工钱；这个阿显顿用信封递了过去。是以瑞士法郎支付的。这时他又对自己留在德国的情况作了一番概述，并详细回答了几个阿显顿的具体问题。他在德国的职业是服务员，受雇于离莱茵桥不远的一家酒店，这就给了他机会去获取一些必要情报。他来瑞士小住几天的理由是站得住的，所以返回过境时也将不成问题。阿显顿对其行事表示满意，于是在对他作了一些指令后，即准备结束这次会见。

“一切正常，”伯纳德道，“但在返回德国之前我想索要两千法郎。”

“你想要？”

“不错，而且现在就要，在你离开咖啡店之前。这是一笔我不能不花的钱，所以不能不要。”

“可这钱我恐怕给不了你。”

一张面孔顿时阴沉下来，那脸色比他原先还更难看。

“可你不给也得给。”

“什么会使你这么认为?”

特工稍稍探身向前(声音不曾提高,但阿显顿能够听见),对他大发脾气。

“你难道认为我会只为了你发给我的那点可怜小钱就为你舍身卖命吗?十来天前美因兹[①]那里就拘捕和枪决了一名这种人员。那也是你们的人吧?”

“我们在美因兹那里并没安置过人,”阿显顿若无其事地应道,但据他所知,伯纳德这话其实不假。他也纳闷过怎么他近来再没从那地方收到过什么讯息,而伯纳德的情报正好证实了这个问题。他接着道,“你当时接这活儿时并非不清楚你能挣多少,而且你如果感觉不满意,你那时就可以不揽这活计。我是一分钱也无权再多给你的。”

“那你看看我这里带来的是什么?”

他从衣袋里掏出一支小型左轮,而且意味深长地在拨弄着。

“你这是要拿它做什么?拿去典当?”

他悻悻地耸了耸肩,把那家伙又放回衣袋里去。阿显顿心想,如果伯纳德稍懂一点儿舞台演技,他就会认识到,做一些并无更多深意的手势举动将会多么无聊。

“那么你拒绝给这笔钱?”

“当然拒绝。”

这特工的态度,一开始还是那么恭顺听话,此刻却已变得敌意十足,不过他头脑还能保持冷静,嗓音也从没高起来。阿显顿看得出来,伯纳德虽说是恶棍一个,但是从当特工来说,还是可依靠的,所以也就决心请 R 把他的工钱再给涨上点。刚才发生的一幕让他

---

① 美因兹,德国城市名。

感到滑稽。离他们不远，两名体胖又都蓄着黑须的日内瓦市民正在打着多米诺骨牌；他们对面架着眼镜的一名年轻人正在以惊人的速度一页页飞快地写着一封其长无比的长信；一个瑞士家庭（谁又说得准，或许其姓氏也就叫鲁滨孙①），成员包括老小六人，一对夫妇及其四个娃娃，正在津津有味地共享分尝着两小杯咖啡；柜台后面的女"收银员"，一位威风气派十足的棕发女性（此人丰乳肥腰，一身黑色绸衫紧绷绷的），也正在翻阅一份当地小报。周围的一切，当然也包括阿显顿在内，所构成的这幕"舞台场景"使得它看上去真个是有点假里假气，怪滑稽的。阿显顿觉着他自己剧作里的一些场面反倒会显得更真实些②。

伯纳德笑了笑。他的笑是不迷人的。

"你明白吗？我只要去趟警局，把你的情况告发给他们，就能把你拘捕？你知道一座瑞士监狱是个什么样子吗？"

"并不知道。不过最近我倒是常常想过这个。这么说你是知道的了？"

"不错。你可能对它热爱不起来的。"

一件曾使阿显顿感到不安的事就是，别价他的剧本还没写完，就已经给拘捕了。他担心的正是这个。刚写了一半，那后一半就不知会给拖到何年何月了，这个他想起来可不会痛快。再有他弄不清这时他会不会受到政治犯的待遇，还是干脆只按一名普通的罪犯来对待，而且他真想问问伯纳德（此人所知不多，但这件事他倒有可能知道），如果遇上后一种情形，他是否可以被准许在那里享用纸笔等

① 这里只不过是毛姆的一则戏笔，其实别无深意。或许是深受英国笛福的《鲁滨孙漂流记》的影响，瑞士一名作家曾追效其意而刊出了一本性质近似的儿童读物，甚至连书名也很相像，亦即《瑞士家庭鲁滨孙》。书出后，曾经风行一时，并因其内容还颇有可观，也渐渐成了一部（小型）名著。

② 毛姆除小说外还是一名剧坛能手，所著三十余部剧作在当日英国曾极负盛誉。

文具。当然他担心伯纳德会把这一询问看成是对他本人的一种嘲弄。不过他此刻还是能够心平气和而且不杂一丝火气地回复伯纳德的威胁。

“你当然可以让我判上两年监禁。”

“那是至少。”

“不对。而是最多。这个我懂。这时间就够不短的了。不瞒你说,我一定会觉得那里挺不好过的。可我的不好过跟你的不好过还不完全一样。”

“那你又能如何?”

“又能如何?我们总是能把你抓住的。毕竟这仗总有打完的一天吧。你是个跑堂的,可行动自由你也不可能就不想要。我给你先撂下句话:我不出事就不说了,如果出了事,那你这辈子就休想再踏上协约国的任何一处国土①。我觉着,到那时你可是要寸步难行,太屈才了。”

伯纳德没有作答,只是悻悻地盯着那大理石的桌面。阿显顿觉得也到了该付账走人的时候了。

“再好好想想吧,伯纳德,”他最后道,“如果这活儿你还想干,那你已经得到了该怎么做的指令,你原来的工钱也还能按原来的渠道来付。”

特工耸了耸肩。至于阿显顿这方面,虽然他对此次谈话的结果将会如何心里还一点没底,但他觉得他还是理应理直气壮地走出门去。他也就是这么做的。

而此刻,当他把一只脚伸进盆里,试试那温度受不受得了时,他

① 第一次世界大战时,协约国方面前后共有 25 个国家加入。因而占地之广远非那些同盟国可比。

也在琢磨那个伯纳德最后是怎么决定的。那水温刚刚不太烫人了，他就慢慢把整个身体也都泡了进去。总的来说，他还是觉得那个特工会考虑还是走正道合算，另外，即使是要去告发，那缘由嘛也还得另寻。也或许就会寻到这旅店本身。阿显顿把背脊往后一靠，于是当他的身体已渐渐适应了水的温度，不禁露出了满意之色。

“一点不假，”他沉思着，“不管这个世上存在着多少数不清的乱乱哄哄，——从最原始的黏泥到我这微末的躯体，其中毕竟还有些时刻值得人一活。”

阿显顿此时不禁觉得，他总算万幸能从那晚上的困境中挣脱出来。如其不是这样而是受到拘捕，接着又遭到判刑，那R听到后，也只会耸耸肩膀，骂上他一句笨蛋，也就会开始物色新人去接替他了。阿显顿此刻对他的这位上级的脾性早已摸着了些，因而也就十分清楚，当他跟你讲你如出了问题不要去找他的时候，他那句话可不是信口一说的；他还真的就是那个意思。

三　哀密斯金

此刻仍然舒舒服服泡在澡盆里的阿显顿，心中高兴地想到，十有八九，他的那出戏是能够安安静静地脱手的。警局抽了个空签。虽说今后他们会对他监视得更加认真，但是在他至少草成那第三幕①之前是不大可能再有什么新的举动的。

当然他理应行事审慎一些（仅仅两周之前他的一名同行就曾在洛桑被判入狱），但惊惶失措也是不明智的：他在日内瓦的一位前任，因为在思想上太夸大了他个人的重要性，总觉着自早至晚老是有人在监视跟踪，结果弄得神经过度紧张而不得不被撤换下来。阿显顿须要每周两次去集市接受指令，指令由一名前来卖鸡蛋与奶油的法国萨瓦的老农妇传递给他。她是随同其他农妇一起来的，而过境的检查也只是走走形式。天刚刚蒙蒙亮时，她们已经跨过边境，而这些值勤的警官巴不得赶紧把这些吵得人心烦的唠叨婆子打发完毕，也好早些返回屋去烤火抽烟。的确，我们这位上了些岁数的大娘看上去是那么和气善良，身体胖胖，面色红红，唇边堆着可爱的微笑，除非是遇上了一名特殊精明的警探，才或许会凭其想象，猛地察觉到，只需把他的一只手深深地探进那对饱满的丰乳之间，并从中抻出小小的纸片一张，就定能将这名忠厚的老妇人（她正是因为甘冒此险才救出了那本该去前线战壕的儿子），连同一位人近中年的英国作家双双送到被告席上。阿显顿去市场的时间一般为九时左右（这工夫绝大部分的日内瓦家庭主妇都已采购完毕），然后便在一只篮子前头停了下来，而这篮子旁边，风雨不误寒暑不误地总坐着一名雷打不动的坚强人物，于是便在那里买下半磅奶油。她也就把那纸条随着找回的零钱，比如十法郎，递给了他。他的唯一危险是在返回旅店的途中，口袋里有那物件嘛，而刚才的那点危险一过，他总是要尽量缩短这段行程以防止在这期间他被发现。

阿显顿叹了口气，因为水已经不太热了；这时用手去够，手够不到，用脚趾去拧，脚趾又不会拧（每个正式的水龙头总是得去拧的），而如果他完全坐起身来再去拧开热水，那还不如干脆爬出澡盆算了。另一方面，他既无法用脚指头把那塞子拔掉，以便放了水的空盆逼着他不得不跑出来，他身上又找不到足够的意志力来使自己像个男子汉那样地马上从盆里出来。他平时常听人夸他，说他这人很有性格。他心里想，人们对人的行事往往结论下得过于仓促，其判断的依据也常不足：他们就从没有见过他在一只浴盆——从热到不热了的浴盆——时的表现。不过他的一门心思又返回到他的那本戏里去，他向自己重述了里面的不少笑话与巧妙回答，可这些，据他的惨痛经验，在案头上不会再那么干净利落，在舞台上也不会再那么响亮动听。就在他正设法将他的思想从那已然快冷却下来的浴盆里转移开来的工夫，突然听到门边有敲门声。因为他不希望此刻有人前来，他倒还沉得住气，没有说出请进。可门还是在敲。

“谁?”他不耐烦地大声说道。

“有您封信。”

“那进来吧，可得等等。”

阿显顿听到他卧室的房门被打开了。他从浴盆一跃而起，抓了条毛巾往腰间一缠，就去了门边。一个小听差正手持一信在等他。信不必笔复，只要句回话。信来自一位住店的女士，邀请他饭后到她房间去打桥牌。信的签名是大陆式的：女男爵德·黑堇斯。阿

① 毛姆的剧本（乃至同时期英国剧作家的许多剧本）一般多为三幕剧。

显顿本来盼望能穿双拖鞋，在他自己的房间内吃顿可口晚饭，然后在灯前看上本书；正要开口回绝，但突然想到，在目前情况下，那天夜晚在餐厅里露一露面也许正是明智做法。应当能想得到，他受到警局登门查访的消息这时不可能不已经传播开了，所以最好还是在他的旅伴面前证明一下他没有丝毫不适之处才是。一个念头忽地掠过心头，没准那个告密者也就是这旅店里的人，而说实在，那位活泼好动的女男爵的芳名本身就难免会令人起这疑心。如果真的就是她告发的自己，那么一会儿再同她一桌玩上回牌一定会是个不小的乐子。他马上让那听差捎个口信说他愿意前去，然后便从容不迫地着上晚装。

女男爵冯·黑革斯①为奥地利人，自开战的第一个冬天即寓居在日内瓦。她感到使自己的姓氏看上去尽量像个法国名字对她只会有利。她英语法语都讲得同样的好。她的姓氏一点都不像条顿（或日耳曼）人的，这个，可是托庇她祖父的余荫了，原因为她祖父本是约克郡②的一个小小马倌，后被一位名唤布兰肯斯坦的亲王看上，携往奥地利去，那已是十九世纪前期的事了。后来乃祖竟然风流韵事不断，官运亨通；原因是此公生得仪表非凡，容貌极美，很快便备受某大公夫人的青睐宠幸，加之他又极善于把握时机、利用条件，如此夤缘际会，最终竟受封男爵并累官至驻意大利某一宫廷③的全权公使。至于这位女男爵，亦即他身后唯一的一名继承人，在经历了一段不幸福的婚姻（关于此事的种种细节她都没少向些熟人讲过）之后，一直依旧使用着其未嫁时的名字如上。她对人没少提

① 读者大概还记得前面她签名的时候用的是“德”（de）而此处又成了“冯”（von）；von是条顿族的，而de就成了法国味的了。请再联系随后的那句话——尽量使自己的名字像法国名字会对其有利，就会全明白了。至于“有利”何指，读下去将自明。

② 英国北部一郡名，地临北海。

③ 当日意大利尚未全国统一，而仍属众公侯分治的混乱局面。

起过她祖父曾荣任过大使[1],但对其马倌的出身却从来讳莫如深;这节趣闻阿显顿是从维也纳听说来的;而他既然已经与她惯熟了些,所以认为他有必要对她的过去稍知一二,而据他已查知的,她的个人进项似乎尚不足以开销她目前在日内瓦所过的那种相当奢侈浪费的排场生活。但既然她身上具有那么多适合于从事谍报行当的有利条件,所以不难想象某个活跃的情报机构早已经把她吸收过去,因而阿显顿可以相当肯定此刻她和他所从事的应可算作是同行。这点倒还多少促进了彼此间的一些过从交往。

当他步入餐厅时那里已经客满。但他还是坐进了他的老地方。由于刚才险渡难关后的一身轻快,他也不免稍奢侈了些,(用英政府的公款)给自己要了一瓶香槟。饭间,那女男爵也曾俊眼流波,向他粲然一笑。按此女实已年逾四旬,但若以俊洁光晶这一类型衡量,也仍称得上是美艳超群。这是一名气质格调十分成熟的西方美人,一头金发,盛有光泽,也很可爱,但还不够迷人,其实阿显顿自初见时便想过,它不是落在汤里你仍会珍爱的那种美发。她面容长相姣好端正,眼碧鼻直,肤色更是白里透红,只是皮骨之间微有一些紧蹙。上衣开口较低,袒露于外的一双丰满雪白酥胸颇予人以云石般的圆润之感。只可惜天生一副丽质当中,那种最能使多情之士为之痴迷的降心委身式的温柔品性,她却十分缺乏。在衣着上她可谓富丽堂皇,但佩戴上却非常有限,对此,阿显顿(他对这类事也略知一二)认定,可以想见,当年准有某位高人曾将她的一份委任状[2]递与其裁缝,嗣后对她只供服装而不供珠翠。但尽管如此,她还是不免过于招摇,因而除非是遇上R的故事里讲的那种特殊好色部长——

① 到了孙女嘴里,公使就成了大使!

② carte blanche,法语:全权委任书。这里作者不过是戏用公文法律术语,大词小用,以逞其幽默。

阿显顿是这么想的——如其她对谁稍送秋波，只需一个眼神（而这即将是所施蛊惑的开始）就定会使那被施予者猛地醒悟，而不得不在行事上知所怵惕。

等着上菜的工夫，阿显顿用眼扫了一下周围，觉得多数食客也都还看着面熟。那个时期的日内瓦正是阴谋诡计的温床，而阿显顿所寄寓的这座旅店更是一切鬼蜮伎俩的故乡。住在这里的有法兰西人、意大利人、俄罗斯人、土耳其人、罗马尼亚人、希腊人以及埃及人不等。有的乃是逃离其故国，有的却无疑正代表着它。内中另有一保加利亚人，阿显顿手下的一名特工，但出于安全考虑，在日内瓦期间从未同他说过一句话；那天夜晚和他同桌进餐的只是两名本国同胞，而且一两天后，如果其间他还不曾死掉的话，准会渐渐谈得有趣起来。旁边还有一名小巧的德国娼妓，生着一双中国蓝的眼睛和一张娃娃相的脸蛋，经常绕行于湖面和穿梭于此地与伯尔尼之间，于是其皮肉生涯带给她的点滴讯息还真让柏林方面满当回事，对之反复作过思考。当然她与那女男爵属于完全不同的两种类型，所追逐的猎物也更单纯简易得多。但是使他惊奇的是他竟瞥见了那个号称伯爵冯·赫尔兹明敦的，心想他可是来此何干。其实他乃是德国派赴维委的特务，只是偶尔才寻来此间。一次阿显顿在此地旧城区的僻静街舍角落见着他与某某人在交谈，而此人一眼便看出是个特务，所以当然极欲得知他俩间的那些鬼祟黑话。今晚在这里撞上了这位伯爵倒也是挺有趣的，因为战前在伦敦早就熟知他的不少情况。此人倒确实出身名门，与郝亨左伦斯家族有姻亲关系，另在倾向上偏爱英国。他舞跳得好，马术枪法也堪称俱佳；因而博来的美誉是，他比英人更像英人。相貌方面，他颀长清瘦，衣着也剪裁得宜，留着一头普鲁士式短发；再有即是总是照例微弓其身，仿佛时刻在准备着对某位御前殿下鞠躬如也，大行其礼，这个你在那些平生经常出入于宫廷的人士身上每每能够想见，即使不曾眼见。他的仪表风度也很迷人，并对高雅艺术极为倾心。但是此刻，他俩却佯作以前彼此从未见过。当然两人心里也都明白对方在干什么。阿显顿真的有心想调侃他一下——一个多少年来曾经没少同自己在一起吃过饭玩过牌的人居然装作素昧平生，根本不识，但还是忍住了没这么干，原因还是担心德国当局会以此为新证来奚落英方大战当前仍然举止轻浮，毫不严肃。[1] 令阿显顿感到不解的是，在这以前赫尔兹明敦从不曾涉足此店，故今晚之行不可能没有相当原因。

阿显顿产生了一个疑问，是否赫的来此与阿里亲王在此餐厅的不寻常的出现有何内在关系。处此非常时刻，把任何眼前发生的事件，不管表面看上去多么像是纯偶然性的，仅仅视作碰巧凑到了一起的那种认识都是欠考虑的。亲王阿里为埃及人，凯迪夫总督[2]的一名近亲，当年凯被罢官后曾亡命国外。凯是英人的死敌，据说他一向没少在埃及到处煽风点火，制造动乱。就在前一周，凯还在防守极严的情况下在这旅店住过三天，其间这一对要人经常进行密谈，地点就在亲王的房间。亲王本人是个矮胖子，蓄着浓浓黑髭。随他一起的还有他的两个女儿，以及一位帕夏[3]，名叫穆斯塔发，时任其私人秘书。上述四位此刻正在一起进餐；香槟喝了不少，语言却无一句。两位公主都是解放型的年轻女郎，每晚都与当地不少纨绔子弟在各旅店内大跳其舞。两人的身材也都随了乃父，矮小粗胖，眼睛美好而黑，面色灰黄而深；至于所着衣衫，则阔气花哨，招眼

---

① 请注意书中这句颇有分量的话：二次大战时，德方即曾以此书作为攻击英国的口实，而所用原话之一即引自此句。现照抄毛姆原文如下——“as further proof of the British frivolity in face of war.”

② 凯迪夫（Khedive），埃及驻土耳其总督之官称；其使用期间为1867年至1914年。当年任此职位的人亦常以此词代替其姓名。

③ Pasha，土耳其等国的高级官衔。

俗艳，给人的联想是开罗的鱼市而不是巴黎的和平路。亲王殿下一般都只在楼上的房间内进食，而两位公主每晚却都在公共餐厅里用饭：但两人身边似仍另有一人在相跟，以便从旁服侍照拂，一名已经年迈、个头不高的英国女人，其名为密斯金，一直受雇于其家，充担幼儿教师兼保姆等家务；但她的饭桌只在一旁，两名小主人也似乎从不望她一眼。一次阿显顿在经过走廊时便撞上过一个场面：那两名胖公主中当姐姐的那个正在用法语劈头盖脸地训斥那个保姆，那暴虐之甚，几乎让阿显顿喘不过气。她真的是直着嗓子在喊，然后猛孤丁地狠批此女人之颊。当她瞥见阿显顿时汹汹地望了望他，便砰的一声关门进了屋里。阿显顿照直往前走去，仿佛什么都没看见。

住进旅店之后，阿显顿也想跟密斯金套套近乎，成个熟人，但她对这些殷勤的反应不仅仅是冷冰冰的，而且就没给过他好脸子看。一开始见着她时他就脱帽致敬，但她只是死死地微欠下身；接着他又主动去找话说，但她却难得有半句答话。情形是明摆着的，人家就不想跟他有半点交道。可是干他这行是不能经受不住这点打击的，所以他还是得尽量树起信心，一遇机会就设法能和她谈到一块。这时只见她一副生硬态度，郑重其事地用那带英国味的法语回答他道：

“我不想和不认识的人来往。”说罢便转身而去；下次再遇见他时，干脆就不睬他。

这是一名瘦小的年迈女人，生着皮包骨似的一副可怜身躯，表皮已经抽抽，脸上也皱纹很深。显然她的头发只是假发，为棕鼠色，做工考究，但有时却戴不太正。在装扮上她是下了功夫的，发皱的颊上胭脂片片，带褶的唇边口红亮晶。她的穿戴也够新鲜的，全是花哨衣服，见后给人的印象是，它们不是好好买来的，而只是从哪个旧衣店里胡乱抓来的。另外白天时间头上戴的也全是那种边沿特大式样最怪的女孩子的帽子，而走起路来脚下穿的也总是鞋面极窄,跟部极高。她的一身打扮实在是太古怪了,人们见后会只感惊奇,而忘了她的好笑。的确,街上行人遇见她时肯定会对她侧目而视,惊得合不拢嘴。

阿显顿听说,密斯金早自她被亲王母后雇用为保姆之后便再没返回过英国,因而不能不惊奇,在背后这么漫长的岁月当中,在开罗的后宫私处她都曾见过些什么。多少东方生灵在她眼睁睁下草草了结了其短暂的一生,又有多少暗室隐私宫闱诡秘她曾目睹耳闻!阿显顿实在猜不出她目前的确切年岁,同样弄不清其生地故里;既然这么多年长期流放于国外,她的故乡那里肯定再无亲友:他清楚在思想情绪上她是个反英分子,所以如果说她对自己一直粗暴无礼,他猜想那一定是有人提醒过她要提防他。她平日说话只讲法语。阿显顿也纳闷过,她脑子里都在想些什么,当她悄悄坐在那里,当她在吃午饭晚餐,而且从来都是一个人的时候。他也搞不清她平时看不看书。每次饭一吃完,她二话不说便返回楼上房间;客厅里头是从不露面的。另外他还想知道她对那一对解放型的公主是怎样一种看法,这两个家伙什么时候也是一身奇装异服,每晚都跟些二流咖啡馆里的陌生青年跳舞跳个没完。但是当她从餐厅出来走过阿显顿时,他感觉她那假面具般的一张面孔又忽地阴沉下来,她好像故意表示在厌烦他。她的眼神碰上了他的,并彼此对视了一下;他觉着他在那眼神里看到的是一种无言的侮辱,是她有意放进去的。这张全凭脂粉描画的衰老面孔看上去虽然荒唐得好笑,实际上却因另有苦衷而悲惨得出奇。

此刻那女男爵已用毕晚膳;她戴好围巾,拎上提包,然后便在两边侍者们的鞠躬欢送下,翩翩驶过广阔大厅,她在阿显顿的桌前停下步来。那风度,真是仪态万千。

"真高兴您晚上能来打牌,"她说道,操着一口十分纯正的英语,只是微露一丝德语腔调。“您一吃完就请来我房间吧!”

“您的一身衣服够多漂亮,”阿显顿恭维道。

“太吓人了。可我没穿的。我真不知道我该怎么办,既然现在去不了巴黎。那些要命的普鲁士人啊,”话音一高那里面的“r”音就颚化起来①,“他们为什么要把我那可怜的国家给拖进这场可怕的战争?”

她叹了口气,又嫣然一笑,便姗姗离去。

阿显顿是餐厅里最后的几位客人了,等他吃完,人已全部走光。当他走过赫尔兹明敦伯爵时,出于玩笑心理,竟向他仿佛递送了个飞眼。那德国间谍恐怕一下弄不准这到底什么意思,而如果真是这样的话,他就挖空心思也要去弄明白这里搞的什么鬼名堂。阿显顿上了三楼,敲了下女男爵的房门。

“Entrez, entrez,”②是她的话音,房门也应声而开。说着她热情地紧握了阿显顿的双手,将他引了进去。这时他看到那一桌牌的另外两位已经在座,这即是阿里亲王及其秘书。阿显顿不禁一惊。

“请允许我把阿显顿先生介绍给您殿下,”女男爵用她流利的法语讲道。

阿显顿欠身致意,一边握了握那伸向他的友谊之手。亲王迅疾地望了他一眼,但没说什么。黑堇斯夫人接着说了下去:

“我不清楚您见没见过帕夏。”

“非常荣幸能和您认识,阿显顿先生,”亲王的秘书说道,同时热情地与他握手。“我们漂亮的女男爵就向我们夸奖过您的牌艺,

---

① 在这句话的原文里——“Those horrible Prnssians”有好几个“r”音,而这些“r”音德国人念起来时就容易颚化(grow gutteral)。这话的意思是想说,女男爵的英语虽然不错,但毕竟因是奥人,所以仍脱不尽德语腔调。但这点在汉语译文中难以复制,也就不勉强硬做了。

② 法语:请进,请进。

我们殿下也向来热衷于此道。N'est ce pas,[1]阿尔台斯?”

“Oui, Oui[2],”亲王应道。

穆斯塔发帕夏是个肥胖的大个儿,年岁在四十四五左右,生着一双灵活大眼,须髭黑而浓重。此时仍穿着短晚礼服,胸前缀着巨型钻石一枚,头上戴着其本族的那种毡帽。这是一名话语极多的人,一张开口就滔滔不绝,其词句出来的方便就像解开口袋倒东西,倾囊而出,一泻无余。他此刻正竭力在阿显顿面前显示礼貌殷勤。亲王则默坐那里,只是从那厚重的眼皮底下偶尔偷看人家一眼。他好像生性腼腆。

“我从没在俱乐部里见到过您,先生,”帕夏讲道。您不喜欢打巴卡拉[3]?

“我不常打。”

“女男爵这位什么都读过的人就跟我讲过,您是一位了不起的作家。只可惜我念不了英文书。”

女男爵也对他进行了不少肉麻奉承,对此阿显顿也只能作谨愿状,恭听而已。继而向客人献上酒类咖啡,然后便取出牌来。阿显顿想不明白何以他也被邀请来凑这把手。他对他自己的长处(这点他倒认为算个长处)向来错觉不多,至于说到桥牌,就更可谓是绝无。他清楚他的打牌手气最多只是二流(二流偏前),但因为他同世上好手没少在一起耍过,他明白他还够不上人家的等级。这时他们玩的名叫“合约”[4],对它的打法他并不太熟悉,而且赌注不低;但这种牌局只是个借口,是桌面上的东西,至于桌子底下正在玩的什

① 法语,相当于英语的 Is it not? 亦即“不是吗? 话不错吧?”等。至于阿尔台斯,很可能是亲王的名字。
② 法语,相当于英语的“yes”。
③ baccarat,欧洲流行的一种纸牌。
④ 原文为 contract,牌戏的一种。

么他可就猜不透了。也有可能是因为亲王及其秘书打听到他是个英国间谍,所以想会会他,以便探探他的虚实底细。这几天阿显顿已经嗅到了空中有点异味,这次会晤更证实了这种猜疑不错,只是它到底属于何种性质,他一时还一点摸不着边。他手下人最近传给他的那些东西丝毫不能说明任何问题。他此刻越发相信他受到瑞士警方走访的事正该感谢女男爵的善意干预,而当一发现警探对此无能为力时,便立即出现了这场牌戏部署。想到这点,这就不仅透着神秘,而且也很好玩。于是就在所谓的罗布①这么一盘盘地往下打着,而中间双方又没少谈话时,他对一方面他自己所讲的内容和另一方面别人的那好多谈吐,都没有一刻放松注意。这工夫战争问题谈得最多,女男爵与那帕夏都表达了相当强烈的反德情绪。女男爵的一颗赤心始终眷眷不离英国故土,那不正是她家族(按,那不正是约克郡的马倌!)②的发祥地吗,而那帕夏呢,则把巴黎视作他的精神家园。这样在帕夏谈说起蒙玛特尔③及其夜生活时,亲王这才如梦初醒,不再沉寂,开了金口:

"C'est une bien belle ville, Paris, "④这是他的话。

"亲王在那里有所漂亮住房,"他的秘书接着道,"里面到处是精美的画幅和大型雕像。"

阿显顿也作了表示:他个人对埃及的民族独立渴望是深表同情的,另外也认为维也纳是全欧最可爱的城市。他对这几位完全是一副友好态度,正如人家对他那样。但是如果他们竟因此而认为他们将能从他的口中套出任何他们在瑞士报纸上看不到的东西,他敢

① rubber,一种纸牌名称。
② 此按语当然是作者他自己的。
③ Montmarte,法国巴黎北部一市区名,以其咖啡店与夜生活著称。
④ 法语:真是个美丽的城市,巴黎。

说那他们可就错了。有那么一阵儿他甚至疑心这是不是在试探他有无可能会接受收买。一切都进行得那么聪明谨慎,他一时也不能十分肯定,但他总觉着周围气氛中飘动着这么一种暗示,其意若曰:一名聪明的作家完全能够做到,上为其国家立功,下使他个人发财,只要他肯加入进某一组织,如此必能给乱世带来和平,为黎民带来希望。显然第一天晚上是不会谈出太多东西来的,但阿显顿还是尽可能地以其隐约方式,亦即只凭表情而不靠言词,表示他乐意再多听听下文。就在他同帕夏以及那美丽的奥地利人还在扯淡的时候,他意识到阿里亲王的一双眼睛始终不离他身,因而顿感不安,担心他们对他的思想实在盯得过于紧了。他能感觉到,虽说并非了解到,亲王可是个精明干练的人。很有可能阿显顿离开屋,他就会告诉那两个人同阿显顿谈话只是浪费时间,目前也无可奈何他。

午夜过后不久,最后一盘罗布刚一打完,亲王便从桌边站起身来。

"时候不早了,"他道,"阿显顿先生明天肯定还有不少事务要忙。不能让人家再熬夜了。"

阿显顿明白这是在下逐客令了。这之后的一番议论就完全是那三个人的事了。告辞出来,他自己也颇不无遭捉弄之感。他但愿对方的迷惑程度也不下于他。进得房间这才猛感自己是太累了。脱衣时他已睁不开眼,所以刚一上床就睡着了。

他敢发誓他还没有睡上五分钟就被门边的一声敲打给唤醒了。他听了一下。

"是谁?"

"是服务员。请打开门。我有话要对您说。"

嘴里骂着,阿显顿打开了灯,一边顺手理了理他那稀疏的乱发(因为正像恺撒那样他不愿将他那不雅的秃顶暴露于人),然后便启锁开门。门外站立的是一名头发乱蓬的瑞士女侍,没穿平时的围裙,显然是慌忙中披上件外衣便跑过来了。

“那个上了岁数的英国女人,埃及公主的保姆,就要死了。她要见您。”

“见我？这不可能。我并不认识她。她今晚不是还好好的吗?”

他也乱了。说话也有点语无伦次。

“她要见您。大夫也说,不知您能不能来。她好像再活不了多久了。”

“准是给闹错了。她不会要我去的。”

“她报出了您的姓名,还有您的房间号码。她连说要快,快。”

阿显顿耸了耸肩。他返回里屋,穿上拖鞋,套上了件便服,接着又想到再往衣袋揣上支小手枪。阿显顿一般更相信的是自己的一副头脑而不是什么火器,那东西是会走火出拐的,来的完全不是时候,不过有时捏捏那把子也会使人信心倍增,更何况今夜事出非常,对他的确显得相当神秘。当然现在就想象那两位胖乎乎的友善埃及绅士已经设下陷阱等他上套,也是够可笑的,但是在阿显顿所从事的这个行业里面,其中那过多的刻板规章枯燥无聊确实也容易时不时地,甚至相当厚颜无耻地坠入六十年代那种热闹情节剧①的俗套孽障。正如热情一到什么陈词滥调也会翻腾出来,同样机会来时一切旧规陋习也都将再度流行。

密斯金的房间比阿显顿的又高了两层,于是当他在客房女侍的陪同下过楼道上楼梯的工夫,他问那女的密斯金出了什么问题。可她慌慌张张说不明白。

---

① 这里的原文作“the melodrama of the Sixties”。按 melodrama 特指一些感情成分过高的情节戏,其特点主要为:悲欢离合的故事情节;旨在赚人眼泪的表演手法;惩恶扬善的道德题材;大团圆式的生硬结局,等等,故一向颇予人以浮夸浅薄之不佳印象。至于六十年代则指 19 世纪的六十年代,其时这种戏剧最为盛行。

“她好像是中了风。我也说不清楚。那个值夜班的叫醒的我，说布里戴先生要我赶紧起来。”

布里戴先生是旅店副经理。

“现在有几点了？”阿显顿问道。

“该有三点了吧。”

他们到了密斯金的门前，女侍敲门。开门的正是那副经理。显然他也是被从床上唤起来的：光脚穿着拖鞋，睡衣上套了条灰裤子，披着件礼服上衣。样子怪透了。他的头发，平时靠了膏油贴在头上，这会儿全都竖着。此刻他正向来人道歉不迭。

“一千个对不住，就这么把您唤醒了，阿显顿先生，可那女的不停地要请您过来，所以大夫也就认为必须把您请来。”

“这完全没有什么。”

阿显顿进了屋。那是一间不大的里屋，屋里的灯全都亮着。窗户紧闭，窗帘也都没打开。屋里的气温高极了。大夫正站立床边，一位须重肤灰的瑞士人。至于那布里戴先生，虽说也明显受扰和衣着不全，却仍能一副当经理的干练，礼貌不缺地向双方作了正式介绍。

“这位是阿显顿先生，密斯金所一直要请的那位。这位是阿尔勃博士，日内瓦医学院的大夫。”

大夫没说什么，只用手指了下床。床上正躺者密斯金。见后让他大吃一惊。她头上戴着一顶大型棉布睡帽（一进屋阿显顿就看到了她梳妆台发架上的那副棕色假发），用绳系在颏下，另外一件白色宽大的睡衣竟高可及颈。那种睡帽和睡衣早就是过去时代的旧物了，见后会让你联想起柯鲁珊克①为狄更斯小说所作的插图里的情

① George Gruikshank（1792—1878），英国著名漫画家与插画家，他为狄更斯小说所作的大量插图尤有名。

景。她的面孔上还是油腻的，那是睡前涤去铅粉时所涂膏油的残余，但因去除不利，眉梢仍留有黑纹，颊边也微露红斑。现在躺在床上，个子就更显小了，比个幼儿也不大许多，另外也老得不成样了。

“她肯定早就过八十了，”阿显顿心里估量着。

她看起来已经不像是一个活人，而只是玩偶一具，只是一名善戏谑的玩具师手下所雕塑出的借以自娱的一个老而又老的滑稽女巫。她纹丝不动地仰面躺在那里，那瘦小躯体上面的一条床毯看上去是平的，完全显不出半点起伏高低，脸也比平时更小，因她没戴假牙；看到这些你肯定认为她已经死掉，如若不是由于那双黑眼，在那副抽缩得厉害的仿佛面具上面的黑眼，依然目不稍瞬地在凝视着。阿显顿感到那眼神一见到他便起了变化。

“我说密斯金啊，我很难过见到你成了这样，”他道，说时尽量放轻松些。

“她说不了话了，”医生说，“她又发作了一回，就在女侍去寻你的工夫。我这里刚给她打了一针。也或许再过一会儿能部分地恢复舌头的功能。她有话要对你讲。”

“我会耐心等的，”阿显顿说。

他觉着他在那炯炯双眼之中看到了一丝欣慰表情。一时间房中四人都环立床边，目光集注在这名垂毙女人身上。

“好了，如果我留在这儿也再帮不上忙，那还不如马上回去睡会儿，”布里戴接着道。

“Allez, mon ami, ”[1]大夫道，“你确实帮不上忙。”

布里戴转身对阿显顿道：

“我可以和您说句话吗？”

---

① 法语：那就走吧（就请便吧），我的朋友。

“当然可以。”

大夫注意到密斯金的眼里突然露出惧色。

“不要害怕,”他和气地对她说道。“阿显顿先生不会走掉的,你想让他呆上多久他就能呆上多久。”

副经理把他拉到门口,把门虚虚掩上,这时说话屋里就听不见了。

“在谨慎稳妥方面我肯定能信靠您的,阿显顿先生。旅馆里出现死人是件大不吉利的事。房客们对这个特别反感,所以我们一定要尽量设法使他们听说不到。我要叫人一有了可能就把这尸体即刻转移出去。我将对您感谢不尽,如果这件事您可以不说出去。”

“这点您可以对我完全放心,”阿显顿答道。

“糟糕的是经理偏偏今晚不在。他会对此事大为不满的。当然,如果能行,我早就会叫上救护车把她送进医院了。可大夫坚决不准,说不等你抬下楼去她就已经死掉了。所以她如果死在旅馆里责任也不在我。”

“死亡这事也就是往往不分时候,”阿显顿嘟囔道。

“不管怎么说她也就是太老了,她头好几年就该不在了。不明白这埃及亲王要留着这么大年纪的保姆干什么?他早就应该把她打发回国。这些东方人啊,只会给人制造麻烦。”

“那么亲王这工夫在哪儿?”阿显顿问道。“她可是伺候他们家有年头了。不应该把他也叫起来吗?”

“他现在不在旅馆。他跟他秘书外出了。也许是去打巴卡拉。我也说不清楚。我总不可能派人在日内瓦全城去寻找他吧。”

“那公主们呢?”

“她们还没回来。她们不到天亮是回不来的。她们跳舞跳疯了。我也不知道她们这会儿在哪儿,再说呢,搅了人家舞兴,把她们硬拽回来，只是因为她们的保姆中了点风，是决计落不着半点儿好的，这点我太了解她们了。等她们进门的时候，值夜班的会告诉她们的，这以后一切就听凭这小姑奶奶们的高兴了。何况病人也没要找她们。当值夜班的叫上了我，然后一同去了她房间时，我问过她那位殿下哪里去了，只见她拼了老命似的大叫道：不，不。”

“那她那个时候还能说话？”

“不错，还能稍说一点。但让我大吃一惊的是，她说起了英语。可她一向是只肯说法语的。你明白，她是仇视英国人的。”

“那么她叫我来是什么意思？”

“这点我可就无从奉告了。她说她有些话必须马上亲自对你讲。好笑的是，她居然还记得你的房号。一起初她要找你时我不答应派人。我不能让我的客人在半夜受到惊扰，只是因为某个发疯的老女人想要找他。你有你的睡觉权利，对吧？可大夫来后他坚持得找。她一直在闹腾这个。当我跟她讲，怎么也得等到天亮后再说，她就哭开了。”

阿显顿望了眼那副经理。副经理从他自己的这番叙述中竟然看不出半点足以引起他哀矜的东西。

“医生问过我你是何许人也，而当我回答了他之后他的看法是，也或许她要见你是因为你是同胞。”

“也或许吧。”阿显顿冷冷答道。

“好了，我得回去再睡会儿了。我会通知那值夜班的等事情一过就叫醒我。幸好现在黑夜的时间长些，如果一切顺利，我们是有可能在天亮之前就把尸体运走的。”

阿显顿回了房间。登时垂死女人的一双乌黑眸子便又盯上了他。他感到这时讲几句话在他乃属义不容辞，但话一出口他已经意识到，他对一名病人的这种讲法很不对头。

"我担心你恐怕感到很不舒服,密斯金。"

他看出了,一股怒气马上掠过她的眼神。这使得他不能不认为,是他的浮泛空话激怒了她。

"你不怕在这儿等下去?"大夫问他。

"当然不怕。"

整个过程似乎是这样的。那值夜班的被响自密斯金房间的电话铃声给唤醒了,但拿起耳机却听不见有人讲话。可铃声一直在响,于是他便跑上楼来去敲那门。房门他是靠万能钥匙进去的。这时只见密斯金躺在地上。电话也跌了下来。看来好像是,因为突然感到不适,她伸手去拽耳机以便呼救,结果摔了下来。值夜班的匆忙跑去叫来了那副经理,两人这才把她抬回床上。接着就是去叫起女侍和请来医生。使阿显顿感到古怪的是,大夫给他说这些情况时都是当着密斯金的面讲的。好像她就听不懂他的法语。好像她已经就是死人一个。

接着大夫又讲道:

"好了,现在我的确也再无能为力了。再呆下去没有用了。如又发生什么变化可以再打电话叫我。"

"很好。"

大夫拍了拍她那抽抽了的面颊,就跟她是个孩子似的。

"你一定得尽量睡会儿。天亮我就回来。"

他收拾好药箱器材,洗手穿衣,大衣是件挺厚重的。阿显顿送他出门,握手之际,通过他那一口胡须的厚嘴唇,向阿作了"预后"。

阿显顿回屋后望了女侍一眼,这时她正坐在椅边,一副不自然的样子,仿佛值此重大生死关头,她完全不敢自作主张了。一副宽而丑的脸膛有点累得发肿。

"你守在这儿也用处不大了,"阿显顿对她说道。"为什么不回去睡?”

“先生也许不想一个人留在这里。总得有个人陪伴着他。”

“天啊,这又是为的什么?你明天还有工作要做的。”

“可我一般五点也就该起床了。”

“那现在就尽量去迷糊会儿吧。你起身后倒不妨进来看看。Allez①。”

她沉重地站起身来。

“那就听从先生的好意吧。其实我倒也是甘愿留下来的。”

阿显顿苦笑了下,微摇其头。

“Bonsoir, ma pauvre mademoiselle,”②女侍说道。

她去了,只剩下阿显顿一人。他坐到了床边,不期又与密斯金四目相遇。面对那副目不稍瞬的凝注眼神实在不是件省心的事。

“不必过于苦恼,密斯金。你刚才只是轻微中风。我相信,不用多久你的语言能力就能恢复过来。”

他确切感到,他在那双黑眼睛里看到了一种拼死拼活也要能讲出话来的痛苦挣扎。这点他错不了。人的心灵可以受到欲念的震动,但那垮掉了的躯体却办不到。她的失望呈露得太明显了,只见泪满眼眶,顺颊而下。阿显顿掏出手帕,替她揩净。

“不必太伤心了,密斯金。稍耐心等等你就准能说出你心里要说的话。”

他也闹不清这事的真假,这就是,他从她的眼神中看出了一种绝望的念头,她没时间再等了。也或许他只是把他自己的想法安在了别人的头上。梳妆台上摊放着这名保姆的那些可怜的脂粉油膏,

① 法语:去吧。
② 法语:晚安,我可怜的小姐。

一面银镜，一只银背雕花的发刷；屋角靠着一口烂黑皮箱，衣柜上面放着一个光亮的漆皮大帽盒。这一切在这间装饰精致四壁檀木家具的客房中实在显得太寒伧了，让人忍受不了。

“我把屋里的灯关掉一些你是不是会觉着舒服点儿?”阿显顿问道。

他把灯全关了，只留下了床头的那盏，然后就又坐下。这时他简直想要抽支烟。再一次他的眼睛又被另外的那双眼睛所吸住，那个在那老而又老的女人身上唯一还活着的东西。他敢肯定她确实有着一些她急不可待地要对他说的事情。但那却是些什么？是些什么？或许她要他来只不过是因为，自感死期将近，突然产生了一种强烈渴望，渴望她这名长年流亡在外的人，临死的一刻身边能有一位她的同种的人，而这类人，久已被她忘掉，这个正是那位医生的认识。可她为何又非要他不可？旅馆里也还有些别的英国人。比如那里就有一对老人，一个从驻印部队退役下来的英国佬及其妻子，去找他们岂不显得更为自然？而阿显顿对她来说只不过是个生人。

“您是有话要对我说吗，密斯金?”

他想竭力从她的眼神中寻到一个答案，那股眼神依旧那么带有示意地凝视着他，但究竟所示为何，他还是弄不明白。

没有，一点没有——那双乌黑的眼睛。而当他再看她时，那眼神逐渐变得诡秘起来，仿佛后面有一团火，并目不转睛地在继续求助于他。阿显顿于是又来了问题，她此次要他前来是否因为她认定他是一名英国间谍。是否也就有这种可能，即是在那最后的一刻，突然在感情上出现了一种意想不到的巨大转折，使她对多少年来一直以为对的东西骤生反感？或许即在她弥留之际，一种对其故国的眷恋之情，那种对她来说早已死去了半个世纪的东西，又在她的胸臆重被唤起——（“我脑子里又冒出了这些幼稚东西，实在未免犯傻，”阿显顿心想，“全是低级小说里的玩艺。”）——于是情不可遏地要对她的这个怎么说也是自己的父母之邦最后尽一把力。到了这种关头一个人就会完全不由他自己地出现爱国主义（这个在平时往往是壮夫不为，而只是下述人的专业——政治骗子、搞宣传的以及愚人的一种姿态伎俩，但遇到黑暗的战争时期还真是会令人大动其心旌的），而爱国主义却能让人什么怪事都干得出来。她居然绝不想再见亲王及其女儿们就是够奇怪的。难道是她突然仇视起他们？难道是她感到她之成为叛徒全是他们给造成的，因而在这最后一刻决心做点补赎？（“这一切好像又都不太可能，她只不过是多少年前早就该死掉的一名愚蠢的老处女。”）可一个人不能忽视那“不太可能”。而阿显顿，觉着不合常情，还是坚信那女的是有桩秘密要透给他的。她所以要他来就是因为她既知道他的身份，所以准能利用上它。她已经是快死的人了，也就不再怕事。但那东西果真很重要吗？阿显顿把身子探得更向前些，竭力想从那眼睛里面窥出个究竟。也或许那只不过是这个老糊涂的头脑里的一些她自以为重要的无用琐细。阿显顿平时最见不得的就是那种遇事太好大惊小怪的人，他们把每个最平常的过路人也都看成是间谍特务，把随便几件毫不相干的小事的偶然巧合也都看成是图谋不轨。她如果再次恢复了语言能力，那时十有八九她也许只能告给他一些对谁也不会有半点用处的东西。

但那老女人的心里又必然会装着多少东西？就凭着她的那对锐利眼睛、那双灵敏耳朵，她必曾有机会窥见察觉到多少连若干并非无足轻重的人士也都被摈绝在外的隐情秘闻。阿显顿再次想到，他似乎总有这么一种感觉，即是一场后果确实堪虞的重大事件此刻正在他周围加紧策划着。赫尔兹明敦昨晚突来旅馆就是件怪事；再有亲王和他的帕夏,那种嗜赌如命的狂徒,为何肯浪费一个晚上的工夫来同他打合约牌?很有可能一项新的计谋正在筹划之中,很有可能一桩特大事件已在着手进行。而老妇人所要吐出的秘密将会使整个世界风云为之改观变色。它将关乎胜败兴亡。它将意味着一切可能。可她现在却只能躺在床上,完全说不出话。好长一段时间阿显顿也只能呆坐那里,默默空望着她。

“是不是这事与此次战争有关,密斯金?”他猛地冒出这句,声音挺大。

她的眼中似乎有物在动,一阵战栗迅速掠过那张老迈的面孔。这是个能看出来的动作。某种怪异而吓人的情况正在出现。阿显顿只能屏息以待。那瘦小虚弱的躯体在一阵突发的抽搐之后,仿佛纯凭意志力的发挥,竟做了最后一次殊绝的努力而霍地在床上坐了起来。阿显顿一跃而前去扶住她。

“英格兰,”她说出声来了,但就这一个词儿,嗓音粗厉嘎哑。然后就倒在他怀里。

当他再把她安放到枕边时,他看到,人已去了。

四　无毛墨西哥佬

"你喜欢玛卡罗尼吗?"R 问道。

"你这个玛卡罗尼是什么意思?"阿显顿反问道。"这就正像你问我,我是不是喜欢诗歌。我喜欢济慈、华兹华斯、魏尔伦和歌德①。可是当你说起玛卡罗尼,你是指的斯帕盖蒂、塔里亚泰利,还是里加通尼、维米塞里、法突西尼、突法利、法尔法利,或者就只是玛卡罗尼?"

"玛卡罗尼,"R 回答道,这位一贯少言寡语的人。

"我喜欢一切简单的食品,比如煮鸡蛋、牡蛎、鱼子酱、炙蓝鳟、烤红鲑、烧嫩羔(里脊部位就更妙)、冷松鸡、蜜糖馅饼、糯米布丁,等等。但在这一切简单食品当中,如果说有哪一种我能天天早吃晚吃而仍然不感厌烦,而且每次兴味极佳,绝不因为吃得过多而觉得腻味,那就唯有玛卡罗尼了。"

"我很高兴听到这个,原因是我正要派你去意大利。"

阿显顿是从日内瓦来到里昂②这里来见 R 的。因为到的时间比 R 稍早,他曾利用下午在这座兴旺城市的枯燥繁忙的闹市街道上转了一遭。此刻这两人正坐在此地一家酒店里面,这地方是阿显顿在接到 R 后带他去的,而去此的目的是因为据说这里也算得上是法国菜的名馆之一。但因在这家人众杂沓的饭庄里(里昂人向来是贪图口腹的)难保不会有人正竖起其尖尖的耳朵来从你无心的言谈中窃取到有用讯息,所以他们这时也就只拉家常,不谈正事。不觉间一顿美餐已快入肚。

"再来上一杯白兰地?"R 说道。

“不,谢谢,”阿显顿答道,他向来饮不过量。

“值此严酷的战争年月,还是大可借此缓和一下紧张心情吧,”说着取过瓶先给自己斟上一杯,又往阿显顿的杯里倒了一些。

阿显顿觉着硬要坚持不喝未免显得做作,也就不再作态,但是看到他上级握持酒瓶时的那种不雅姿态,决定还是不能不给他提提。

“我年轻时就受到过指教,伴女性时须揽其腰,拿酒瓶时须握其颈,”阿显顿嘟囔着。

“感谢不吝赐教,但积习难改,我还是会拿酒瓶时仍握其腰,而对女人嘛,那揽的范围倒可再放宽几分。”

阿显顿一时无言以对,也就不再吱声。他小口抿着那白兰地的工夫,R 已唤人来结账。不错,眼前的这位先生可决不是个等闲之辈,他的权力之大往往足以决定其相当一批国人的成毁存亡,他的个人意见连那些操持国柄的帝国政要也都会认真听取;可是轮到付付小费这类细事,他却常觉力不胜任,一副窘况,每每见于形色。这当儿他常常会不胜其恐惧的折磨之苦,既怕因给得太多而被人当成傻瓜,又怕给得过少而遭人白眼。所以当账单送上来时,他马上把成百块法郎的一沓钞票递到阿显顿的手里,听凭他去处理。

“付钱吧,我永远也搞不清这些法国货币的算法。”

侍者携来他们的礼帽外衣。

“愿意步行回旅馆吗?”阿显顿问。

“完全可以。”

---

① 怎么拿诗歌与玛卡罗尼比开了?这是因为正像诗歌那样,品种极多,类型也各式各样,不一而足,同样玛卡罗尼(通心粉中最著名的一种,因而几乎即是通心粉的统称与同义语)也是这样。下面的十来种名称都是通心粉的不同品种。阿显顿所以发这通议论,主要是因为他嫌 R 的问题笼统,不好回答。

② 法国城市名。

此刻虽尚属早春时节，但天气骤然回暖，所以一路上外衣只在臂间搭着未穿。知道R的住处想要间带起居室的，阿显顿也就投其所好，预先为他定下这么一套，于是一到旅馆他们就先进了这里。旅馆是老式的。这间起居室可地方不小，装饰亦豪奢，配置着成套红木家具，座面则一色绿天鹅绒，室中心为一巨桌，沿桌齐楚布满座椅。四壁墙纸已呈灰黯，上面饰物多金属浮雕，如拿破仑战役之类；屋顶悬垂特大吊灯一盏，以前系用煤气点燃，如今已改换成灯泡。打开电灯，一室寒光，顿使这凉寂房间也颇不乏其冷峻之趣。

“这很不错嘛，”进屋后R赞道。

“只是未必十分舒适，”阿显顿提出。

“还不至于，但看来总是此处的最好房间，对我已经是够好的了。”

说着他从桌边拉过一把绿丝绒椅，坐定后，燃起一支雪茄。他松了松腰带，脱下紧身外衣。

“过去我总认为我最钟情的是方头雪露①，”他接着道，“可自这次战争以来，我已越来越移爱于这哈瓦那。的确，什么爱好也不会永不变的。”这时他的嘴角闪动着一丝似笑非笑的表情。“什么恶风也不致吹坏一切。”②

阿显顿一下便拉出了两把椅子，其一用来坐人，另一则用来垫腿。R见后说道，“这倒是个不坏的办法，”说着也从桌边另滚转出一把，然后稍舒了口气，连那皮靴也放上去了。

“旁边的那间住的是谁？”他问。

“那就是你的卧室。”

① cheroot，一种雪茄名称。
② 英谚：什么坏事中也仍会有其好的一面。

“那另一边呢?”

“是宴会厅。”

R立起身来,缓缓绕室一周,经过那些窗户时,仿佛纯出好奇,不时掀开那厚重的棱纹窗帘向外望望,然后就又回到其座椅,舒舒服服地把脚支上。

“实际上就连冒险也要适可而止,无需过分,”他发话道。

他满腔思绪地望了望阿显顿。那薄薄的唇边似仍残留着一丝浅笑,但那双灰色的眼睛,由于距离过近,却仍旧冷峻有余。R的那种凝视是会引起人不安的,如若不是阿显顿已经习以为常。他明白R此刻正在考虑如何把他心里要说的正事向阿显顿宣布出来。这缄默至少历时三五分钟。

“我正在等一个人今晚前来见我,”他终于开口言道,“他的车大约十点钟到。”他看了下表,“此人名唤无毛墨西哥佬。”

“为什么?”

“因为他没有毛和因为他是个墨西哥佬。”

“这倒不失为十足的妙解一条,”阿显顿赞道。

“他把他的一切都会告给你的。他话匣子一打开就收不住了。我当年遇上他正是在他最没落儿①的时候。他好像在墨西哥时曾经与那里的什么革命颇有过些牵扯,最后被赶出来时已经是光人一个,除了留给人遮羞的那身衣服,而这个,我见到他时,也已经破旧得快穿不出去了。如果你想讨他高兴,可以称呼他为将军。他自己也就声称曾经是韦尔塔②手下的一名将军,至少我记得好像说的就

① “没落儿”在这里的读音显然只应是(meilào),而不是(mòluò),这两个词外形虽几乎相同(其一多了一个儿字)且意思较接近,实则无论在语义、语用还是在意味上均有着不小的差别。

② Victoriano Huerta(1854—1916),墨西哥总统,因实行独裁统治引起国内起义及美国军事干涉,被迫辞职,逃亡至美国被捕,死于狱中。

是韦尔塔;不管如何,反正他就说过。如果不走败运,他此刻早已会是作战部长一类高官,甚至更加前途无量,官运亨通。可我发现他还是个可用之材。他也并非恶人。我对他唯一的反感是他太好往身上喷香水。”

“那么我在这件事情上能起什么作用?”阿显顿提出。

“此人就要去意大利。我要派他去办一件不太好办的事,同时要你从旁相助。我不想把大把的钱都交付到他手里,这个我不放心。他是个嗜赌之徒,另外也太好女色。你这次从日内瓦来,用的还是那本阿显顿护照?”

“不错。”

“我现在另给你备了一本新的,顺便说一句,还是外交官用的那种,上面的名字,索莫维尔,准入国,法兰西和意大利(带签证)。我看你们两个还是搭伴去好。他是个有趣的家伙,一旦谈开,好玩极了。我觉得你们两人该混得熟点。”

“那么此行任务是什么?”

“我还没完全想好在这件事上该让你知道多少才更合适。”

阿显顿闻之默然。两人面面相觑,忽又生疏起来。那情形正像列车上同一包厢里的两名乘客,谁也不清楚对方的姓氏与职业。

“从你这方面讲,我认为你该把要讲的话主要留给他去说。关于你个人的情况,我只准备告知他一些绝对必要的,此外再不多说。他也不会问你任何问题的,这点我敢向你保证。另外他倒也俨然一派绅士风度,按照他的方式。”

“顺便问一句,他的真名是——?”

“我总是管他叫曼纽,只不知道他喜不喜欢这个名字,他的全称是曼纽·卡蒙纳。”

“从你刚才的话音里听出,他恐怕正是不折不扣的大恶棍一个。”

R 淡蓝的眼角露出微哂。

“我也弄不清该不该把话说到那个分上。他没有条件受到公学[①]教育。他对比赛规则[②]的概念同你和我的不完全一样。我恐怕不会把一个金烟盒随手一丢,如果他正在旁边,但如果他打牌输给了你而同时又弄走了你那金烟盒,他会马上再当掉它来付你赌债。如果得手,他也会勾引你老婆的,但如果你倒了霉,他又会把他仅有的一块面包拿来和你分享。他会听着留声机唱片上古诺的《圣母颂》[③]而泪流满面,但如果你伤了他的自尊,他又会马上一枪把你击毙,就跟打死条狗似的。好像在墨西哥有一种忌讳,不能从一个饮酒人和他(前面柜台上)的饮料中间穿过,否则将被视作大不敬。他就亲口对我讲过,有一回一个不知底里的荷兰人就犯了这忌讳。他抽出枪来一下就要了他命。”

“打死人就没事了?”

“没事了。据说他出身豪门望族。事情就这么给压下去了。事后报上的说法是那人乃系自杀,实际上就是他本人干的。我看这个墨西哥佬是从不把人命当回事的。”

一直眼睁睁望着 R 的阿显顿闻后也不禁一惊。他加倍仔细地观察了一番他这位倦意十足的上级,那张皱纹道道的焦黄面孔。他心里明白,他讲这些话是有他的用意的。

“长期以来,关于何为生命价值的空论发表得还算少么?同样你不妨说,你牌桌上每个筹码也都个个有其内在价值;可实际上它

---

① public school,英国的贵族中学,特重希罗语言与社交礼仪。
② 原文作 play the game,指行为规范;正确的行事原则,等于 fair play。
③ 法国名作曲家,诗人歌德《浮士德》的歌剧作者。所作《圣母颂》,曲调绝美,是历来罕见的动人乐曲。

们的价值都是你有意赋于它的。对于一名作战的将军,他手下的士兵也只不过是他的筹码;他决不会傻到因为大动其慈悲善心,就把这些士兵全都当成人看。”

“但是这些筹码可都是有感觉有思想的吧,所以一旦认清他们这是在被人胡乱糟践,他们是会起来抗命的。”

“不管如何,这话就扯得远了。现在回到正题。我们从刚刚接到的情报获悉,有一个名唤康斯坦丁·安德里亚底的,此刻已从君士坦丁堡①出发,身上所携文件正是我们想要截取的。这是个希腊人,安弗帕夏的一名间谍;安弗的重要心腹。经面授机宜,被派前去递送口信(因内容属于绝密,不便见诸文字)。更确切些说,他所乘的船只叫绮色佳,始发地为庇伊侬斯,目的地为布林迪西,是去罗马途中的一站。他的急件要交付德国驻意使馆,至于内容详情只能亲口奉告大使本人。”

“我明白了。”

这个时期的意大利仍守中立;②轴心集团③正挖空心思使其保持这一立场;协约国方面则尽其可能促使它站到自己一方,对德奥宣战。

“我们不想与意大利当局涉入任何纠纷,那样后果将不堪设想,但我们却必须全力防止安德里亚底潜入罗马。”

“不惜任何代价?”阿显顿问。

“花钱多少在所不计,”R答道,说时双唇已拧成一股狞笑。

“你准备如何动手?”

---

① 土耳其港市名,伊斯坦布尔的旧称。
② 第一次世界大战期间,意大利的立场曾三变:始而站在协约国方面,继而保持中立,最后则倒向同盟国。
③ 这里轴心国指同盟国,亦即德、奥、匈、土耳其与保加利亚等国。

“我认为你大可不必在这件事上太费心思。”

“可我丰富的想象力不能闲着。”

“我想让你和无毛墨西哥佬一道去那不勒斯[①]。现在他还急着要返回古巴。情况好像是,他的一些友人正在那里组织什么事业,而他想要去的地方离他们越近越好,这样时机一旦成熟,就能一跃而再回到墨西哥。他现在非常缺钱。我这次就是带钱来的,全是美金,这个今夜就交给你。你最好带在身上。”

“数量大吧?”

“有相当一笔。考虑到钱太多了不便携带,我已把它们换成了高面额的,全都千元一张。等他把安德里亚底的文件弄到手后,就拿这笔钱酬谢了人家。”

这时一个问题忽然冒上阿显顿的唇边,可他没有去问这个,而是问了另外一个。

“这人清楚他要去干的工作吗?”

“一清二楚。”

话音刚落,就响起敲门声。门开了,无毛墨西哥佬已站在他们面前。

“我来了。晚上好,上校先生。又见到你高兴坏了。”

R站起身来。

“一路顺利吧,曼纽?这位是索莫维尔先生,他将和你一道去那不勒斯,卡蒙纳将军。”

“很高兴认识您,先生。”

他与阿显顿握手,但握力之大,让阿显顿直退缩。

“你的手简直跟把铁钳子似的,将军。”他低声道。

---

① 意大利港市名。

墨西哥佬看了下自己的手。“我的指甲今天上午才在店里修过,可手艺不行。我喜欢指甲涂染得再光亮些。”

这些指甲修剪得太溜尖了,涂染得也太鲜红太亮晶了,在阿显顿看来,个个都像面小镜子。虽然天并不冷,他还是穿着毛皮大衣,上着阿斯可汗[①]领口,而且只要身子一动,一股香水气味就会扑鼻而来。

“宽宽你的大衣吧,将军,再来支雪茄,”R 道。

无毛墨西哥佬是个高个头,虽然人长得极瘦,可给人的印象却是颇有膂力。他一身藏青哔叽西装,漂亮入时,上衣口袋露着整洁丝巾,腕上一双黄金手镯。他眉眼长相不错,但却比常人大出一号,另外眼睛为棕色,大而有光。他真的是浑身无发无须无髭无毛,既无眉毛,也无睫毛。他的淡黄皮肤细腻光滑,有如妇人。他戴着一副长长的淡棕色假发,带着几分经过艺术处理的有意凌乱,这个,加上那张一条皱纹没有的灰黄大脸,再配上那身花里胡哨的俏皮服装,初见之下是会让人有些吃不消的。他会叫你产生反感和觉着好笑,可你见后还会对他照看不误,一再观瞧。可能怪异之中自有他的某种莫名的引人魅力。

他坐了下来,把裤腿稍抻起些,以免在膝头形成气囊。

“喂喂,曼纽,请问今天一天阁下又伤了几颗芳心?”R 打起哈哈,纯粹一派捉弄胡调。

将军转向阿显顿道:

“这是我们的好友,上校先生,在嫉妒我在异性中间的成功好运。我就告诉过他,他在这方面的机会丝毫也会不次于我,如果他能听取我的忠告。自信,你所需要的就是这么一条。永远不怕碰钉

---

① 指俄国该省产的一种卷毛羔皮。

子,你也就永远不会碰钉子。”

“说的轻巧！可谁又有你那套对付女孩子们的手段！太厉害了,人家抵挡不住的。”

墨西哥佬得意地笑了,而且丝毫不加掩饰。他的英国话说得不错,虽然带着西班牙口音和美国腔调。

“既然你问起我,我也不妨告诉你说,我确实在火车上和一个少妇没少攀谈,这女的是来里昂这里看她婆婆的。她已经不太年轻,人也比我喜欢的那种稍瘦了点,但还算可以,所以帮助我度过了一段愉快的时光。”

“好了,该回到正事了,”R 道。

“我现在就等你吩咐,上校。”说着瞥了阿显顿一眼。“索莫维尔先生是名军人?”

“不,”R 道,“他是位作家。”

“世界是由各式各类的人组成的,一点不假。我能和你结识,十分荣幸,索莫维尔先生。我能给你讲不少故事,会让你感兴趣的;我敢说我们准能相处得很好。你有着一种能同情人的气质。对于这个我特别敏感。跟你说实话吧,我只是一束神经。所以周围的人如果都跟我戗着来,那我可就要精神崩溃了。”

“我相信我们会一路愉快的,”阿显顿道。

“什么时候我们那友人①会抵达布林迪西?”墨西哥佬问道,转向 R。

“他十四号从庇伊俄斯乘上绮色佳出发的,或许只是条过时的旧艇了,但你们还是尽可能早到些好。”

“我赞成。”

① 当然这里是反语。

R 站起身来,双手插在衣袋里往桌边上一坐。穿着那身过旧的军装,背心又没扣上,和身边的那位衣冠楚楚的整洁墨西哥人一比,实在是显得太寒碜了。

“索莫维尔先生对你此行的任务目的几乎一点也不知道,另外我也不希望你告诉他什么。我认为一切你自己拿主意就是了。他的任务是提供你工作所需经费,至于行动步骤,那就全属你的范围。不过如果你需要的话,当然也不妨征求一下他的意见。”

“我很少征求他人的意见,更从不采纳它们。”

“万一你把事情搞砸,我敢相信你是会使索莫维尔先生脱开干系的。不论在任何情况下,他都绝不能给牵扯进去。”

“我是一个讲荣誉的人,上校先生,”无毛墨西哥佬一本正经地回答道,“即使我自己被千刀万剐,也绝不会出卖朋友。”

“这一点我已经完全告给了索莫维尔先生。但另一方面,如果一切不出问题,完全 OK,索莫维尔先生会遵照我们议定的条件将那笔钱款如数交付给你,以酬谢你所弄到的有关文件。至于你以何种方式获取到它,那就不是他的事了。”

“那是不待言的。只一件事我希望能弄得相当明确;那就是,索莫维尔先生当然能理解到,我接受你委托的这项使命可不是为的金钱。”

“那是,”R 答道,一脸严肃态度,直勾勾地逼视着对方眼睛。

“我完全站在协约国的一边,全身心地。我无法原谅德国人对比利时中立的粗暴践踏。如果说我接受了你们提供给我的金钱,那是因为我主要和首先就是一名爱国者。我可以无条件地信任索莫维尔先生,对吧?”

R 点了点头。墨西哥佬又转向阿显顿。

“此刻一场旨在把我的祖国从剥削它毁灭它的暴政下解放出来

的战斗正在组织起来,而我所接收到的每一分钱将全部进入到枪炮子弹中去。就我自己来说,金钱对我又有何需要?我是一名军人。一片面包,几枚橄榄,已足够养活我的啦。这世界上只有三件事配得上一名绅士去干:打仗、玩牌和谈情说爱。一杆来复枪往肩上一扛就进了山——这才真叫打仗,而不是你们的那种只会调兵遣将和放射大炮。玩牌么,我是一玩就赢。女人么,她们全都爱我。”

阿显顿觉得,眼前这个怪物的一切荒乎其唐,虚矫浮夸,再加上他的那好往手帕上喷香水和往手腕上戴金镯子,倒都挺能对他胃口。这可不是那种一抓就是一个的平庸之辈(这种人的飞扬跋扈我们也没少嘲笑,但到头来还是闹不过人家),至于对那些对人性中的巴罗克[①]成分有着酷嗜的业余研究者,见后必将为之狂喜,视同稀世之珍。这是造物者对两足动物的一件夸张作品。尽管那副假发,那张无毛的大脸,他却无疑有种派头;他荒谬可笑,但给你的印象则是,此人未可轻侮。他的那份沾沾自喜的确堪称一绝。

“你那小背包放在了哪里,曼纽?”R 问他。

很有可能墨西哥佬的额头一时微蹙了下,心想他的一番高论竟因这点庸俗琐细而被满不当事地拨拉到了一边,但此外倒也再无更多的不满表示。阿显顿猜想,他心里一定认为上校是蛮子一个,根本不懂什么叫高雅情操。

“我把它存在了车站。”

“索莫维尔先生携带的是外交护照,所以过境时行李可以享受到所谓的免检待遇。”

① 指盛行于 17 世纪西欧的一种建筑与文艺风格,其主要特征为:繁缛、复杂、雕饰、怪异、奇特等。

“我的行李不多，几身衣服和些衬衫，但还是最好交由索莫维尔先生去代管。我离开巴黎前还买了半打丝绸睡衣。”

“那么你呢？”R 又问阿显顿。

“我就是一个旅行袋。在我房间。”

“你们最好现在就叫人送到车站去，趁这会儿周围还有人的时候。你们的车今夜一点十分。”

“噢？”

阿显顿这还是第一次听说他们今夜就要出发。

“我看你们最好还是尽可能地早些赶到那不勒斯。”

“完全正确。”

R 站起身来。

“我是要去睡了。你们还要去干什么我就不清楚了。”

“我要去里昂转上一遭，”无毛墨西哥佬道。“我对生活充满兴趣。借我一百块法郎吧，上校，我身上没带零钱。”

R 掏出皮夹，把钱给了这将军。接着转身问阿显顿：

“那你呢？在这儿等着？”

“不，”阿显顿答道，“我去车站看会儿书。”

“你们两个出发前最好先喝点苏打威士忌，如何？你哪，曼纽？”

“多承您的好意，可我要喝就只喝香槟和白兰地。”

“兑起来的？”R 干干地问他。

“这倒无需乎，”那一位郑重其事地回话道。

R 叫了白兰地与苏打水；酒来后，他与阿显顿两样都喝了些，而无毛墨西哥佬，把那瓶纯白兰地往他那大杯里一下便几乎倒了个满，然后，只两大口，就忽拉地全灌了下去。他站起身来，披上绒领大衣，一只手抓起那顶大黑帽子；那另一只手嘛（正像戏里面某个被制服了的英雄,带着不得不把心爱的美人交到其情敌手里的那副架式),他把那另一只手交到了R那里。

“好了,上校,该向你说声晚安了,并祝你一夜美梦。我看短时期内我们是不会再见着了。”

“千万别把事情给办砸了,另外还是少开些尊口为妙。”

“我听说,在你们一所培养贵族子弟的海军学校里就有着用金字书成的校训:“不可能”一词不出现于英国海军。我同样也不理解,“失败”一词究竟有何意义。”

“‘失败’一词的同义词可多着啦,”R反驳道。

“一会儿车站见吧,索莫维尔先生,”无毛墨西哥佬道,说着把手一挥,扬长而去。

R以他特有的一种浅笑望了眼阿显顿,这种笑脸常常透着一股奸猾,见之令人生怖。

“你对他是个什么看法?”

“这你可难住我了,”阿显顿答道。“他该不会是个江湖骗子吧?就跟只大孔雀似的,不免炫耀自负过度。就凭那副可怕外貌,他就真的像他自己吹嘘的那样,女人一见就会爱上?他哪点儿让你觉着你能信得过他?”

R一声细微呵呵,一双削瘦的老手不停地揉搓起来,仿佛在用肥皂洗手。

“我觉着你还是会习惯他的。他也算得上个人物吧?我想我们是能信靠他的,”他的眼睛突然趋黯。“如果他跟我们玩邪行的,我觉得这对他并不合算。”他沉吟了一晌。“不管如何,我们这回也只能冒下险了。我现在就把车票和钱款交付给你,然后就出发吧。我已经乏困透了,得马上去睡。”

十分钟后阿显顿动身去了车站,旅行袋扛在一名服务员肩上。

因为还得有将近两个小时要等,他先在候车室里安稳坐定。那里光线还不错,于是掏出本小说来读。等巴黎开往罗马的那趟车到站的时间近了而无毛墨西哥佬还没露面,阿显顿坐不住了,于是跑到站台去寻他。阿显顿也患有那种非常折磨人的所谓恐车症;每次离开车还有一个小时他已经就着怕起来,唯恐他会误车;他对那些不能把他旅店房间里的行李提前运到的行李工向来不满,他不明白旅店行李车为何总把时间掐得那么紧;街上的每次堵车都会把他气疯,车站行李工那不紧不慢的动作也常激怒了他。整个世界仿佛都在密谋如何拖住他的脚步;通过每道关卡时总会有人挡在前面;再有一些人会在票房前另购其他车次,而他们数自己的找零时又会一张一张慢得让人太不耐烦;他的行李会老半天都登记不完;另外当他与友人们一道出行时,他们又会想去买报,要不然就又跑到站台去闲逛,而他敢肯定他们会赶不回来的;他们还会同哪个生人闲扯开了,或者突然心血来潮,想起要打电话,于是一路小跑就不见了影了。一点不假,全宇宙都在阴谋害他,让他每趟该坐的车都坐不上去。只有等到他已经安稳地坐在他的那个角落,东西也都上了头顶的行李架,而且还再有半个来钟头的富裕时间,这时他的一颗心才能放下。有的时候,因为他抵站的时间偏早,以致误上了另一趟车,但这事让人着急恼火的程度实在也不亚于几乎赶不上车。

开抵罗马的那趟快车已经亮起了信号牌,可还是不见墨西哥佬的影子;车进站了,可人不见。阿显顿越来越不安起来。他飞快地到站台上来回去找他,到各个候车室去找他,到托运寄存处去找他;可就是寻找不见。这趟车没有卧铺。此刻已从车上下来不少人。他赶紧在一个头等车里占了两个座位。他又跑到门边,望了望站台,又望了望那大钟;如果他的同伴不来,他也就不用走了。于是阿显顿决定把行李取出车厢，正在这时，列车员喊道 en voiture[①]。但他发誓，见着那畜生时一定得让他滚蛋！只剩三分钟了，两分钟了，一分钟；在这最后时刻，车下已经快没人了，已上车的也已全都坐定。直到这时他才望见了墨西哥佬，正不慌不忙地登上站台，身后跟着两名替他扛行李的员工，身边还伴随着一位戴圆顶硬礼帽的人。当他瞥见阿显顿时挥手向他喊道：

“啊，我亲爱的家伙，喂喂，你可好哇！”

“我的天啊，快上吧，不然就误了车了。”

“我从来就没误过车。你弄到好座位了？那 chef de gare[②] 今夜不在；这是他的副手。”

阿显顿向他点头示意，副手也立即脱帽还礼。

“可这是个普通车厢。我恐怕没法乘坐这个。”他笑着转向站长副手道。“你必须给我弄个更好点的，mon cher[③]。”

“Certainement，mon général[④]，我把你们安排到一间 salon－lit[⑤] 吧。当然。”

副站长领着他们穿过列车进入了一个无人的单间包厢，里面有两个铺位。墨西哥佬见后感到满意，一面招呼列车员把行李放好。

“这就完全行了。真是感激不尽。”说着与副站长握手。“我不会忘记你的。下次再见到你们部长时我会告诉他，你曾以极高礼遇盛情相待。”

“您太客气了，将军。”

一阵汽笛，火车开了。

---

① 法语：请上车了。
② 法语：车站站长。
③ 法语，相当于英语的 my dear（我亲爱的）。
④ 法语：一定（当然），我的将军。
⑤ 法语：一处沙龙式套间；豪华包厢。

“我看，这比一般的头等车厢高级多了，索莫维尔先生，”墨西哥佬道。“一个外出的人一定得学会，如何才能享尽旅途之福。”

但阿显顿还是怏怏不乐。

“我不明白，你非要把时间掐得这么紧紧的有何必要？如果我们真的误了车，我们可就傻了眼了。”

“我亲爱的，从来就不会有半点儿这种可能。我一到站，就通报了站长，我是卡蒙纳将军，墨西哥军总司令；我要在里昂停留几小时，以便与英国陆军元帅举行要事商谈。我向他提出，万一我因公不能及时返回，希望他能暂时扣住此车不发，而且还提出敝国政府会为此而授予他某某勋章的，以表谢意，云云。里昂这地方我以前来过。我喜欢这里的女孩。时尚方面，她们当然逊于巴黎，可她们另有妙处。毫无疑问她们另有妙处。怎么样，入睡之前先来上口白兰地？”

“不，谢谢，”阿显顿道，仍然不免悻悻。

“可我睡前总得来上一杯，它能安定人的神经。”

他翻了翻提包，一下便取出一瓶酒来。然后对着瓶子喝了半天，又用手背揩干，点起一支烟来。吸完脱下皮靴，躺到铺上。阿显顿把灯拧暗。

“我从来也没弄清，”无毛墨西哥人带着回味的意思说道，“睡觉前是嘴边带着漂亮女人的一吻，还是嘴里叼着支烟，哪个更美？你去过墨西哥吗？明天我会跟你讲点儿墨西哥的事儿的。好了，晚安。”

工夫不大阿显顿从他均匀的呼吸听出他已睡着，又过了一会他自己也迷糊过去了。可只一小会儿他又醒来。那墨西哥佬，睡得沉沉，躺在那里一动不动；大衣已经脱掉，当成了个盖的；但假发还在头上。突然间，车身一阵颠簸，带着刹车时的咔咔声，猛地停了下来;不过一眨眼工夫,还没等阿显顿反应过来,墨西哥佬已经立在地上,一只手在臀部。

“怎么回事?”他问道。

“没什么。最多是个不利信号。”

墨西哥佬又沉重地坐到了铺上。阿显顿打开了灯。

“睡觉这么沉的人,你醒得真够快的,”他道。

“也是行业练出来的吧。”

阿显顿想追问一句这行业究何所指:杀人、阴谋,还是指挥作战?但因弄不清这样去问是否合适也就没有提出。将军又打开提包把酒瓶取出。

“不也呷上一口?夜里你醒得猛了,就全靠这东西了。”

阿显顿表示拒绝后,他把瓶子对着嘴就喝开了,可说没少往嗓子里灌。他叹了口气,又燃起一支烟来。虽然阿显顿看到现在那瓶酒已经喝得差不多了,而且刚才在城里转悠时更少喝不了,可这人现在还是满清醒的。无论其举止还是语言都显示不出他有醉酒迹象,仿佛整个晚上都只喝了点柠檬水。

列车又开动了。不久阿显顿也睡着了。等他一觉醒来,已经天亮。懒散地转过身来,他看到墨西哥佬也醒了。他正在抽烟。他床边的地板上早已丢满烟蒂,空气灰蒙蒙沉甸甸的。他要求阿显顿不要开窗,他说夜风是最可怕的。

“我没起来是因为怕惊醒了你。盥洗的事是你先来还是我先来?”

“我不忙,”阿显顿答道。

“我是名老兵了,几下就完。你每天洗不洗牙?”

“不错。”

“我也是这样。这习惯我是在纽约养成的。我总觉着一副漂亮牙定能为一个人增光添彩。”

车厢里当然有脸盆的，在那里将军就刷开牙了，又是咕噜，又是呜咯，劲头十足。然后他从袋中取出一瓶科隆香水，往一条毛巾上洒了一些，接着就满脸满手地揉搓起来。他又取出一把梳子，将那假发细心整理了一番，那东西或许夜间就没走样，也或许在阿显顿醒来之前已经放整齐了。他又从袋中取出一瓶带有喷雾器的香水，一捏那球就使他的衬衫外衣罩上一层濛濛香雾，跟着他往手帕上又喷洒了一通，这之后，他才仿佛带着一张对全世界都已尽到责任并因之而极感满意的熠熠生辉的云盘大脸，转向阿显顿道：

“我这样就能够前去见人办事了。我把那些（化妆品）都留给你用。你用不着怕那科隆香水，那是你在巴黎能购到的最好品牌了。”

“非常感谢，”阿显顿答道。“我只需要肥皂和水。”

“水？我从不用水，除非是洗澡。水对皮肤的损害最严重了。”

列车快到边境时，阿显顿想起了这位将军夜间被惊醒时的那副手势[1]，对他说道：

“如果你身上有枪，最好先交给我。我携带的是外交官员护照，所以他们一般不会搜我，可他们却会想起来去搜你的。我们可不想去找这麻烦。”

“这很难说是什么武器，只能算是个玩具，”墨西哥佬答道。一边从裤兜后面掏出一把上满子弹的左轮来，其实个头还挺不小。“我不想跟它分手，即便只是一个小时，那会使我觉着我没正式穿好服装。但你是对的，我们不想去冒什么险；我把我的刀也一块给你。我平时更爱使刀；我觉得刀是更雅致的武器。”

① 指前面提到的被惊醒后马上一手伸向裤后去掏枪的一幕。

“我敢说这只是个习惯问题,”阿显顿回答道。“或许你对刀比对枪更加在行。”

“人人会搂扳机,可会耍刀就得有点真本事了。”

撩起马甲,解开腰带,取出刀来,递给对方,这一连串动作,在阿显顿看来,简直就是一气呵成的。这是一口长刀,外貌好不怕人。他把刀交给阿显顿时那张又大又光的脸上没少带着得意之色。

“这可是件制作精良的物件,索莫维尔先生。我一生也没见过比这更好的钢了。那锋利比得上剃刀,可结实多了;你可以用它切卷烟纸,也可以用它砍倒橡树。砍切完了,刀刃不卷,关上之后拿给小学生在他们的课桌上划道道都行。”

他咔嗒一声关了。阿显顿把它连同那左轮一起装进袋里。

“还再有什么别的吗?”

“就剩下这双手了,”墨西哥佬傲气十足地答道。“不过这东西海关官员是不会刁难我的。”

阿显顿还记得初次握手时那铁钳子似的一捏,不禁打起冷战。它们又大又长又光滑;手上腕上一根汗毛也见不着,再加上那溜尖的、涂满玫瑰红的和经过精心修剪过的指甲,这在人们的眼中的确不无几分不祥之兆。

五　深肤女子

阿显顿与卡蒙纳将军在边境办理了过境手续后——手续是各自单独办的,便又回到车中,然后把枪支和刀还给他的同伴,同伴叹了口气。

“现在我觉着更安心了。玩上把牌如何?”

“那好嘛,”阿显顿说。

无七墨西哥佬打开了旅行袋,从袋的一角拽出一盒满是油腻的法国牌来。他问阿显顿玩没玩过埃卡台牌,而当阿显顿说没玩过时,提出了打皮克牌。对这种打法阿显顿倒还并不生疏,于是定下赌注,就打起来了。因为两人都想速战速决,所以每次都打四人的牌,从一开始就是这么个打法。阿显顿每次的牌都很不坏,可尽管如此,那将军的牌都好像更胜一筹。阿显顿把眼睛睁得大大,时刻提防着他的对手别设法把他的好机会给涂去抹掉,可他又查不出任何迹象足以说明对方有什么不光明正大的地方。他一局一局地连输下去。他可说是一筹莫展,陷入绝境。他的债台越筑越高,最后几乎高到上千法郎,这在当时可是笔数目了。这期间将军一直抽烟不断。但这烟全是他自制的,手指头一卷,舌尖尖一舔,就制出来了,而且速度神速。最后他一头靠在了椅背上。

“顺便问一句,我的朋友,英国政府对你们在出公差期间打牌输掉的钱给不给报销?”

“当然不给。”

“我看你已经输得够不少了。如果我知道这一切都得记在你自己的账上,那我在到达罗马之前是不会再提出玩牌的。但你对我还是非常同情的。如果这都是你的钱,我决不想再赢你了。”

他把纸牌收拾了起来,放到一边。阿显顿情绪低落地掏出不少票子,递到墨西哥佬手里。他数了数,非常利索地把它们仔细叠好,放到了皮夹子里去。接着身子往前一探,他简直非常亲热地拍了拍阿显顿的膝盖。

“我对你印象不错,你为人谦虚,不自以为是,没有你们国人的那副傲慢态度。我相信你会按我的原意接受我的一项劝告的:不要和你不熟悉的人打皮克。”

阿显顿此刻有些沮丧,可能他的脸上就露了出来,所以墨西哥佬伸过手来,向他安慰道:

“我的亲密伙伴,我的话没有伤着你吧?我决不希望会是那样。其实你的皮克也并不打得比其他人坏。不是因为这个。如果我们能长期一道旅行,我是会教你几招赢钱的本领的。一个人打牌就是为了赢钱嘛,老输有何意义?”

“我觉着只有在爱情上和在战争上才有公平可讲,”阿显顿道,说着呵呵一笑。

“啊,真高兴看到你又笑了。面对损失就该是这种态度。我看得出,你不只脾气好,而且很有头脑。你肯定会事业有成,前途无量的。将来我再回到墨西哥,重新拥有了我的财产,你一定得前去找我,和我住上一阵。我会像款待王公一般地款待你。我的马匹可由你随便去骑。我们可以一道去看斗牛。如果有哪个女孩你看上了,你只需吭个声,就可以想要谁要谁。”

他开始跟阿显顿讲起了墨西哥那里一望无际的辽阔,计数不清的各类 hacienda[1] 与矿山,他这么多东西全都被没收了。他还讲了

① 指西班牙与中南美洲的农庄。此词的含义极广,约可包括种植园、庄园、农场、牧场,甚至工厂、矿山等。

不少他曾生活于其间的那个封建国家。且莫管他所讲的种种的真假虚实为如何，他的那些堂皇响亮的词语还是流溢散放着浪漫传奇的浓郁色彩香泽。他描绘了一幅幅似乎仅属于另一个世纪的广阔生活图景，他那挥舞不停的丰富手势又给人的心灵的眼睛携来了种种说不尽的事物：棕灰橙黄的莽莽原野、大片大片碧油油的种植园、漫山遍野的成群牛羊、月明之夜那凝入浩瀚夜空的盲乐师的片段歌声以及吉他的袅袅琴弦。

"可这一切全都没了，没了。在巴黎，我穷得不得不靠教教西班牙语来挣点小钱，或者靠拉拉洋片，关于美国佬的——Americanos del Norte①，我的意思是说——关于那里都市的夜生活。我这位在酒宴上一掷千金的人物如今竟被逼得像个印第安瞎子似的成天价靠沿街乞讨活命。我这名往那美女的腕上一扣就是一对钻石镯子而且以此为乐的阔少公子，竟混得不得不从一个年纪可以当他妈的老女人那里去接受一身穿的。忍耐啊。人天生就是忧患重重的，就像那不断升天的火花，但灾难不幸不会永远不变的。时机正在一步步成熟，不用多久我们就会奋其一击的。"

说着他又把那副油腻纸牌取了过来，摊成几个小摞。

"现在就让我们看看它们会说些什么。纸牌是从不骗人的。真的，如果我当年对它们的信仰再坚定一些，我就不至于因了我的一着失误而毁了我的全局，那本来是可以避免掉的。我自己倒也问心无愧。我已经尽了一个人在这种情况下该做的一切努力，我感到遗憾的只是，外界逼着我不得不干的那件事，我原本是可以想不干就不干的。"

他往那些牌里定睛细视了一会儿，然后把其中一些推到一边。

① 西班牙语：北部的美国人。

再把剩下的重新洗过——所据原则我就不清楚了,最后又再次把它们摆成若干小摞。

“其实纸牌警告过我,这点不容我不承认,这警告还是清楚而确切的。爱情,深肤女子,危险,出卖与死亡。这事本来明显得就如同脸上长着鼻子那样。任何一个傻瓜都能看得出来那里面说的什么,更何况我这个一生都牌不离手的行家。我没有一件行动可以事先不去征求它们的意见。这是不能推脱的。我是叫爱给搅胡涂了。说真的,你们北方民族对爱这事是不理解的。你们不懂它会如何使你睡不着觉,吃不下饭,于是仿佛染上了疟疾似的,消损得不成人形,你们不懂得什么是得了狂热病,结果一个人就跟个疯子似的,为了满足其私欲,他会不顾一切。一个像我这样的人,如果为了爱情,就会,Si,Señor,①什么也干得出来:蠢事,罪恶,甚至是壮烈举动。这时比珠穆朗玛峰更陡峻的峰顶,他也能攀登得上去,比大西洋再宽广的洋面他也能横渡得过去。他是神灵,他也是魔鬼。我的一生就毁在了女人手里。”

无毛墨西哥佬再一次凝注着这些牌,从各小摞里取出了一些,其余没动。他又洗了次牌。

“我曾经被成群成群的女人爱过。我说这话不是出于虚荣。我也不作任何解释。这只是实际情况。不信请到墨西哥城去一趟,问问他们了解不了解曼纽·卡蒙纳以及他的众多俘获。问问有多少女人曾拒绝过曼纽·卡蒙纳。”

阿显顿眉头微蹙,不无思虑地注视着他。他心下不解,R 这位在选其工具上向来准确得若有神助的精明人,这一次怕不会也出了问题,并因此而颇感不安。难道这无毛墨西哥佬竟真的相信他自己

① 西班牙语,相当于英语的 Yes,Sir(是的,先生)。

是魅力无穷,战无不胜,还是他只是个大言不惭的骗子?在他将纸牌来回拨弄的过程中,他已经把牌全都取了出来,就只剩下四张,这四张全都是正面朝下,并排放着。可他不翻过来。

“有命运这回事啊,”他道,“世上没有一种力量能改变得了它。我往往犹豫开了。这是一个每次都使我非常害怕的时刻。我得铁了心才敢去翻这纸牌,因为很有可能它们会告诉我,等待我的将是一场灾难。我不是一个胆小的人,但有的时候我也会达到这种地步,失去了去面对这四张命运之牌的全部勇气。”

的确,他此刻盯视着这四张牌的背面时的那副焦虑他也并不想去掩盖。

“我刚才和你讲什么了?”

“你刚才只是跟我讲女人对你的魅力是无法抗拒的。”阿显顿冷冷地回答道。

“尽管如此,有一次我还是发现了一个拒不接受我的女人。一起初时我是在墨西哥城的一所房子,一所 casa de mejeres① 里见着她的,我正上楼的工夫她也正下楼。她看上去并不很美,我接触过上百个比她更美的女人,但她身上的某种东西却引起了我的兴趣,于是我就通知了管这房子的那个老婆婆把她给我送来。如果你去了墨西哥城你会认得她的;人们都管她叫拉·玛卡匝。那女人讲,那女孩并不是这里的住户,只是不时地过来一下,就又走了。我跟那女的讲,我第二天晚上还要见她,另外我来之前不要让她走掉。可第二天我因有事耽误,去得晚了些,拉·玛卡匝告诉我,那女子说她不习惯等人,已经走了。我是个好脾气的人,另外我也不在乎女人好耍点小性子或折腾下人,这也是她们魅力的一部分嘛,于是我

---

① 西班牙语:有宅院的房子。

一脸笑容地掏给她一百杜鲁[1]的钞票一张,并允诺下一天我一定准时到达。但第二天晚上我去后,这次是分秒不差,拉·玛卡匝却把这一百元钱还了回来,声称那女孩子说她对我不感兴趣。我对她的傲气感到好笑。我当即摘下我手上的钻戒,并告诉老妇人把它交给那女孩子,看看见后能不能使她回心转意。第二天上午老妇人给我带来了一份回赠——一朵红的康乃馨花。接到花后,我真不知道是该笑该哭。我不习惯在自己火辣的兴头上屡受挫折。我也从来没有吝惜过金钱(因为金钱又有何用,如果不是花在美人身上?),于是我让那女人再去女孩子那里告诉她说,如果当晚她肯来与我共进晚餐,我愿意拿出一千杜鲁来酬谢。工夫不大她捎来回话,那女孩子愿意前来,但有一个条件:晚膳用毕便得准许她立即回家。我耸了耸肩,答应了这个条件。我认为她不会十分认真的。我以为她说这话不过是为了吊人胃口。晚上她果然前来我家赴宴了。是我刚才说过她并不美吗?不。她实在是我一生所遇到过的最漂亮、最奇妙的女人了。我被她彻底迷住了。她是既有魅力,又有机智,她具有着安达卢西亚[2]人的全般韵味风情。一句话,她成了我的仰慕对象。我问她为什么对我一点也不客气,可她却当着我的面嘲笑开我了。我费尽心思去讨好对方。我使出了我的全般手段。我发挥得超越了我自己。但饭刚一吃完,她立即站起身来,向我问安告辞。我问她她又要去哪里。她回答道,我答应过她饭后就可以走;她相信我是个讲荣誉的人,所以会信守诺言。我又是争辩,又是理论,又是发疯,又是咆哮。可她就是拿那句诺言来堵我口。我能要求她做到的唯一的一件事就是要她答应第二天晚上再以同样条件来和我

① 西班牙语为 duro,为西班牙与西属中南美洲的一种银元。
② Andalusia,地区名,过去西班牙南部的一个省份。

一起用饭。

“你一定认为我对她会发怒的，因为一连七天我都是以千元的代价来要她和我吃顿饭的。每天夜晚等她来时，我的一颗心始终都是悬在嗓子眼上的，忐忑不安，那紧张程度实在不亚于斗牛场上的一名 novillero①，而她每个晚上对我呢，不是耍弄，就是嘲笑，不是胡调，就是把我逼得发疯。我已经爱得中了魔了。我从来不曾，以后也更没有，这么狂恋过哪一个人。这时我什么也再不能想。我已经神志不清。我把一切都误下了。我是一名爱国者。我们一小撮人聚集到了一起，决心再不受那虐政统治，我们不想在那里继续受罪。一切肥差全给某些人抢去了，而我们只有纳税的份，仿佛我们不过是些商人。另外我们真是受尽小看，横遭污辱。可我们是有钱有人的，我们制订好了计划，我们眼看就要准备起事。这时我有说不尽的事情要干，会议要开，军火要购买，命令要发布；但我因为在这件事上陷溺太深，一件都无心去管。

“你也许以为我对这女人会发怒的，因为她确实把我耍弄够了，而我是谁啊？是个一星星的好奇也得给予满足的人。我不相信，她拒绝我只是为了煽起我的更大的欲火；我倒是更相信她讲过的一句更痛快的话，非等到她爱上了我，她是决不会委身于我。她说，能不能使她爱上我就全靠我了。我认为她是一名天使，我做好了耐心等待的准备。我胸中的一团烈火已经燃烧到了这样的程度，它迟早，我觉着，它最后总会把它传给她的；它正像燎原的烈火那样，周围的一切都将被它吞噬；而最后——最后她宣称她爱上了我。我的激情已达到了如此可怕的程度，我担心我真会登时栽倒毙命。啊，那是什么样的极乐狂喜，什么样的神魂颠倒！我会甘愿把我世上的一切

① 西班牙语：新手。

全给了她，我简直会把天上的星星也摘下来去装饰她的美发；我要做出某种奇迹来证明我对她的爱是多么浩大无边，我要去做那根本办不到的，那没人能相信的，我要赠送给她我自己，我的灵魂，我的荣誉，赠送一切，一切我的财物和一切我的种种；所以那天夜晚当她就躺在我的怀抱里时，我把我们的那个造反阴谋，参加者都有谁谁等等，统统都透露给了她。我觉察到，她因听得用心身体僵直起来，我还觉出她的眼皮忽闪了一下，那肯定意味着点什么，只是我弄不清，另外那抚摸着我脸的手也忽然变凉变干；我猛地疑窦大生，那纸牌上对我的训示忽地又全想了起来：爱情，深肤女子，危险，背叛与出卖。前后三次我见到过这个训示，可三次我都没有注意。不过我没有露出我窥察到了什么。她贴着我的胸脯跟我说，这些事可把她给吓坏了，不过某某人是否也牵涉在内。我据实回答了她，以再次作个试探。就这样，凭着她那无限的招数伎俩，就在这又吻又亲的不知觉间，她已把那个阴谋的桩桩件件一个不落地全部从我的口里给勾了出来。这一下，我算是完全明白过来了，原来她是个特务。她是总统派下来的，以便利用她那魔鬼般的身段来引诱我，而现在我们的一切秘密已经全给她套了出来。我们现在的每条人命全都捏在了她的手心，所以只要她一走出这个房间，不出二十四个小时，我们就各个全都见鬼去吧。可我又爱她，我又爱她；语言无法形容燃烧在我心头的那股欲火的痛楚；爱到了这个地步就已经不再是乐，它只是痛，痛，但痛得那么微妙，它又超越了一切的乐。这正是一些圣贤所常说的那种灵界的痛楚，当他们沉陷在圣洁的狂喜之中。不过我明白她不能再活着走出这间屋的。另外我还担心，再稍有耽搁我就会丧失了下手的勇气。

"'我觉着我该睡了，'她道。

"'睡吧，我的小鸽子，'我回答道。

“‘Alma de mi corazon,’①她向我称呼道。‘我这颗心的灵魂。’这是她最后的一句话。那沉甸甸的眼皮，黑得像葡萄似的，又有点湿润，那眼睛上覆盖着的沉重眼皮——于是工夫不大，从紧贴着我的那副酥胸的均匀活动来判断，此刻她已经睡着了。你看，我是舍不得她的，我没法忍心去让她受死，她是特务，这事不假，但我的一颗心还是让我避免让她知道后的恐惧。奇怪的是，我并不曾因为她出卖了我而发怒。我本应恨她，恨她的阴险邪恶，可我恨不起来，我只感到我的灵魂被包裹在夜幕里面。可怜的人啊，可怜的人啊，我简直快要呼吁对她的赦免了。我把手臂轻轻地从她的腰下抽了出来，那是我的左手，但右手却是自由的，于是靠它把身体支撑起来。可她实在是太美了，当我竭尽全力一刀切在她颈上时，我不能不掉转我的面孔。就这样，她眼都没眨就一命归阴了。”

他停了下来。他眉头紧蹙，继续盯视着那四张牌，此刻仍然正面朝下，没翻过来。

“本来全在那些牌里。为什么我就没有接受它们的警告？我不想再看它们了。滚它们的蛋吧。把它们全都赶走。”

接着啪的一声，他把整副纸牌全拨拉到了地下。

“虽然我也是一名自由思想者，我还是出资为她的亡灵做了台弥撒。”说着他往椅背上一靠，吸起自制的卷烟。他长长地吸了一大口烟。又耸了耸肩膀。“上校说你是一名作家。你都写了些什么？”

“小说，”阿显顿回答道。

“侦探小说？”

① 西班牙语，其意思见下面那句。（书的作者已代为译出）

“不。”

“为什么不？只有侦探小说我才看。如果我也是一名作家，那我一定要写侦探小说的。”

“那可是难写了。要写这种东西，你得具有令人难以想象的巨大编造构制本领。我也曾编过一个谋杀故事，但由于这谋杀干得太天衣无缝了，结果再也想不出一条办法能够破案，以证明某某罪正是某某人犯的。可这种小说的一个传统写法便是，最终总得让那奸人伏法，正义得伸吧。”

“如果你那凶杀真像你想的那么天衣无缝，这时你能定那恶人的罪的唯一办法就是你得找出他的作案动机。这样一旦你找到了那个动机，以前一直都从你视线中滑掉的证据也就会全在你手里了。反过来说，如果动机不明，最了不起的证据也会使你难以定案。举例来说，你设想一下吧，假如你在一条荒凉的街道上，又是一个无月的夜晚，你走上前去朝着某个人的心脏处就是一刀，这时谁会想得到那凶犯就会是你？但如果那遇害者恰巧是你妻子的相好，或者是你的弟兄，或者曾经欺骗或侮辱过你，这时一张纸片、一段绳子或一句闲言碎语都可以成为判你绞刑的证据。在他被杀死的那一刻你都有过哪些行动？难道在这事的前后不是有不少的人都看见过你吗？但如果他对你只是陌生人一个，那么谁又会怀疑你？所以那个开膛手杰克①最终肯定会逃脱的，除非是当场捕获，抓个现行。”

阿显顿有不止一个理由该换换话题了。他们即将在罗马分手，因而对彼此的行动应与他的同伴有个共识。墨西哥佬将去布林迪西，而他自己将去那不勒斯。他准备去住的地方叫贝尔法斯特旅

---

① 19世纪英国伦敦的一个杀人犯，绰号“开膛手杰克”。这里系指一般凶手。

店，一处离港口不远的大型二等旅店，是个普通行商和节约的旅游者经常光顾之地。房间号码最好让将军知道，这样遇有急事，可以不必问询门房直接进来找他。所以下一站时阿显顿就在车站小卖部购了一个信封，并让墨西哥佬在布林迪西邮局亲笔给自己发上封信。那时阿显顿只需把自己的房间号码寄给他就行了。

墨西哥佬听了只是耸肩。

"在我看来这些防范措施都只是幼稚可笑的。根本就不存在着什么危险。不过不管发生了什么，你都可以完全放心，我绝对不会让你受到牵连。"

"这种工作我不熟悉，所以事事只能遵照上校的指示来做，并对我不该知道的事情不多过问。"

"一点不错。万一情况紧急，使我在不得不采取强烈手段时陷入麻烦，我仍然肯定会被当成一名政治犯来对待。意大利参加到协约国这方面来作战只是个迟早的事，那时我也就没事了。这一切我全都早考虑过了。所以我这里十分认真地请求你，对这事的后果你不必要有一丝担心，那事的轻松就如同你去泰晤士河上吃顿野餐似的。"

当最后他们终于分手，阿显顿发现在去那不勒斯的路上车厢里只有他一个时，他确实长长地舒了口气。他真高兴他总算甩掉了那个唠里唠叨、面目可憎、行为荒唐的家伙。他已前往布林迪西去会那康斯坦丁·安德里亚底了。如果他跟阿显顿讲的话里有一半是真的，那阿显顿可就要谢天谢地他总不致再步那位希腊客的后尘了吧。他心里也在琢磨，那到底会是什么样的一个人啊。他又将怎么去会那面带愁容的爱奥尼亚人①，身携密件，内藏奸宄，但一丝也不

① 爱奥尼亚，希腊部族之一，这里仅为希腊人的代名词。

晓得他此刻已经一步步把头颈伸向人家早已为他设下的圈套。这事一想起来，也真会叫人不寒而栗！可这是在作战啊，只有愚人才会认为作战是可以戴着羔皮手套去进行的。

六　希腊密使

阿显顿抵达那不勒斯。在前面提到的旅馆定下房间后，马上将其房号用印刷体写下寄给无毛墨西哥佬。接着他去了英国领事馆，以了解R为他布置下的一些指示，这时他发现馆里人员对他的情况并不陌生，另外一切也都正常无误。这样他也就放下心来，可以外出好好游逛一番。这时的南国已经是春深季节，繁忙的街道上艳阳高照，相当炎热。阿显顿对那不勒斯是很熟悉的。那人声喧嚣的圣菲迪南广场，拥有着那么优美的教堂的公民投票广场，这地方一见就会在心头勾起无限愉悦的回忆。希阿依亚滨海路还是和过去一样热闹。他站立在街角，仰视着那些危险万状地蜿蜒曲折于崎岖山路的弄堂窄巷；那些在窗外晾着衣服的高处房屋，它们那一道道晒洗的衣物迎风招展在街头，就像在庆祝节日的无数旗帜似的。接着他又沿着海滩漫游起来，一面望望那铿亮得如同金属一般的海水，这时卡普里岛①的山峦背着阳光正隐隐可见，就这样走着走着，他已彳亍至一个名叫巴塞里波的市镇，在那里的一处古老散漫甚至遍地是泥泞的破败宫殿里他曾经消磨过多少浪漫的时光。他注意到，那些往事的回忆至今仍使他大动心旌，隐隐产生微痛。接着他雇了一辆出租马车，由一匹瘦小短毛的幼马拉着，踏着石路返回到美术馆去，一边喝着美式咖啡，一边观瞧着逗留在那里的闲人。这些人嘛，真是口不停说手不停挥，话语不断，手势极多，因而不禁牵动人的想象，很想透过这些表面来了解更多的真实。

就这样，一连三天阿显顿都过着这种懒散的生活，这倒与这座古怪、邋遢但又好客的可爱城市的气氛挺相适应。从早到晚，他都一事不做，而只是游呀游呀，而只是看呀看呀，不过这种看，并不是一名旅游者的那种看法，只是去看那应该看的，也不是一般作家的那种看法，只是去寻那些对他自己有用的（从某个日落里看到一个好听的词语，或是在一张面孔上觑出一副性格的端倪），而只不过是那流浪汉的水平；不论发生什么，都有看头。他去了博物馆再次看看阿格里帕娜（少者）雕像[2]，这个在他的记忆中是饶有感情的，另外他还抓住机会再次到美术馆里去观赏一下提香[3]与布鲁盖耳[4]的作品。但在情感上他还是更倾向于希阿依亚教堂。它的那种雅致、那种欢快、那种飘逸的轻佻，而这个，似乎既是它对待宗教的态度，又是透过背里，对它自己的感官生活的一种宣泄；再有它的那浮夸的铺张，那线条的绰约，这一切，对阿显顿所表达的，如果缩成一个荒诞而虚矫的比喻，那就是眼前的这座头顶炎天、脚踏尘埃的可爱城市，就是这喧嚣熙攘的芸芸众生。人们常讲，生活是迷人的，但也是悲惨的，他们手里往往没钱，可金钱也并不是一切，而且不管怎么说吧，又何必为此而自寻烦恼，既然我们是来也匆匆，去也匆匆，而一切又都那么精彩喜人，所以我们还是要抓紧眼前充分享受吧：facciamo una piccola combinazione.[5]

但是到了第四天一早，当阿显顿刚刚出了浴缸，在一条已经不能再吸水的毛巾上擦身体时，房间却被忽地打开，一个人溜了进来。

“什么事？”阿显顿问道。

---

① Capri，那不勒斯湾入口处不远的一座小岛。

② the Statue of Agrippina the Younger，Agrippina（15？—59），古罗马暴君尼禄之母与另一暴君卡里古拉之妹，现藏于那不勒斯国立考古博物馆的这尊坐像为潘泰列克大理石材质，为公元54—99年之间的作品。

③ Titian（1490—1576），威尼斯大画家。

④ 叫此名字的有父子二人，都是佛兰芒的有名画家。父为Pieter（1522—1569），子为Jan（1568—1625），名声更大一些。

⑤ 意大利语：我们来做一个小小的综合。

“没事没事。怎么你不认得我了?”

“天哪,是你墨西哥佬。你这身上是怎么搞的?”

他的假发已经换了,现在戴的是个黑色的,后面剪得短短,就跟戴着顶便帽似的。这一来,他的外形完全变了,尽管仍较古怪,但比起以往已经大为改观。他身上穿的是一套旧灰色西装。

“我只能在这儿待一小会儿。他正在刮胡子呢。”

阿显顿发现他的双颊突然红了起来。

“那你找到他了?”

“这并不难,船上就他一个是希腊人。船一靠岸,我就上了甲板,声称要找一位从庇伊俄斯来的朋友。我说我是来接一位名叫乔治·底奥廑尼狄斯的。我装作对他的不曾到来非常迷惑不解的样子,于是便和安德里亚底攀谈了起来。他给出的是个假名——伦巴多斯。他一登岸我就跟上了他。你知道他第一件事做的是什么吗?他去了一家理发店刮胡子。你对此怎么认识?”

“这没什么。任何人都有可能去刮刮胡子。”

“我可不这么想。他的目的是去改变外貌。他是够狡猾的。我对那些德国人是心服口服的。他们办事一切全靠设计,不凭机会,样样在他们都周密得严丝合缝的。这个我一会儿再说。”

“顺便问一句,你不是也改容了?”

“我戴的还是个假发;可样子不同了吧?”

“我会永远认不出来的。”

“一个人总得采取点防范措施。我们已经成了好朋友了。那天我们就得在布林迪西过了。他不会说意大利话。他很高兴有我来帮助他。于是我们就一块行动了。我已经把他带到了这座旅馆。他说他明天就去罗马。我不能让他从我的视线消失;我不能让他趁我不备时悄悄溜掉。他说他想观光一下那不勒斯,我跟他说我会带他把一切值得看的地方都好好看看的。”

“他为什么今天不去罗马?”

“这也是我该说的一点。他冒充是个商人,开战以来发了笔财。他曾拥有过两艘沿海游轮,现在刚刚卖掉。现在他想去巴黎,在那里好好游乐享受一番。他说他一生都渴望能去巴黎,最后总将能如愿以偿。不过他的嘴很紧。我尽量设法让他多开些口。我跟他讲,我是个西班牙人,曾经来过布林迪西这里与土耳其方面商谈运送军火器材。他注意听了。我看得出他感到兴趣,可还是一字不透。当然硬逼他讲肯定不是办法。他的文件就带在他的身上。”

“这你又是怎么知道的?”

“他那旅行包什么的他一点也不操心,可时不时地总好往腰部摸摸,所以它们不是在他腰带里就是在背心的衬里里头。”

“你怎么非要把他弄到这个店里?”

“我考虑这会有利工作。我们很可能要搜查一下他的行李。”

“那么你也住进这里来了?”

“没有。我还不至于傻到那个程度。我跟他讲,我今晚就要坐夜车去罗马,所以就不定房间了。可我该走了。我答应他一刻钟后在那理发店门前碰面。”

“好吧。”

“如果我今晚要见你在哪儿找你?”

阿显顿看了无毛墨西哥佬一眼,然后带着微蹙没再看他。

“我今晚还在我这屋里。”

“很好。你能不能先替我看看楼道里有没有人?”

阿显顿打开房门,巡视了一下,没看见人。事实上旅店在这个季节也几乎就是空的。那不勒斯这里的外国人极少。生意十分萧条。

"没事，"阿显顿道。

无毛墨西哥佬勇敢地走了出去。阿显顿关好门，开始剃须着装。广场上还是像往常一样，艳阳高照，街上的来往过客，以及他们的瘦马破车，也和平时没有不同，但这些已经不再能给阿显顿带来任何欢快。他感到身心不畅。他走出房门，照例先去了英领馆，问询一下有无他的电报。没有。接着他又去了库克旅行社[1]，查查去罗马的车次时间：发现有两趟去罗马的列车，第一趟午夜过后不久，再一趟凌晨五时。他希望他能乘上第一趟车。他不清楚墨西哥佬的计划是什么；如果他真想马上返回古巴，那他最好先借道西班牙，于是查了一下办公室的通告，阿显顿看到次日有一趟自那不勒斯驶往巴塞罗那的航班。

阿显顿已经对那不勒斯感到厌倦。街道上的强烈光照使他睁不开眼，灰尘使他无法忍受，那喧嚣也吵得他不得安宁。他去了商业街廊，在那里喝了点酒和饮料。下午他去看了一场电影。然后他回了旅馆，对管事人讲，因为他明日一大早就要出发，他认为最好此刻就先结了账，行李也马上送去火车站，只将一只公事包留在他的室内（其中除其密码的铅印部分外，另有三四本书）。他出去吃了顿晚餐。然后又返回旅馆，坐待无毛墨西哥佬的到来。他无法向自己掩盖这样一个事实，即他的神经极度紧张。他抓起本书来读，但这书令他厌烦，他换了一本：他的注意力还是集中不起来，眼睛又转到他的表上。时间早得让人气恼；他又把书拾起，下定决心不读完三十页就不再看表。但他的眼睛虽然一页页地认真读着，书中讲的什么他仍然相当模糊。他又看了下表。天啊，才刚刚十点半。他

---

① 原文作 went to the Cook's，指英人 Thomas 所办的一家旅行社，全名 Thomas & Son Co.，主要经营导游与观光等业务。

纳闷儿这工夫那无毛墨西哥佬会在哪儿呢，他正在干些什么；他担心那家伙会不会把事情完全搞砸。那可是桩可怕营生。接着他又想起是不是最好先把窗户关好，把窗帘拉上。他抽了数不清的纸烟。又看了看表，时间十一时一刻。他又想起了什么，这时但觉一颗心在撞击着胸膛；出于好奇心，他数起了脉搏，可奇怪的是，脉搏竟完全正常。虽然这是一个温和的夜晚，室内甚至比较闷热，他的手脚却是冰凉的。这是一件多么恼人的事啊，他烦躁地想着，因为生着一副活跃的想象力而不得不去面对许许多多它编造出来的可怖幻象，而这些本来是决不想一顾的！从一名作家的观点，他曾对凶杀现象作过不止一次的考虑，而此刻他的思想又回到了《罪与罚》[①]中那可怖的凶杀描写上去。他并不打算去想这个题目，可它逼上头来，不由你不去想。他的书掉在了膝上。一边呆望着面前的墙壁（壁上贴着一种棕色墙纸，绘着暗淡的玫瑰花朵），他开始在心里琢磨，一个人，如果必须杀人，在那不勒斯这里可能是如何一种杀法。当然可以在那度假别墅，那座面对海湾的巨大茂密花园，水族馆就在那里面。那地方一到夜晚相当荒凉，而且黑暗；那里发生的种种恐怕是见不得天日的，任何谨慎人士天一黑后是不会逗留在那些罪恶的险径的。过了波西帕罗，那路上就更荒凉，通往背后山峦的确有许多小路，可一到夜里，那里连个鬼魂也遇不到，这时你又如何能把一个稍有点胆子的人拉到那地方去？你可以提议去海湾划划小艇，可那租船给你的船夫是会看到你的，另外他是否就会放心让你一个人前去，这事也拿不准。当然港口附近是不乏几家不很体面的客栈的，那地方对夤夜不带行李的光杆儿客人向来不加询问，

① 俄罗斯大小说家陀思妥耶夫斯基（1821—1881）的代表作之一。书中规模气势的博大浩瀚，想象的丰富，心理描写的细腻深刻等都是惊人的。至于这凶杀场面，指的是一大学生杀了一名放高利贷的老妇人的事。

但同样那领你去认房间的人可有机会好好观察你一番,另外进入房间之后一份相当烦琐的表格还得你去逐项填写。

阿显顿再次看了下表。他已经非常疲倦。他再次坐下,连书也不打算读了。他的心中一片空白。

突然他的房门被悄悄打开。他一下便惊得站了起来,浑身发颤。无毛墨西哥佬站在了他的面前。

"我惊着你了吗?"他笑着问道。"我觉得你会喜欢我不敲门的。"

"没人看见你进来?"

"值夜班的放我进来的,我拉铃的时候他还在睡,看也没看我一眼。很抱歉我来得太晚了,可我得换换装。"

无毛墨西哥佬现在穿戴的又是他来的时候的那身衣服与假发。奇怪的是此刻他的样子与原来的竟大不一样。他好像更高了些,也更浮夸了些;但一张面孔却全变了。他两眼放光,精神状态极佳。他向阿显顿瞟了一眼。

"怎么你脸那么苍白,我的朋友!你没有太紧张吧?"

"文件到手了吗?"

"没有。他没带在身上。他身上的东西就是这些。"

他把一个不小的皮夹子和一份护照放在桌上。

"我不需要这些,"阿显顿迅速答道,"拿回去吧。"

耸了下肩,无毛墨西哥佬又把它们放回口袋里。

"他的腰袋里有什么?你不是说他总好摸摸他的腰部。"

"只有点钱。我检查了一下他的皮夹。那里只有几封私人信件和一些女人照片。他今晚和我出来时肯定锁在了他的旅行包里。"

"糟糕,"阿显顿说。

"我拿到了他房门的钥匙。我们最好去搜寻一下他的行李。"

阿显顿只觉胃里一阵恶心。他犹豫了一下。墨西哥佬不无善意地笑了笑。

“没危险的,amigo①,”他说道,仿佛在安抚一个孩子,“不过你如果感到不舒服,我一个人去也行。”

“不,还是我跟你一块去。”

“整个旅馆里没有一个人是醒着的。安德里亚底先生是不会打搅我们的。不过可以脱掉皮鞋。”

阿显顿没回答他。他皱了下眉头,因为他感到他的手微微有些颤抖。他解开鞋带,把鞋甩掉。墨西哥佬也是这样。

“你最好先过去,”他道。“向左边走,沿楼道走一段。那房号是三十八。”

阿显顿开门出去。楼道很暗。使他气恼的是他竟这么紧张而他的伙伴却十分自在。到达房门时无毛墨西哥佬插进钥匙去开门,转了下把手便进去了。他打开了灯。阿显顿马上跟进,随手关上了门。他注意到窗板都闭得紧紧的。

“现在好了。我们不用忙了。”

他从衣袋里掏出一大串钥匙,试了几把,最后找对了。皮箱里装的全是些衣服。

“都是不值钱的衣服,”墨西哥佬一脸不屑地评论道,一边把它们全取了出来。“我自己的原则是,到头来还是买那最好的最合算。说到底,这主要看一个人到底是不是一位绅士了。”

“难道你是非评论不可吗?”

“一点危险正像一点调料,可以使人产生完全不同的反应。它只会使我感到兴奋,可它把你的脾气都弄坏了,amigo。”

① 西班牙语:朋友。

“你瞧,我是着了些怕,可你一点没事,”阿显顿坦率答道。

“这只是个胆量问题。”

说着,一件件拿出箱子,他摸起这些衣服来,迅速然而仔细。箱子里没有任何文件。接着他又掏出刀来,割开箱子的衬里。箱子本来就是便宜货,衬里此刻早已和皮箱粘到一块。那里面是没法藏东西的。

“这里找不见,它们准是藏在了屋子里的什么地方。”

“你敢保险他没有把它们寄存在什么办公室?比如说在某个领事那里?”

“他从没有一分钟逃脱开我的眼睛,除了去刮胡子的那会儿。”

无毛墨西哥佬打开抽屉,又打开橱柜。没有。屋内没有地毯,不用看了。他仔细检查了下床底下,床上头,床垫子下面。他的一双黑眼睛在屋里左右上下打量着,想寻找一处可以藏东西的地方。阿显顿觉着没有一处他没注意到。

“也或许他寄存在了楼下那个管事人的手里。”

“那样我会知道的。再说他也不敢。反正是文件不在了。这事我无法理解。”

他犹豫不决地又扫视了一下房间。他皱起眉头,拼命想寻找出这件事的奥秘。

“让我们赶紧离开这里,”阿显顿说。

“稍等一下。”

墨西哥佬跪了下来,很快但很整齐地叠好衣服,把它们一件件放回箱子里。他锁好旅行箱,然后站起身来。接着他关上电灯,悄悄打开房门向外望望。他招呼了一下阿显顿,便溜进楼道。阿显顿跟出后,他停下步来,把门锁上,钥匙就留在衣袋里了,然后便与阿显顿一起回屋。当他们走进了房间,把门锁好,阿显顿第一件事便是擦去额头和手上的汗水。

“感谢上帝,我们总算逃出了那鬼地方。”

“其实连半点危险也没有。可现在我们该怎么干?上校对文件没有找到这件事一定会恼怒的。”

“我一会儿就要乘五点的车去罗马了。我现在就打电报去请求指示。”

“很好。我跟你一块去。”

“我想你最好还是及早离开这个国家,这对你是有利的,明天一早就有开往巴塞罗那的航班。你为什么不乘这条船,而且如有必要,我也可以前去送你?”

无毛墨西哥佬听了只是一笑。

“我看得出你是急于把我甩掉。可以,我也不想过多让你失望,这也是在这类事上你没经验所难免的。我就去巴塞罗那。我有去西班牙的签证。”

阿显顿看了看表。两点稍过一会儿。离开车还得等近三个小时。这时他的伙伴正不慌不忙地在卷支纸烟。

“出去吃顿夜宵如何?”他问道。“我已经是饥不可耐了。”

吃东西这事听起来让他恶心,可是他也干渴得要命。他不想和无毛墨西哥佬一道外出,可他也不愿意单独一个人留在旅馆里面。

“这种时候一个人能去哪里?”

“跟我来吧。我会给你找到个地方的。”

阿显顿戴上帽子,一手拎起了公事包。两人下了楼。大厅里门房还在地下一张垫子上睡得挺沉。当他们走过他的桌边,小心翼翼地避免惊醒他的工夫,阿显顿注意到信件架上他那个房间的格子里有一封信。他取出一看,信正是写给他的。他们蹑脚欠步走出了旅馆，随手把门掩上，便快步离开。跑了一百码左右，阿显顿掏出信来借着路灯看了一眼。信发自当地英领馆，内容为：随函寄去之电报系今夜所收，因恐延误急事，故立即差人送往你下榻之旅店，敬希查收为荷。这信显系在午夜前当阿显顿还在旅馆时便已送到。他又打开电报，见到的只是密码。

"好吧，那就得让它稍等等啦，"说着把信件放回袋里。

无毛墨西哥佬走起路来就如同他非常熟悉这些荒僻的街道似的，阿显顿只能追随在他的身旁。最后他们来到了一条死巷里的一家旅店门前，嘈杂之外而予人以邪恶之感，正是在这里，墨西哥佬走了进去。

"当然这绝非是什么里兹①，"他道，"但是这么深更半夜的，只有这地方你才能多少弄上口吃的。"

进门后阿显顿见到的是一大间长长的暗淡厅房，其一端一名面容憔悴的年轻人坐在钢琴前面；墙的两边一律是一排排嵌入墙壁的客桌，前后均为条凳，四处坐着一些食客，男女都有，正在饮着啤酒或其他酒类。女人大多半老，粉脂厚重，面目可憎；她们那种强颜欢笑既极喧闹又乏生气。当阿显顿与无毛墨西哥佬进入厅房寻找座位坐下时，她们登时把目光齐集过来，阿显顿则有意把头掉转，以避去那些淫荡的媚眼，这些随时都会绽出笑颜，都会极力渡送秋波，以讨求你的回应。这时那名形容枯槁的钢琴手已拨弄起舞曲，应声而起舞的立即有好几对。因为男的不够，有些女的便只能跟女的跳。将军叫了两份斯帕盖蒂和一瓶卡波里酒。酒上来后，他立即如狼似虎地满饮了一杯，接着就在等那面食的工夫，一边用一双眼睛去打

① 原文作 the Ritz，指遍布于欧美许多大都市的"里兹饭店"，亦即指那种相当奢华排场的大旅店酒楼。如此叫法系沿用瑞士一著名旅馆业经营人 Ritz 的名字。

量其他座位上的一些女客。

“你跳跳舞吗?”他向阿显顿问道。“我现在就要去找个女伴来和我转上几圈。”

他离开了座位。阿显顿看到他正在去找的那个。在他看来,倒至少还有着两点可取:眼睛有神和牙齿洁白;此刻她已站起身来,腰也被他揽上了。他的舞技是没的说的。阿显顿看到他已经在谈话了;那女的,也开始笑了起来,原来的一副在接受邀舞时惯有的漫不经心的眼神很快就变成了兴趣盎然。很快他们的交谈已热烈得不可开交。这段舞曲结束之后,他把女伴送归原座,回到阿显顿那里,然后又一杯酒。

“我那舞伴如何?”他问道。“应当说还不错吧?跳跳舞对一个人是有益处的。你为什么就不请上一位?这地方是不坏的。找地方你完全可以信得过我。我天生有这个本领。”

钢琴手奏起了另一支曲子。刚才那女的往墨西哥佬处直望,于是当他用拇指指了下地,她立即欢快地跳起身来。他把上衣扣好,上身微欠,站到桌边等着那女的前来就他。他一个回旋便使她成了个满场飞。随着他的舞步的翩翩,随着他的说笑的增多,此刻他已经和满屋的人全混熟了。凭着一口流利的意大利话,虽然带点西班牙口音,他一会儿和这个,一会又和那个都互相调侃起来,那些人也对他的俏皮话频频报以笑声;他已经和他们打成一片。这时两大盘盛得满满的面食端了过来。一见到这个,他舞也不跳了,舞伴也不顾了(由她自己回她的座位),不管礼貌地奔着他的吃食跑回桌来。

“我算是给饿坏了,”他道。“其实我晚上还吃过一餐好饭。你是在哪里吃的?来吃点玛卡罗尼吧?”

“我没胃口。”

但他还是开口吃了，而且感到奇怪的是，他自己也饿了。墨西哥佬正在大口大口往嘴里填，吃得十分开怀；不仅二目放光，而且也更饶舌了。仅仅这么短的一段时间，那个跟他跳舞的女人就已经把她的一切全都告给他了。他正在把那女的说的，重说给了阿显顿听，一边把大块面包片往口里塞。他又叫来一瓶酒。

"一般葡萄酒嘛，"他不屑地说，"就算不得什么喝的，只有香槟才行；一般的酒甚至连解渴都做不到。喂，amigo，现在感觉好些了吗?"

"应当说是的，"阿显顿笑了笑。

"锻炼啊，你所缺的就是这个，锻炼啊。"

他还伸出手来拍拍阿显顿的胳膊。

"那是什么?"阿显顿叫道，吃了一惊。"你袖口上的血迹?"

无毛墨西哥佬也往他袖子上看了一眼。

"那个? 算不得什么。只是点血。我出了点事，划破了。"

阿显顿无语。他用眼睛扫视了一下门上的挂钟。

"你是担心你的火车吧? 让我再跳上一次就陪你去车站。"

墨西哥佬站起。凭着那无人能及的自信，他抓住了一个坐得离他最近的女人的腰就跟她跳开了。阿显顿闷闷不乐地注视着他。他的确是个荒唐古怪、令人难耐的家伙，再加上那顶金黄色的假发和一张无毛发的面孔，但是他的动作却具有着一种无法匹敌的优雅风度；他的一双脚也很小巧，就像一只猫或老虎的爪垫肉趾那样，能牢牢抓住所爬的地方；他的节奏是惊人的，另外你不能不看到，那个正跟他跳着舞的俗艳女人已经被他的手势动作弄得如醉如痴，飘飘然了。他的脚趾，他的长腿，都像有音乐从那里面发出似的。可怖、古怪，一点不错，可那里面自有它的某种娴雅，甚至是美，而你竟会因为莫名其妙地也受到了诱惑而暗自感到羞愧。在阿显顿眼里，他给自己的感觉是，他就像前阿兹特克①时期的一尊砍伐者的石雕，那里盈溢着野蛮与生命力，可怖而残酷，但其中却又似乎孕育着某种带含蓄的妩媚。尽管如此，他还是巴不得能把他甩在这龌龊的舞厅里，由他一个人去自得其乐，以消此长夜吧，可他明白这办不到，还有一笔业务没有跟他了结。他一想到这一刻的到来便十分不是滋味。他曾被授命去付予曼纽·卡蒙纳将军一笔款项，以回报他携回的文件。可现在却是，货物未到；至于其余嘛——这些他就一概不知了；那已超出他的事务范围。无毛墨西哥佬跳舞跳到他跟前时兴致勃勃地向他挥手道：

“我音乐一停就回来了。先结了账吧，也就时间差不多了。”

阿显顿何尝不想弄明白他的一颗心都是怎么想的。可那里头究竟是怎么活动的他想猜也猜不着边儿。接着，一边用那喷香的手绢擦着他额头的汗珠，他回到了桌边。

“玩得开心吧，将军？”阿显顿问。

“我什么时候也都玩得开心。可怜的白色垃圾，但我管它呢？我喜欢一个女人的肉体在我怀抱中的那种感受，这时见到她的眼睛不断变得模糊起来，嘴唇渐渐分开，当着她对我的欲望正像太阳底下的奶油似的在融化着她的骨髓。可怜的白色垃圾，可她们是女人啊。”

他们出发了。墨西哥佬提出他们靠两条腿就是了。其实在那类地区，又在那种时候，能找到一辆出租马车的机会也就不大。可空中却是满天星斗。这正是个夏日的夜晚，空气仿佛凝聚不动。沉寂也正走在一旁，伴着他们前行，就跟个鬼魅似的。当他们快走近

① 阿兹特克人为墨西哥印第安人，有高度文化，约自13世纪起在墨西哥中部建立帝国，1521年为西班牙殖民者征服。

车站时,周围的房屋仿佛忽的一下突然显得色调更加灰郁,棱角线条也更加分明,这会使你感到曙色已经距你不远。一阵微弱的颤抖振动着整个黑夜。这是一个令人战栗的时刻,而夜之魂,在一瞬间,突然产生焦虑,虽然说自洪荒以降,千秋百代、亿万斯年,它从来无一天不是如此,它此刻还是会感到一种仿佛乏智般的恐惧:别到时候那新的一天不懂得如何破晓。但他们已进了车站,夜色也再一次笼罩包裹住了他们。这里那里还能见到几名懒散的运货工人,正像大幕降落布景已撤后的那些工作人员。两名士兵正一身暗淡的军装一动不动地忠诚值勤。

候车室是空荡的,但阿显顿与无毛墨西哥佬还是坐到了一个最偏僻的角落。

“离我那趟车开车的时间还有一个小时。我正好利用这工夫看看电报的内容。”

他从口袋里取出电报,又从文件包里取出密码。他当时所用的还不是很复杂的那种,它由两部分组成;一部分包含在一本薄薄的书中,那另一部分,交给他时全印在一张纸上,已在他离开协约国前被毁掉,内容都背下了。阿显顿掏出眼镜,开始工作。那墨西哥佬,坐在了席位的一角,不断地在卷烟来抽;他平心静气地坐在那里,根本不管阿显顿在干什么,颇能安享其辛苦挣来的安乐。阿显顿正在一个个破解着一群群的密密数字,闹出一个就记到一张纸上。他的译法是先别管意思,非等全部译完,绝不看它,这是从经验得来的,因为如果你把注意力集中到每个你刚译出的单个词上,你就容易过快作出结论,这样有时就难免会陷入误译。所以他的译法是很机械的,每个词写在纸上之后先不去理它,注意力不在个别单词上头。最后他译完了,这才通读了一遍。其内容如下:

康士坦丁·安德里亚底在庇伊俄斯因病受阻,将不克乘舟外出。见电速返日内瓦听命。

起初阿显顿还有些不解其意，再读才明白了。他从头到脚，颤抖成一团。接着，他这次是再也无法控制自己了，只见他以一种激动的、嘶哑的和怒不可抑的嗓音（尽管还是压低的），破口大骂道：

“你这该死的蠢货，你杀错了人啦。”

七　巴黎之行

阿显顿平时最习惯说的一句话就是他从来都不感觉到厌倦。另外他还有一个固定的看法：只有两种人特别容易感到厌倦，一种是缺乏办法来哄自己高兴的人，再一种，只能依靠外界来提供乐趣。阿显顿对他自己从不抱任何幻想，时下文学方面所带给他的那些成就并不曾使他忘乎所以。一名成功的小说或戏剧作者所获得的报偿究属重大的名声抑或仅是一时的微名，他在心里是有掂量的；而这个也只有当它涉及到可感知的利益时，才会使他想到。如果凭着他的名声他在船上住进了一处比他应付的票钱更高级的房间，他不会拒不接受，再有如果某位海关的官员因读过他的短篇小说而对他的行李免检放行，这时他会欣然承认，文学这个行道也不乏它的补偿。当着那求知若渴的戏剧界学生想向他讨教戏的写法时，他会连连叹气；而当一些热情洋溢的女士连嘘带喘地在他的耳边叨唠着她们对他的书是如何如何仰慕时，他真巴不得自己死了才好。但他毕竟自命为聪明人，而聪明人还感到厌倦就会有乖常理。不错，他往往能和一些一般被认为出奇地愚蠢的人津津有味地谈个不休，而这些家伙人们通常是躲得最快的，就跟躲债似的。很有可能这种时候他只是在发挥他的那种职业天性而已，而这东西不会永远不冒出来的；他们，实亦即他的素材，不会使他厌倦，正如化石不会使地质学家厌倦。一个正常人可能想望的东西他可说已全都有了。他在一家高级旅馆里居住着这么不错的房间，而日内瓦又是全欧之中最适合人居的大都市之一。在这里他不愁租不到一只小艇，在湖面上荡荡双桨，或租上一匹马，信步由缰地稍跑一段，因为在此一切都管理得井然有序的州县当中，郊区道路实已大多硬化，所以可供你到处纵马驰骋的大片草地已属有限。他还可以徒步漫游一番那些古老街巷，蹑足欠步于不少青灰的石屋周围，那么幽静而庄严，去重新捕捉一下那古昔世代的精神。他满怀喜悦地重读了一过卢梭的《忏悔录》，他又第二次或第三次地再去尝试《新爱洛伊丝》[1]但仍然读不下去。他也伏案写作。他在这里认识的人不多，因为他的身份只能使他退居幕后。但他还是能和居住在同一旅店里的个别人见面时稍聊上几句，因而倒也不感寂寞。他的日子是过得相当充实的，而且变化多样，即使有时再无他事可做，他仍不难从其种种回忆之中自得其乐。生活在这样的环境中，一个人真是无法想象他会感到厌倦，然而却仿佛天际的一片孤云那样，他还是在那远洵处窥见了厌倦的影子。说到这里，他想起了当年路易十四的一则轶事。据说他曾召唤一名廷臣到某一典礼去侍奉自己，但等廷臣到时他已准备离去，这时但见他以冰冷庄严的口吻对那人讲道，j'ai faili attendre。对于此语，我所能提出的唯一的译文，且属不佳的译文，便是，我总算刚好躲过侍奉；对此阿显顿不妨照仿一句，他也算刚好躲过厌倦。

也有可能，他琢磨着，当他正骑着一匹尾大颈短的灰斑纹马沿湖漫步的时候，他胯下的这匹驽马也将像一些老图片上见过的那种战马似的，忽地双蹄凌空，骧腾起来；但不会的，这个牲口却是从不腾跃的，即使一阵小跑也得你用马刺好好戳戳它才行。是的，很有可能，那些深居在伦敦情报总部的要人，那些一手扼着这座庞大机构之命脉的主要头头，他们过的那种日子又会有多快活；他们可以把他们手下的棋子摆来摆去，可以看到那千丝万缕（阿显顿开始大

---

① 以上两书均为法国18世纪启蒙思想家卢梭的名著。前者是他的自传，以暴露的真诚大胆激烈热情著称，在当日颇曾惊世骇俗，开新型自传之先河；后者为书信体言情小说，其中对阿尔卑斯山与莱蒙湖的大量景物描写极有名。

逞文才，形容开了）所交织成的百千图案，可以利用仿佛拼板玩具里的那些条条块块去接合搭配成不知多少奇异画面；至于说到像他自己这样的一名小卒，当一名这里的成员并不像外界一般人想的那样，充满着惊险的场面。阿显顿这个小官只是过着一种按部就班、枯燥单调的生活，跟市中心的许多职员并没什么两样。他不过是定期召见一下他手下的特工，按时给他们发放工资；何时又得到一名新手时便雇用下他，给予指示后便打发他去了德国；等到情报传来，他再寄送出去；他照例每周前去法国一次，在边境与其同事磋商一些问题，以及听候伦敦总部指令；他每逢有集市时便去趟集市，以便从隔湖过来的卖奶油女人的手里接过点儿情报；他必须时时刻刻注意视听观察。他还得不断写些长篇报告，这些他认定没有人会去看的，于是一次他无意间在那里面开了句小玩笑，其结果是立即遭到严斥，被认为不够严肃。他经常做的工作显然都是些必须做的，但却很难说不是单调乏味。所以为了寻点刺激，他一时心血来潮，竟想起同黑麾斯女男爵拉扯一下。他这时已敢肯定，她是干间谍的，受雇于奥国政府，而他所期望看到的正是未来他在一番交手中所可能携来的乐子。想到他将和她发生的一场斗智肯定会很有趣的。他敢肯定，她会不断给他设伏下套的，而如何一次次逃脱这些圈套定将使他不至于头脑生锈。他觉得她也并非不乐意参加进这场牌戏。当他送花给她，她会写给他热情的短简。她还拉他去湖上荡舟，并在将修长的皓臂拖在水面时抛出几句谈情的语言和一段伤心的往事。他们还一起进餐，一起观剧，看上一出用法文和用散文演出的《罗密欧与朱丽叶》。还没等阿显顿想清楚这场戏该演到什么地步时他已接到 R 的严厉短信，责问他意欲何为：讯息"已经传来"，说他（阿显顿）与一名自称为黑麾斯女男爵的女人来往过密，而她乃是同盟国集团的间谍人员，因而与渠之关系只能限于严格客套而不得有所逾越。阿显顿见信后只是耸肩。看来R并没有把他想得那么聪明。这时他忽地产生了要查查这件事的想法,而这点他以前并未想到过,那就是日内瓦这里总会有那么个人,至少他的一项捎带差事就是对他加以监视。显然会有个人被授命去注意他有无怠工误事或失检不端等行径。阿显顿也感到非常好笑。这个老奸巨猾,办事这么不择手段!他本人嘛,他既不自己去冒险;又不信任任何别人;他只是在利用他的工具,至于别人是行还是不行,他向来没句认可的话。阿显顿倒也四下作了一番观察,但愿能寻出那个将自己的情况向R进行汇报的人。他疑心那人就是旅店中的一名服务员。他知道R向来最相信这些服务员;他们能有机会看到许多东西,而且非常容易介入到这里那里,这些地方的所谓情报就只等着人去采集就是了。他甚至疑心他的一些情况是否即是从女男爵那里直接得到的,而这事说起来其实也并不奇怪,如果说她也是被某个协约国同时雇用了。自这以后,阿显顿对女男爵依旧礼数不缺,只是不再献殷勤了。

他掉转马头,缓缓骑回日内瓦,旅店马厩的一名管马的人已恭候在门首。阿显顿跨下马来,进了店中。柜台上看门人递给了他一封电报,其内容如下:

麦吉姨近来极感不适,现下榻巴黎洛蒂旅馆。见电盼能前去探视为祷。雷蒙德。

雷蒙德为R的许多滑稽的noms de guerre[①]之一。但既然阿显顿无福拥有如此一位贵戚,他的判断是,这不过是命他前去巴黎一

① 法语:假名、别名、浑名等。

趟罢了。阿显顿早就知道，R 常把他的闲暇时间用在阅读侦探小说上面，特别在他心情好的时候，他对那些廉价小说的文笔每每产生绝大的模仿兴趣。当他心情不错时他也好来点“惊人之笔”[①]，但当心绪不佳时，那就轮到他的下属触霉头了。

阿显顿看罢电报就若不经心地随手把它丢在了柜台上，一边询问柜上去巴黎的快车何时出发。他看了看挂钟以搞清他还来不来得及趁领事馆未关门前去弄到他的签证。当他正准备上楼取他的护照而电梯的门已关上时，他突然听到门房在喊他。

“先生忘记了自己的电报。”

“我好糊涂，”是阿显顿的话。

阿显顿明白，如果那名奥国女男爵琢磨起为什么他会这么突然地去了巴黎，见这纸电报就会弄清他有一名女亲戚出现身体不适情况。在那种战火纷飞的多事之秋，一切还是更多放在明面上好。法国领事馆的人员倒都还认识他，所以去后没费多少时间就把事情办了。他去使馆前已告知门房为他购票。回来后他很快沐浴换装完毕。他对这次非所预期的出游的前景感到相当兴奋。他喜欢这次旅行。他在一间卧铺车厢中睡得很好，而当某次突然的颠簸把他弄醒时，他也会不以为意，这时抽上支烟，静静躺上会儿也是挺愉快的，如今一个人在这包厢中独处，不仅空寂得迷人，而且感觉绝佳。车轮每过接轨处的一阵阵很和谐的旋律，正仿佛一幅可爱的背景，恰恰与一个人的内心活动相吻合，而飞驰般地驶过广阔的原野与黑夜时，仿佛自己也变成了驰骋于浩瀚天宇的星球，同样使人兴奋激越。更何况在这旅途的终点还有一项叫未可知。

当阿显顿抵达巴黎时，天气骤冷，一阵细雨正在落着。他感到

① 原文为 to bring off a coup，coup 为法语，意为妙计一条、惊人之举等。

自己需要再梳洗打扮一番。但他精神健旺，兴头很高，他从车站打电话给 R，问询一下那麦吉阿姨此刻如何。

“我高兴地看到你对她的感情非同一般，分秒不误就赶到了这里，”R 回答道，声音里头似像透着一丝呵呵，“她目前的确非常欠佳，但能见得着你对她将大为有益。”

阿显顿心想，这就是一名业余幽默家（相对于职业幽默家而言）最常犯的错误了；他一旦说了个笑话，就接二连三地说起没完。一个说笑话的跟他的笑话的关系，恰恰是一只蜜蜂跟它的花儿的关系，离得越快和来得越不经意越好。他应当是笑话一说，就不再提。当然多啰嗦上两遍也没有什么大不了的，这正仿佛一只蜜蜂在飞近一朵花时多嗡嗡上一阵；因为对于一些头脑迟钝的听众事先声明一句下面将有笑话要说，也不一定就不必要。但与多数职业幽默家不同，阿对其他人的幽默还是能心存忠厚的，所以此刻他在回答 R 的话时便仍按 R 的思路进行。

“她什么时候想要见我，你认为？”他问道。“把我的爱先带给她，好吗？”

这次 R 的呵呵声听得更真了。阿显顿只有叹气。

“她在见你之前肯定会想‘捯饬’一番的，我觉着。你是了解她的，她希望自己的形象更完美一些。我看十点半如何，这样你和她晤谈之后，我们就可以外出在什么地方共进午餐了。”

“好吧，”阿显顿答道，“那我就十点半到洛蒂。”

当阿显顿装扮一新，到达那旅馆时，一名勤务（此人他过去已认下）正在大厅里候他，见后即将他引入 R 的房间。他打开房门，带他入内。此刻 R 正背着一炉旺火，对其秘书口授什么函件。

“请坐，”R 说道，一边仍继续其口授。

这是一间装饰得很不错的起居室，花盆里的一大束玫瑰明显出之于某位淑媛之手。一张大桌上堆满着文件材料。R 比阿显顿上次见着他时又有些见老。他那清瘦的发黄面孔上皱纹更密,鬓发也更苍卷。沉重的工作损害着他的健康,而他又是个不惜力的。他是每早七时即起,然后一直工作到深夜方休。他的一身军服非常崭新笔挺,可穿在他的身上就显得有些邋遢。

"好了,"他道,"把这些全都拿走,然后便打出来。我签好后就出去吃饭。"接着他转身对那勤务兵说,"这会儿没事,你也可以走了。"

这位秘书,一名少尉,年龄二十多岁,显属文职人员临时挂衔的。他马上收拾起材料,离开房间。当那勤务也跟着走出时,R 叫住他道.

"不要走远,也许一会有事找你。"

"是的,先生。"

当屋中只剩下他们两人时,R 转向阿显顿,拿出一副在他来说即可谓是友善的态度。

"一路上还愉快吧?"

"不错,先生。"

"你认为这里如何?"他问道,用目光扫视了一下房间。"还不坏吧?我从来都弄不明白,一个人为什么就不该尽其可能来稍享受享受,以冲淡这种战争苦难。"

就在 R 这么闲扯时,他一边正以一种少见的凝注在紧盯着他。他的那双淡灰的眼睛,由于靠得过近,其凝视给人的印象是,那眼神可说直逼你的心窝儿,而且对在那里看到的东西很少会有多大好感。R 在他偶有的无所顾忌的时刻中倒也完全不避讳他的这种看法,那就是,他不是把他人看成傻子就是看成恶棍。这个正是他在他的行道上所无可逃避的一大障碍。不过总的来说,他还是更好把人看成恶棍；明白了这个，你也就明白你将面对的是些什么，以及你该如何去应付才是。他是一名职业军人，以前的生涯是在印度和一些殖民地里度过的。战争爆发之初他还驻扎在拉美的牙买加。陆军部里某位和他有过交道的负责人这时想起了他，于是把他调了过来，安排在情报部。由于精明强干过人，他很快便担起要职。他不仅精力特别丰富，而且颇具组织长才，他办事无所顾忌，但却勇而有谋，决心毅力极大。他或许只有一项不足。终其多半生的经历，他都不曾与社会上稍有些影响的著名人士，特别是其中的女流，多接触过。他所见到过的女性也只限于他同僚侪辈的、政府官员的乃至企业界人士的家室，因而当战争初期他进入伦敦后，他的工作使他有机会首次见识到那些光彩照人、精妙绝伦的贵妇人时，他当然感到头晕目眩，难以支应。那些人使他自惭形秽，但他还是渐渐获交于群芳，并颇得其青睐。而在阿显顿看来（他对 R 的了解是 R 远远猜不到的），刚才那盆玫瑰就是一个明证。

阿显顿明白 R 当然不是找他前来扯闲篇，谈天气，话年成的，只是不知什么时候才会进入正题。好在这次时间不长。

“你在日内瓦还是干得相当不坏的，”R 评论道。

“我很高兴你这么看，先生。”

突然 R 变得冰冷严峻起来。他不再闲扯。

“我现在有项工作要你去做。”

阿显顿没有作声，但却由衷感到高兴，一种雀跃之情仿佛来自心窝。

“你听说过一个名叫商得勒·拉尔的吗？”

“没听说过，先生。”

一种不耐烦霎时掠过 R 的眉头，就好像是，他想让他的下属知道什么他们就该知道什么。

“你这些年来都住在哪里?”

“梅菲区柴斯费尔街 36 号。”

一丝笑意又返回 R 的焦黄面庞。这个稍显冒失的回答正合他那善谑心理。他走向那张大桌,打开公事包,从那里面取出一张照片,然后递给阿显顿看。

“就是此人。”

对阿显顿这个不太熟惯东方人面孔的人来说,这与他见过的千百个其他印度人似乎也无多大区别。这不过是川流不息地来英国这里的某位某位拉古[1]罢了,这些人还好在报上刊出其照片。这张照片显示的这个人生着一张肥脸,面孔黧黑,厚唇肉鼻,头发浓密而直,一双大眼即使在照片上仍显得很水灵和类似牛的眼睛。他穿着西装的样子很不自然。

“这一张是穿他本族衣服时照的,”R 另递给了阿显顿一张。

这是一张全身像,而刚才的那张只能看到头和肩部,而且拍摄时间也更早了些年。像中的他更瘦一些,眼也显得更大而严肃,几乎快吞掉他的尊容。它显系出自加尔各答[2]当地的某个摄影师之手,那背景本地味十足,古里古怪。商得勒·拉尔身后的背景是一个画面,上绘沉静的棕榈树一株和一片海景。他站在那里,一只手放在桌面,桌上置有花盆一只,蓄着橡胶树一类植物。他头戴其民族头巾,身着浅色长长紧衣,看上去倒也不无一定之尊严。

“你对他的印象如何?”R 问道。

“我看他倒不像是一个没有性格的人。从他身上能看到一点气势。”

---

① Rajah 一词的译音,印度对王公、首领一类人物的尊称。
② 印度港市。

"这里是他的 dossier①,你可以看看。"

R 递给了阿显顿几张打印材料,阿显顿于是坐下阅读。R 戴上眼镜,开始读起那些等待着他签名的信函。阿显顿先把报告粗看一过,然后便专心细读起来。材料显示,商得勒·拉尔是一名危害严重的政治鼓动家。他职业为律师,但投身于政治,对英国在印度的统治抱有十分敌视的态度。他曾是某些武装力量的头领,不止一次负责过暴乱活动,结果造成大批伤亡。他曾一度遭捕,并经审讯判处过两年监禁;但战争一开始后他便又重获自由,然后抓住这个时机开始挑起公开叛乱。在许多旨在困扰驻印英人的阴谋诡计当中,他都曾是其核心人物,其目的在阻挠将其驻军及时调往欧洲战场,另外由于来自德方间谍的巨款资助,他确曾为害极烈。在两三次爆炸事件当中他都曾涉嫌在内,虽然除误伤少数无辜闲人,真正的杀伤实际有限,但却动摇了公众信心,造成士气低落。对他所发动的多次逮捕都被他逃脱;他的活动量是惊人的,他仍然四处为害,可警方却始终捉不到他,只知道他此时此刻正在某城某镇,但事一办完就又消失不见。最后以谋杀罪名对其捕获提出高额悬赏,但他又逃离印度,亡命美洲,继而从那里流窜到了瑞典,并最终潜入柏林。到了该国他继续忙于其破坏活动,不断从那里抛出一连串的阴谋诡计,妄图在已调入欧陆的印度本土士兵中制造不满情绪。所有这一切只是流水账似的干巴叙述,既无评论,也无解释,但尽管材料本身生硬枯燥之极,你见后仍不难得到某种神秘之感、惊险场面、一些间不容发般的仓皇出逃以及火烧眉毛似的窘迫脱身。报告的结尾如下:

"商在印度有妻室及子嗣二人,此外未闻有过外遇。无烟酒嗜

① 法语:文件、撮要、简介或履历等。

好。为人诚信。他过手的钱款不少,但从未听说有过滥用(!)之事。他勇毅卓著,工作勤奋,生平颇以能守信义为荣。”

阿显顿把材料还给R。

“如何?”

“狂人一个。”阿显顿心想,关于此人,确可谓是不无相当浪漫色彩与迷人之处,但他明白,R想从他那里听到的绝不是这类胡扯,于是补充一句道,“他看起来的确是个非常危险的人物。”

“在印度全境乃至境外,属他最为诡计多端了。他所造成的危害比他们那伙人加到一起还更严重。你知道这批印度人在柏林有一个团伙,而他就是那个团伙的首脑。如果他能被铲除掉,其他人的危害就有限了,他是他们中间唯一的一个有点本事的人。我已经设法捉拿他一年了,看来希望不大;可现在,我的运气终于来了。老天作证,我一定要抓住这个机会。”

“那你准备如何行事?”

R露出狞笑。

“枪毙了他,而且分秒不误地枪毙了他。”

阿显顿没作回答。R在那个不大的房间里来回踱了几次,然后再次背对着炉火面向着阿显顿。他那薄薄的嘴唇已被一丝微弱的讪笑所扭曲。

“你注意到在我给你的那份报告的末尾处曾有着他从不曾有过什么艳遇的字样吗?那话确实不假,但现在已不再是了。那混蛋现在陷入了情网。”

R又走到他的公事包那里,从中取出了一束浅蓝色丝带捆扎的东西。

“请看,这就是他的情书。你是位小说家,一定会高兴看到它们。实际上,你也就该好好读读,这对你把握这个局面是会有帮助的。把它们带回去看看吧。”

说着R又把那小捆东西扔进他的公事包里。

“真搞不明白像他这样的能人竟也会因为一个女人而给弄得神魂颠倒。我万没想到这个也会发生在他身上。”

阿显顿的目光扫视了一眼桌上的那盆玫瑰,但没加评论。这位什么也逃不过他锐眼的R看见了那一瞬,登时面色暗了下来。阿显顿明白他的心里似乎在追问他,他刚才在偷看什么。从这一刻起,他对他这下属已再无好感可言,只不过没说出口。他又回到原来的题目。

“不过刚才的种种说来倒也全都无关紧要。一句话,他和一个名叫居利亚·拉匹勒的女人热恋上了。他对她爱得发疯。”

“你知道他是怎么把她搞到手的?”

“当然我知道。她是一名舞女,跳西班牙舞的,但她却是个意大利人。为了在舞台上叫得响亮,她另给自己起了个艺名叫什么拉·玛拉圭娜。这种情况你当然并不陌生。一口西班牙流行歌曲、一身透明黑纱、一柄大扇和一具高梳之类。她在欧洲各地已经有了十年舞台生涯了。”

“她有什么过人之处吗?”

“没有,毫无价值。她在英国也主要是在一些地方上演演,当然在伦敦也偶尔有些。她每周的进项都超不过十镑。商得勒是在柏林一家Tingel-tangel遇上她的,你懂得那种地方,一种低级的歌舞厅。我对此的理解是,她明白她在欧陆的评价不高,在她来说,她的舞蹈表演只不过是借以抬高其暗娼身价的招徕术罢了。”

“在这战争期间她是怎么去的柏林?”

“有一个时期她嫁给了一个西班牙人,我认为她现在还是这种婚姻关系,虽然他们并不住在一起。她是用西班牙的护照去的。看来商得勒曾经对她死追不舍。”说着,R 又拿起这印度人的照片,对它凝视了一阵,接着道,“你在那个满脸油腻的小黑鬼身上恐怕看不出太多招人的地方吧,天啊,他都胖成什么了。不过事实还是事实,她对那人的狂恋程度也快赶上那人对她的了。她写给那人的情书也在我这里,当然只是复印件,原物仍在她手里。这些,我敢说,他会用粉红丝带捆着的。她对那人爱得发疯。我不是个文人,但什么东西露出真情的时候,我还是能理解的。况且你还要去读读,读后可以谈谈你的看法。可是也有不少人讲世上就从来没有一见钟情这回事。”

R 微带揶揄地笑了笑。他今天上午肯定心情不错。

“这些信件你是怎么弄到手的?”

“我是怎么弄到手的?你想想看我是会怎么弄到的?由于居利亚·拉匝勒的国籍是意大利,她终于被德国人驱逐出境,遣送到荷兰边境。但因为她有一封英国那里寄来的舞蹈聘函,她获准了英国的入境签证。于是”——R 这时找到了信上的一个日期——“于是,刚过去的那个 10 月 24 日,她从鹿特丹起航去了英国哈尔维治。自此以后,她曾先后在伦敦、伯明翰、普特茅茨以及其他等地跳过舞。两周之前她在赫尔①遭捕。”

“罪名是?”

“谍报罪。她被转移到了伦敦。我还亲自去哈洛威那里提审了她。”

阿显顿与 R 两人面面相觑地互望了一晌,一时无语;对此的解释有可能是,双方都在竭力想弄清对方的想法。阿显顿考虑的是,这一切背后的真相到底何在;R 考虑的则是这一切当中让他知道多

① 英国港市,地在约克郡东南。

少才更有利。

“你是怎么看出她的问题来的?”

“我觉着,怎么德国人一连让她在柏林跳上几个礼拜都一点没事,可又突然没甚理由地把她驱出国境。这正是为了便于日后去干间谍工作。而一名对其贞操毫无所谓的舞女更有条件去借机窃取到许多情况,为此柏林方面即使多花点钱也完全值得。我不禁想,既然如此,让她到英国这里跑跑又有何不可,岂不更便于查清她的罪恶名堂。我于是跟踪上她。我发现她每周都要往荷兰某地发两三次信,并从那里收到回信。她的信是用一种古怪的杂凑东西写成的,里面法文、德文和英文都有(她平时稍稍说点英文,法文还不错);但她得到的回信却完全用的是英文。那英文倒也是正确的英文,只是不是一个英国人笔下的英文,太花哨和太浮夸铺张。我开始琢磨起来,写这些东西的会是个什么样的人哪。这些东西表面上看不过是些普通的情书罢了,但却火药味不低。它们明摆着是从德国寄来的,另外写信的人既非英人法人也不会是德人。为何非要用英文来写?那些其英文程度相对于大陆其他语言更好的人主要是些东方人;土耳其人和埃及人就不是这样,他们是通法语的。一个日本人会用英文来写,印度人也会这样。我最后得出的结论是,居利亚的情人就是在柏林那里为我们制造麻烦的那伙印度匪帮中的一员。我一起初也没有想到就是商得勒,直到我见到他的这些照片。”

“这些你是怎么弄到手的?”

“这些就带在她的身边。那还是有点分量的,加到一块。她把它们锁在了她的箱子里,和不少别的剧照都混在了一块:唱喜剧的、演小丑的、演杂技的、耍把式的,什么都有,所以见了之后很容易把它当成了某个着装的艺人的照片。事实上,当她遭捕后鞫讯时被问起这张照片拍的是谁时,她曾推说不知,说她只记得这是某个变戏法的送给她的,至于他姓甚名谁就更一点印象也没留下。不过不管咋说,我派了一个机灵后生去查询了此事。使他奇怪的是在这一大堆照片里唯独这一张是从加尔各答寄来的。另外他注意到相片的背面上有个数码。他把它弄了回来,弄回了数码,我的意思是说;当然那张像仍留在了那箱子里。”

“顺便问一句,只是出于好奇,你那个非常机灵的后生又是怎么一下就抓准了这张相片?”

R的眼睛闪烁着得意的喜色。

“这就不关你的事了。不过我仍不妨告诉你说,他确实是个长得很不错的美少年。但这就更无关紧要了。得到这个数码后,我们立即一封电报打到加尔各答;时间不长,那边便喜讯传来,证实了我的猜想,居利亚的热恋对象不是别人,而正是这位从不贪污腐败的商得勒·拉尔。这样,我认为自己的责任即是要对居利亚监视得更紧密些。她好像对海军军官们有一种暗恋表现,对此倒也很难怪她,他们对女人确实是太有吸引力了。但在这种不太平的年月,一个身份如此而又国籍不清的女人太多和他们混在一起总不是个聪明办法。没有多久,有关她的罪状的证据就已经收集到了不少。”

“那她的材料是怎么送出去的?”

“她没有送材料出去。她连想都没想。德国人把她赶出来就是真赶出来了,不带别的目的。她没有为他们效力,她只为商得勒一个人去效力。当她在英国的聘约到期之后,她本打算返回荷兰去同他会面。在搞情报这方面她不是太聪明的,她太紧张,但这事对她不难,没有人会操她的心的,其结果倒还是搞得满红火的,她没担任何风险就将各式各样的有趣情报都弄到手了。你有看她在一封信里所说的话:‘我现在可以告诉你的东西实在是太多了,mon petit chou[1] 亲亲,以及你会 extrêmement intéressé[2] 去了解,’她还在那些法国词儿底下打了下线。”

R 停了下来,搓了搓手。他那带着倦意的面孔流露出对自己的狡黠的深为得意,并接着道:

“这真可说是谍报工作的通俗版了。其实她在我的眼里是一文不值的。我真要抓的只是那男的。好了,所以等我在她的身上搜出现货,我立即拘捕了她。我掌握的罪证就连给一个团的特务去定罪都有富余。”

R 把手插进了衣袋,苍白的唇边透着的那丝微笑简直快成了一副鬼脸。

“哈洛威那里可不是个太舒服的地方。”

“我看没有监狱是,”阿显顿说道。

“我没有马上理她,我让她自作自受,先受受煎熬。一礼拜后我审她时,她神经上已经快顶不住了。女看守跟我说这些天她一直是歇斯底里大发作。我也认为,她已经像个活鬼了。”

“她长得美吗?”

“这个将来你自己看吧。反正她不是我喜欢的那路。不过公平地讲,她上了妆,再捯饬捯饬什么的,也还是满过得去的。我见她时完全是一副荷兰大伯[3]式的模样。我先把敬畏上帝的道理向她作了点灌输。我跟她讲她会判上十年。我觉着我吓坏她了。我明白我只是在试下效果。当然她一件也不承认,可事实俱在,不容她不

① 法语:我的小情人。chou 实际上与那已出现的英语词儿 darling 犯复。
② 法语:非常有兴趣。
③ 原文作“talked to her like a Dutch uncle”。谚语式表达,意即像个长辈那样训诲一名后生。

承认。我明告了她，她滑不过去的。我跟她费了三个小时。到最后她算是彻底垮了，一切全招了。然后我就又跟她讲，我会立即让她自由的，如果她能让商得勒来到法国。她听后一口回绝，说她宁死也不干这个，说着歇斯底里便又来了。来就来吧，这我不管。我只跟她说，你再考虑考虑，一两天后我还再跟她作次谈话。实际上我把她撂了一个礼拜。这一来她不愁没有时间去考虑了，所以等我再过去时她已经相当冷静地在问我，我所提出的具体要求是哪些。她在监狱的时间只不过两个礼拜，可我看她已经受够了。我把该说的尽量直截了当地跟她说了，她也就接受下来。”

“我还没有太听明白，”阿显顿道。

“还没有吗？我看恐怕连智力最不行的人也听明白了。那不就是说——只要她能把他招引过来，穿过瑞士边境，进入法国，她就可以一切免究，爱去西班牙爱去南美，都随她便，而且路费代付。”

“可她又怎么能使商得勒这么来干？”

“商正在狂恋着她。商只盼能见着她。他那些信都是狂人的信。她已经发出信去，说她拿不到去荷兰的签证（我已跟你说过，她的演出一完就去那里会他），但可以拿到去瑞士的。那是个中立国家，商去了那里会安全的。商听到了有这机会不禁狂喜。他们已经商定在洛桑见面。”

“不错。”

“等商到达洛桑后，他就会又得到一封这女人的信，信里将告诉商，法国当局不允许她过境，因此她只能先去梭南，那里虽地属法国，与洛桑只是一湖之隔。她这封信就是要商前往梭南。”

“是什么使得你认为商会同意？”

R沉吟了一晌。他以一副愉快的表情望着阿显顿道：

“她不能不使商这么做，如果她不想去监狱服上十年劳役。”

“我明白了。”

“她今晚就要从英国被押解过来。我要你乘夜车把她解送到梭南。”

“我?”

“不错,我认为这种任务你肯定能干得很好。可以想见,你对人性的了解要比一般人强多了。这事对你来说也是换换环境,去梭南消闲上一周两周。我觉着那还是个挺美的地方,虽说不大,但也满入时的——至少在战前。你还可以在那儿泡泡温泉。”

“我把那女的带过去后你都要求我干些什么?”

“你尽管放手去干。不过我也写下了几条,可供你参考。我现在就给你念念?”

阿显顿注意听着。R 的办法是简单明了。阿显顿听后对此公的一副头脑不由得不佩服,一切都没想得那么利落。

R 提出他们该出去吃午餐了。他想让阿显顿把他带到一家可以见到时髦人士的地方。使阿显顿感到好笑的是,别看 R 平时在办公室的时候那么精明厉害,那么充满自信和机警干练,一旦走进一家饭店就会登时害羞得着起怕来。为了表示自己非常闲在他不免话音过高,那份轻松也都有些过度。从他的言谈举止中你不难追索出他早年那幅卑微凡庸的身影,直到突如其来的战争才使他骤然显贵起来。他很高兴能在这座豪华饭店中同那些显贵名流耳鬓厮磨般地混到一起,而他自己完全是一名学童第一次戴上大礼帽时的感觉,另外对 maître d'hôtel[①] 钢铁般的眼神居然显得畏缩。他的一双锐目到处转个不停,并对一副焦黄面孔上泛溢着的自得之色而暗感羞愧。阿显顿把他的目光引到一名面目陋而体形美的女人身上,此

① 法语:大饭店的管家、主管、酒柜主任等。

人一袭黑裙，胸前佩戴着长串珍珠。

“那就是德·布里底斯夫人，大公剧院的女经理。她很可能即是最享誉欧陆的一位贵妇人，也无疑是一名最以其头脑为人艳称的裙钗之冠。”

R 的一双慧目在她身上停留了一刹，颊边泛红起来。

“乔治大仙[①]啊，这就是生活，”他感叹道。

阿显顿好奇地注视着他。富贵荣华对于从未沾染过它，或其诱惑之到来过于突然的人们来说，实在是危险一桩。就连 R 这种狡黠透辟、从不受蒙蔽的人也竟被这眼前的一派俗艳浮华弄得心神不定。正如文化教养的好处在于使你无论胡说什么都能说得精彩漂亮，同样富贵荣华的浸润也会使一个人见到花花绿绿粉饰装点时在看法上懂得分寸。

但当他们已经酒足饭饱，啜起咖啡时，阿显顿看到 R 此刻已陶陶然于佳肴美味与豪华的氛围。他又返回到头脑中的那个题目。

“那个印度人肯定是个了不起的人物，”他道。

“他当然有点头脑。”

“一个人居然有胆量几乎赤手空拳地来对付英国在印度的全部力量，也真算得上是好汉一条。”

“如果我是你，我绝不会对他那么大动感情。他算什么？一名穷凶极恶的罪犯而已。”

“我认为他不会满足于只去丢上几枚炸弹的，如果他能动用上整连整连甚至是整团整团的丘八。他是什么家伙也敢往出使唤的。这事你也怪不得他。他的目的是其本国的自由。如果表面看上去，他的所作所为甚至是有道理的。”

---

① 英人起誓用语，意为确实如此。按乔治为传统上英国的守护神。

但R只感到阿显顿是不知所云。

“那就说得太远得没边儿了,也太不健康了,”R道。“我们管不了那么许多。我们的任务就是要拿到他,然后毙了他。”

“那是当然的。他既已宣战,那就得承担后果。我是会完成你的指令的,我现在来这里也正是为了这个。但这仍不妨看到他身上还有一些可钦佩的地方,值得人的尊重。”

R再一次显露出他对其下级的一副严峻的批判面目。

“我现在还没想明白,干这类事的最合适的人选是那些干起来带热情的,还是只是冷冰冰的。有些人对我们反对的人也会是一腔怒火,义愤填膺,而当我们制胜他们时,他们又会是兴奋异常,就跟解了他们个人的心头之恨似的。当然他们会一颗心全扑在工作上的。可你就不一样了,不错吧?你看这一切不过是像看一盘棋赛那样,在情感上你对哪边儿也不偏袒。这点我还没太弄明白。当然啰,也或许某些工作正需要你这路人。”

对此阿显顿没说什么。他清了账,就同R返回饭店。

八　居利亚·拉匝勒

火车八时启程[1]。他放好旅行包后就沿着站台走去。他找见了居利亚·拉匝勒乘坐的那节车厢，但她蜷缩在一角，脸背着灯光，看不到她的面孔。她正由两名警探押着，他们已在布洛涅[2]从英国警方的手中接收过来。其中一名本来就是阿显顿在日内瓦湖的法国这边的合作伙伴，因而当阿显顿走过去时他立即上前与阿打招呼道：

“我问过这女士去不去餐车吃饭，但她想在自己的包厢里吃，所以我就给她叫了一篮饭菜。不知这么做可不可以？”

“完全可以，”阿显顿答道。

“我那伙伴就和我轮流去餐车吃了，不能让她身边没人。”

“考虑得非常周到。车开以后我就会过来找她谈话。”

“她好像就不想开口，”警探说道。

“这也就很难要求她了。”

他去了售票处购了后一段的票[3]，然后便进了他自己的车厢。等他再返回居利亚·拉匝勒那里时，她已吃过了饭。隔窗从那饭篮子来判断，她的胃口还不算太坏。那个看守她的警探见到阿显顿到来，立刻打开车门，并在他的提议下迅速离开，这时车厢内只剩下他们两人。

居利亚·拉匝勒一脸阴沉。

“我想你已经完全吃好了，”说着便坐在她的对面。

她点了点头，但没说什么。他打开了烟盒。

“想抽一支吗？”

她瞅了他一眼，有点犹豫，接着仍然没有言语，取了一支。他划了根火柴，替她点上。他惊奇起来，也不知哪儿来的理由，他原指望见到的是个雪肤金发女人，或许是总认为一名东方人所最痴迷的是这种类型，可她的肤色却太黑了。她的头发被一顶小帽紧紧遮着，看不太清，但一双眼睛却乌黑晶亮。从岁数上说，她早已不年轻，可能不下三十四五，至于皮肤也已显出皱纹而且偏黄。除了那双炯炯有神的大眼睛外，她实在够不上个美字。她倒是个头不小，可阿显顿担心，这样跳起舞来能那么轻盈袅娜吗？也或许在西班牙舞里就不同了，扎箍上那套奇装异服，她还没准是个非常迷人叫座儿的红火角色。但此刻在列车上，一身穿着乱糟糟的，就很难理解那印度人的如许痴迷。她用了评估的眼光盯着了阿显顿一阵，显然心里正在琢磨这会是个什么样的人。她从鼻孔喷出了一个烟圈，对之望了望，就又掉过脸去瞅那阿显顿。阿显顿看得出来，她的一脸的阴沉只不过是个面具，以掩盖内心里面的紧张和恐惧。她说话时用的是法语，带有意大利口音。

"你姓甚名谁？"

"我的姓名对你并无意义，夫人。我们现在正在去梭南的途中。我已经为你在 Hotel de la Place④ 订下了一套房间。目前也只有这一家还在营业。我觉着你会感到那里挺舒服的。"

"啊，原来那上校跟我说起的就是你。你是我的牢头儿了。"

"这只不过是走走形式。我不会侵扰你的。"

---

① 当然指的是押送居利亚的那趟发自法国布洛涅的列车已抵达巴黎，然后在八时再由这里开赴梭南。（于是而开始了一出由阿显顿任其解差头头的西式《女起解》？）
② Boulogne-sur-Mer，法国北部港口，地滨英法海峡。
③ 这话的意思是，他所要乘的车不是布洛涅—巴黎—梭南，而只是从巴黎至梭南的这一段。
④ 法语：广场旅店。

“再怎么说也是一样,你还是我的牢头儿。”

“但愿这时间不会太长。我衣服口袋里就装着你的一份护照,上面的一切手续全都齐备,可以准许你去西班牙。”

她使劲儿地往歙角的椅背上一靠。在那暗淡的灯光下,尽管眼睛又黑又大,却顿时显得面色煞白,突然间活活成了绝望的面具。

“真真的无耻之尤。我要是能把那个上校杀了,我死也会死得甘心。他太没人心了。我别提有多难受了。”

“我敢说,你目前的这场麻烦也是你自己找的。你原来就不明白当特务这事有多危险?”

“我从来没出卖过任何秘密。我并没造成危害。”

“那只是因为你还没得到过机会。你不是已经在一份详细的招供材料上签过字了吗?”

阿显顿尽量使自己对她讲话的口气来得平和一些,有点类似对待病人那样,不是粗声厉气的。

“啊,是的,我自己办了傻事。我写了那封上校逼我去写的信。为什么这还不够?如果他不回信,又要对我怎么着?我没法一定强迫他来,如果他不想来。”

“他回信了,”阿显顿答道。“信就在我这里。”

她一下停住了呼吸,嗓子哑了。

“赶快给我。我求求你让我看看。”

“这我不反对。只是看完得还给我。”

他从衣袋里取出商得勒的信来,递了过去。她不等到手就抢了过去。她贪婪地耽读起来。信长达八页。读着读着泪水就顺着颊边流了下来。她一边抽噎啜泣,一边发着爱的呼唤,不停地叫起写信人的昵称小名,法文意大文的都有。这封信是对她的那封(按R之命)要他前来瑞士会她的信的回信。他对这一美好前景欣喜若狂。他以热烈的言辞告诉她，对他来讲，自分手之日起，他真是度日如年，以及他是如何日夜思念着她，而现在虽然见面在即，他仍然深感这一段短暂的时间长得难忍难耐。她读完就把信丢在地下。

“你也看得出他是怎么爱我，看不出吗？那没问题。我懂得这个，请相信我。”

“那你也真爱他吗？”阿显顿提出。

“他是那些男人里头唯一的一个能真心待我的人。歌舞厅里的生活不是人过的生活，只管在欧洲各地到处奔波，一刻不停；常去那地方的男人全都不是我的心目中人。一起初时，我也把他看成跟其他人没甚两样。”

阿显顿拾起信来，放回皮夹。

“以你的名义的一纸电文已经发到荷兰的那个地址，内容讲你将于十四日抵达洛桑的吉朋斯旅馆。”

“那就是明天了。”

“正是”。

她把头一扬，两眼冒出怒火。

“你们逼我去干的事是多么无耻之极。这是可耻的。”

“没有人强迫你非干不可。”

“可如果我不干呢？”

“那你恐怕就得承担后果了。”

“我不能再进监狱，”她突然大叫起来，“我不能，我不能；我的前面只有很短的一段时间了；他说十年。我真可能被判上十年？”

“如果是上校跟你这么说的，那很可能也就是这样。”

“唉，我了解他。那张残酷面孔。他是毫无怜悯之心的。十年之后我又成了什么一副模样？不行，不行。”

这时列车已经在一个小站停了下来。守候在过道的一名警探正敲窗准备进来。阿显顿打开车厢门,那人递给了他一张带图明信片。图为旁塔里尔的一幅粗略景观,地为法瑞之间边境地带的一处小镇车站,图的中心有雕像一具与梧桐数本。阿显顿递给了她一支铅笔。

“请把这张明信片寄给你的情人。它即将在旁塔里尔发出。地址仍是洛桑的那座旅馆。”

她瞟了他一眼,便一言不发按其指示书写完毕。

“现在在背面再写上:‘兹在边境受阻,但平安无事。勿离洛桑去。’然后便可再加上点体己的话之类,这些就由你写了。”

他接过明信片,读了一遍,看看她一切有没有严格按他的指示去办。然后便伸手取过帽子。

“好了,现在就没事了。希望你能睡个好觉。明天一早车到梭南再叫你。”

这时那个轮流去餐车的警探也回来了。阿显顿走出包厢时两名警探就又进去。居利亚·拉匝勒蜷缩在她那角落。阿显顿把明信片交给等在外面的一名特工(他即将去旁塔里尔邮局寄发),便穿过人群回到自己的包厢。

次日一早他们抵达目的地时是个晴朗天气,但不暖和。阿显顿把旅行袋交给搬运工后,便沿着站台去了居利亚·拉匝勒的车厢,两名警探正守在那里。阿显顿向二人招呼道:

“早上好。好了,以后就不必有劳你们了。”

两人触帽致意,并向那女人说了一声再见,便离去了。

“他们这是上哪儿去了?”

“走了。他们不再来打扰你了。”

“那就是由你来接管我了?”

“谁也不接管你。我此刻只是受托把你带到你说的旅馆,然后就离开你。你一定要好好休息一下。”

阿显顿的搬运工取下她的行李,她也把箱子的搬运费交给了他。他们出了车站。一辆出租车[1]已等候在那里。阿显顿请她先上了车。去旅馆的路途还颇不短。阿显顿感到她一路没少用斜眼看他。她心中迷惑不解。他坐在那里一言不发。他们到达旅馆后——旅馆不大,坐落在一个类似小广场的散步场所的一隅,环境优美,前景极佳——店主立即将来客领入一处已为拉匝勒夫人备好的清洁居室。阿显顿转向他道:

“这很好嘛,我只呆一会儿就走。”

店主鞠躬退下。

“我将尽量使你住得舒适,太太,”阿显顿道。“你在这里完全是一名主人身份,而且想叫什么吃喝都听你尊便。对于旅店店主来说,你跟其他房客并无两样。你在这里完全自由。”

“自由出入吗?”她马上追问。

“当然。”

“同时一边一个警察看着,是吧?”

“完全不是。你住在这里就跟住在你自己的家里是一样的。什么时候想进想出,全都由你。我只要你一个保证,你不得不经我的同意往外寄送任何信件,或者不经我的准许擅自离开梭南。”

她长长地盯视了阿显顿一阵。她完全弄不明白这是怎么回事。她看上去似乎在觉着这只是个梦。

“我目前的处境使我只能是你要我保证什么我就保证什么。我现在就以我的荣誉向你保证,不经你的审阅我绝不随便发信,绝不

① 在西欧,出租汽车的前身为出租马车,这里很可能仍指出租马车(因故事的发生还在一战初期)。

擅自离开这里。”

“谢谢。现在就向你告辞。希望明早再有幸前来拜访。”

阿显顿打了下招呼便走出室外。他在警察局停留了五分钟,看看一切是否已经就绪,接着他乘上一辆出租马车去了一座小山上的一间幽静住处,地在城郊附近,是他每次来此地时的休憩之所。在这里洗上个澡,刮刮胡须,然后换上一双拖鞋,实在是件愉快的事。他只想懒散一阵,于是整个上午就这样看本小说度过了。

暮色降落之后,警察局的一名警察才登门前来找他。原因是,即使是在梭南这个地方,即使是在法国,还是让外界越少注意阿显顿越好。此人名唤费利克斯,法国人氏,个子不高,肤色黝黑,生得一双锐目,还有点不修边幅,下巴没刮不说,一身灰色西装也较褴褛,鞋子的后跟更快要磨掉,所以看上去倒更像是一名失业的律师文书。阿显顿递给他一杯酒,然后两人傍炉而坐。

“您的这位女士可是时间抓得紧了。”他开口道。“她来到这旅店还不到一刻钟,就已跑出去了,把一捆衣服还有什么小装饰品都卖给了集市附近的一家店铺。等午后的航班到达后,她又立即去了码头,购了一张去伊卫安的船票。”

伊卫安这个词儿需要解释一下,它是法国沿湖的第二站,从此出发,再行一程,即将抵达瑞士边境。

“当然她没有护照,因此被拒登舟。”

“她对自己没有护照一事曾作何解释?”

“她的说法是她忘记带了。她说她与在伊卫安那边的朋友有晤面的约会,于是尽量想说服负责官员准她上船。她还打算往那人的手里塞进一百法郎”。

“这个女人恐怕比我原来想的更蠢一些。”

但当第二天上午十一点他去见她的时候,他对她的企图逃跑一事只是佯作不知。此时她已得暇仔细梳妆打扮一番,所以看上去不像初见时那么龌龊了。

“顺便给你带来几本书供你消遣,”阿显顿道。“不然时间会长得没法打发。”

“那又与你何干?”

“我也只是不希望你受太多罪,能减少点就减少点。不管怎么说,这些书就留在你这儿,至于看与不看就由你了。”

“但愿你能明白我心里有多恨你。”

“这当然会使我听了很不安的。只是我弄不明白你又有何必要非得如此。要知道我也只不过是奉命行事罢了。”

“说说你现在又要让我干什么吧?我不会认为你此来只是为了向我来请安问好的吧?”

阿显顿禁不住笑了。

“我要你给你的情人再写封信,告诉他说由于你的护照有些地方不合格,因而瑞士当局未能准你入境,不得已只能暂来此地,不过这里倒也幽雅宜人,挺安静的,真的,安静得简直使人忘记周围还有战火。然后你再提出建议,要商得勒前来会你。”

“你认为他是个傻子吗?他会一口回绝的。”

“那你就得千方百计劝说他前来。”

她凝注了阿显顿好久才作出她的回答。他心想,此刻她的一颗心恐怕正在来回盘算,是否答应写信,表现得更加温顺听话可以为她自己赢得一些时间。

“好吧,那就搞听写吧,你说我写。”

“我希望你能用你自己的话去写。”

“那你给我半个小时,信就写完了。”

“我就在这里等吧。”

"为什么?"

"因为我喜欢这么着。"

她气得目射凶光,但还是强忍下了,没有发作。五斗橱上面就有现成的书写工具。她坐到了梳妆台前开始写起信来。信写完递给阿显顿的工夫,他看到透过她厚厚的脂粉她的面色是煞白的。这种信一看就知道那写信的人不是个要笔杆子的,不过还算写得不坏。当写到末尾来表达她是如何如何爱着他时,她竟情不自禁地热烈得一发而不可收拾,还真流露出了几分真情。

"再补上一句:前来送此信的人是一名瑞士人,绝对可靠。这信我不想让检查官见着。"

"请问绝对一词应该作何理解?"

"那就是你自己的事了。请再把地址在信封上写好,这样就终止了我这次不受欢迎的打扰了。"

说着他把信递到正等着到湖的对面去送信的一名差役的手里。

当晚阿显顿便把复信带回给这女人。见信她一把便夺了过去,压在心头半天不动。等她读毕,只听到她一声开怀大叫。

"哈哈,他不来了。"

复信系由那印度人以一种非常花哨和矫饰的英语所写成,表达了他的痛苦的失望。信中告诉她他是如何迫不及待地想见到她,因而她务必竭尽全力去多方进行疏通,以克服这道入境难关。他信中写道,他是没有可能前来晤她的,没有可能,原因是人家正在高价悬赏他的头颅。所以妄图一逞实在无异发疯。写到这里,他竟不免也幽默开了,其言为,她总不期望她的那胖乎乎的小情人也去吃枪子吧,你说哪?

"他不来了,"她又接着道,"他不来了。"

"你必须再写封信跟他说不存在任何危险。你必须说如果真有危险的话,你是万万不会要他来的。你必须说如果他是真心爱你他就不该犹豫。”

“我不写。我不写。”

“请别犯胡涂。在这件事上由不得你。”

她忽地一下泪如泉涌。她滚到地上,死死抱住阿显顿的膝盖不放,泪流满面地乞求对她开恩。

“只要这次你放了我,你要什么我都能满足你。”

“别再装疯卖傻了,”阿显顿回她道。“难道你是想要我当你的姘夫不成?行了,行了,请你放尊重些儿。你应该明白不照此办理的后果。”

她站起身来,态度忽地转成盛怒,然后便把阿显顿劈头盖脸地痛骂了一顿,什么脏字全使尽了。

“这倒比你刚才的表现要好一些,”他道。“好了,现在你是答应去写,还是我去唤警察?”

“反正他不来了。唤谁来也没用。”

“能把他弄过来只会对你非常有利。”

“你这话是什么意思?难道你的意思是说如果我在我这方面已经尽了我的最大努力,但是却失败了,那就……”

她以一副带着疯狂的目光盯视着阿显顿。

“不错,那就非他就是你了。”

她站不稳了。她把一只手放在了胸口。接着一言不发取过纸笔。但信写得不合阿显顿的心思,因而不得不要她重写。等她又写完了,她一头便扎在了床上,再一次动情地抽泣起来。她的悲哀倒也不假,只是在表情上不无一定的做戏味道,所以也就不能使阿显顿真太感动。他心想此刻他与她的关系正仿佛是一名医生在面对一桩他也无法缓解的病痛时那样,其间不杂一丝个人成分。他现在越发明白何以 R 把这件特殊苦差交由他去完成:这时所需要的是一副冷静的头脑与控制得当的感情。

第二天他没有再去见她。这封信的复信是迟至晚饭以后才到来的,带信前来他那小屋的还是那位费利克斯。

"好的,你给我带来什么消息?"

"我们的这位朋友算是穷极无聊透了,"这名法国人笑道。"她今天下午跑去了车站,时间恰当那趟开赴里昂的列车即将开车前不久。她在那里东张西望,似乎不知如何是好,见此我立即赶上前去,问她有何贵干需要我来帮忙。我自我介绍说我是 sureté① 的一名警务。如果说用眼睛瞪人也能致人死命的话,那么我这会儿已经不能站在你的面前了。"

"请坐下说,mon ami②,"阿显顿道。

"Merci③。她还是离开车站了。显然她也明白她是没法登上火车的。但有趣的还在后面。她掏出一千法郎想去贿赂一个船夫,条件是把她运到隔湖的洛桑。"

"那名船夫是怎么回答她的?"

"他说他不能冒这个险。"

"是吗?"

那小个子特工微耸其肩,笑了。

"她提出要那小伙子(船夫)当天夜间十点钟前来通往伊卫安的大路口去会她,这样他们两人可以再次谈谈条件。她还对那人讲,她不忍心对一名热心情人的殷勤好意太泼冷水。事后我对那船夫讲,此事可以由他自行处理,只要他能把一切重要情况及时前来

---

① 法语:保安局;警察署。
② 法语:我的朋友。
③ 法语:谢谢。

向我汇报就行。”

“你能保险你可以信得过他吗?”

“噢,完全可以。当然,他对这件事一丝也不了解。再有,她始终在我们监控之下。对这人你就不必担心了。他是个很不坏的小伙子,我对他从小就是知根知底的。”

阿显顿读起商得勒的复信。信写得激切而热烈,其间仿佛奇异地悸动着一个心灵的渴求。爱吗?不错。如果说阿显顿还多少稍谙此道,那么他不会看不出这个的——真情的流露。他告诉她,他是怎么样一连几个小时地徘徊在那湖边,眼睁睁地凝望着法国对岸。他们是那么近在咫尺,却又远在天涯!他反复强调他不能来,并央告她别再为难他了。天下的任何事情他都敢为她去做,唯独这个他却不敢。但他又提到,如果她非要如此坚持,那他又怎会忍心拒绝?他再次哀求她可怜可怜他。接着他又写道,当他一想到他连一面都没见上就又得离去,他曾痛哭了许久;他问她,难道她就没有一点儿办法能偷渡过来;他发誓说如果他一旦能把她揽到怀里他会再也不让她走掉的。即使他那生硬繁缛的英语也掩盖不住那几乎快将信纸燃烧着的熊熊烈焰。这是一封狂人的信。

“请问什么时候你能得知她与那船夫的交谈结果?”阿显顿问道。

“我已经和他约好在趸船或叫浮码头上见面,时间在十一二点左右。”

“那我跟你一道去吧。”

他们走下山来,为了避风先在海关附近的一片草地上停留了一晌。最后他们看到了一个人正向这里走来,费利克斯走出树阴叫了一声:

“安东尼。”

“费利克斯先生吗？我这里有封信请你看看。这封信是我答应她明早的第一班船就送过洛桑去的。”

阿显顿瞥了这人一眼，也没有问他与居利亚·拉匝勒之间都谈了些什么。他拿过信来，借着费利克斯的手电读了一下。信是用不通顺的德文写的。

“绝不能来。不用管我的那些信件。危险。我爱你。亲亲。不要来。”

他把信装在了衣袋里，酬谢了船夫五十法郎，然后就回去睡下。但第二天当他去见居利亚·拉匝勒时，他发现房门紧闭。他敲了一阵，但没回音。他对她喊道：

“拉匝勒夫人，你必须把门打开，我有话要跟你讲。”

“我还没起来。我病了。不能见人。”

“对不起，可你必须开开门。如果病了，我去叫医生。”

“不用，走吧。我谁也不见。”

“如果你不开门我就唤锁匠来把门弄开。”

一阵沉默。接着他听到了钥匙的转动声。他进屋了。她还穿着睡衣，鬓发鬅鬙。显然她刚刚下床。

“我已经是精疲力竭。我再也无能为力了。你只要看上一眼就会知道我生病了。我在床上折腾了一夜。”

“我不会占你太长时间的。怎么样，请个大夫看看？”

“大夫对我又能有什么用处？”

他从口袋里掏出她给船夫的那封信来，然后递给了她。

“请解释一下这是何意？”

她见了后几乎闭过气去，一张黄脸登时变得铁青。

“你答应过我一不企图逃跑，二不背着我去写信。”

“你以为我会遵守我的话吗？”她喊叫道，话音里透着讥笑。

“你是不会的。不过实话跟你说吧,我们现在把你安排在一个这么舒适的旅馆里面没有让你在监狱里去受罪,倒也不完全是单为让你过得快活。我觉得应当向你说明的一点是,虽说你在这里出出进进可以享受到一定的自由,但如果妄图离开梭南一步,那是梦想,就跟你的一条腿被锁在监狱的小囚室里还想逃掉一样都是梦想。白费功夫去写那些根本就寄不出去的信,实在是愚蠢透了。”

“Cochon①”。

她把这难听的脏字抛向了他,使足了浑身的力气。

“可你还是得坐下来去写一封能够寄出去的信。”

“绝不。我是再不写了。连一个字也不再写。”

“可你来这里时是讲好了的,你得干一些事。”

“我再不干什么了。我已经全干完了。”

“你最好再考虑考虑。”

“考虑!我早考虑过了。你想怎么着就怎么着吧;可我不在乎。”

“那也好。我现在给你五分钟的时间来改变一下你的主意。”

阿显顿掏出表来,盯着看那时间。他坐在了被褥凌乱的床边。

“这地方让我烦透了,这个旅馆。你为什么不把我关到监狱里去,为什么,为什么?不管我走到哪儿,后面都会跟着一批特务。你逼着我干的那些事太丢人了。太丢人了!我犯了什么罪了?你回答我,我干了什么坏事了?我不是一个女人吗?你逼我干的太丢人了。太丢人了。”

她尖着嗓子喊开了。喊了又喊,喊了个没完。很快五分钟到了。阿显顿二话没说。他站起身来。

① 法语:猪。

“好吧，滚，滚！”她对他尖叫道。

她继续用脏话骂他。

“我马上就会回来。”

他把房门的钥匙从钥匙孔中取出，把门反锁起来。他下楼后匆匆写了张便条，叫过来一个擦皮鞋的，打发他马上给警察局送去。他又返回楼上。居利亚·拉匝勒正胡乱躺在床上，面朝墙壁，一副身躯由于歇斯底里式的抽泣而仍在不停地抖动。听见他进来她没作表示。阿显顿坐在了梳妆台前的椅子上，呆望着那些堆放得乱七八糟的东西。全是一些不值钱的粗俗低级的化妆品，而且不太清洁。一罐罐的廉价胭脂和冷霜；一瓶瓶的描眉画眼的黛墨油膏，等等。发夹篦子也都太可怕、太油腻了。整个房间既不洁净，空气也给那些低级香水味熏得沉甸甸的。阿显顿不禁联想起了她必然曾经下榻过的那么多的房间，在那三四等的旅馆中，在她漂泊不定的流浪生涯中，在她为此而从一个小城镇到另一个小城镇，从一个国土到另一个国土的匆忙过程中。他纳闷她是从什么样的一个家庭里出来的。她目前是个粗俗浅薄的女人，但她年轻的时候又曾是什么一种情形？在他看来，她不是操持这类生涯的合适类型，她在这方面的条件并不太好，因而前途不大。于是他又想起了她的出身，难道她就是从那种所谓的“卖艺的”家庭出来的（全世界一样，到处都不乏那种世世代代专以此为生的家庭，其成员大都从事跳舞杂技或滑稽歌手等行当），或者只是因偶然因素而沦落风尘，而原因又可能是她爱过的人就是这类的行道中人，因而也就自然成了那人的搭档。再有她这些年来又曾经跟多少个男人厮混过；她所在的社团里的同事，其中的代理人或经理，这些人是会因为他们所居的地位而自认为天然地有权利享用她的；再有就是她曾在那里表演过的城镇里的一些纨袴子弟，他们当然会被她一时的耀眼的表演或刺目的肉感所迷惑颠倒。对她来说,他们正是肯掏腰包的主顾,而她也就不冷不热地将他们个个接受,来者不拒,并将此看作并承认是她可怜收入的一份不小的补贴;而对这些人来说,她也就是浪漫的化身。在那双花钱买到的膀臂之间,那些家伙至少一时间窥见着了外面财富世界的花花绿绿,领略到了,尽管是那么遥不可及和虚幻不实,那更加广阔人生里的一些艳遇奇会与迷人彩焕。

突然间,门边的一阵敲打声打断了阿显顿的遐想。他当即应声道:“Entrez①”。

居利亚·拉匝勒也猛地在床上坐了起来。

“是谁?”她喊叫道。

她唉呀了 声。她认出了押解过她的那两名警探,正是这两人把她从布洛涅一路长解送到了梭南,这才完全转交到阿显顿的手里。

“是你们!你们要干什么?”她尖声叫道。

“Allons, levez-vous②,”其中一个讲道,语气中透露出一种斩钉截铁式的突兀,听后你会感到,此人是容不得半点胡搅蛮缠的。

“恐怕你必须起来了,拉匝勒夫人,”阿显顿道。“我现在再次把你交回到这两位先生的手里。”

“我又怎么能起得来!我病倒了,你知道不。我站立不住的。你难道要杀了我吗?”

“如果你自己不穿起外衣,我们就不得不帮你穿了,可我们来穿肯定会笨手笨脚穿不太漂亮的。行了,行了,撒泼耍赖是没好处的。”

① 法语:请进。
② 法语:请起来吧。

“你们这是要把我带到哪儿去?”

“把你再带回英国去。”

一名警探抓住了她的一只膀臂。

“别动我,别靠近我,”她疯狂地喊叫起来。

“先放开她,”阿显顿道。“我相信她是会明白的,还是少找麻烦的好。”

“我自己来穿。”

阿显顿一边眼望着她。

她脱去“晨衣”,从头顶套进一件连衣裙,然后两只脚塞进了那显然已经过小了的鞋子。她理了理头发,一边还不时地、一脸晦气地匆匆瞥上那警探们一眼。这时阿显顿心里想,她能有胆子挺得住这一切吗? R 如果知道了他这心思,肯定会骂他傻瓜的。但他的内心还是几乎宁愿她能有这胆子①。接着她又朝梳妆台走去。见此阿显顿马上站起来让座。她迅速地在脸上涂了些油,然后用了一条脏毛巾又擦了擦,然后便又敷粉,便又描眉。但是她的一双手却在发抖。这三个男人都默默注视着她。然后她又在颊边擦起胭脂,给双唇涂上口红。然后便一顶帽子戴到头上。这时阿显顿一个眼神,领头的那名警探立即掏出一副手铐,朝她走去。

见此,她猛地便退了回来,两臂伸得挺老远的。

“Non, non, non, Je ne veux pas②. 不,不要这个。不不。”

“拉倒吧,ma fille③,不用犯傻,”警探的话挺不客气。

也许是在寻求保护(而且大出阿显顿的意料),她一下双臂搂

① 译者按,这话说明阿显顿这人还是心眼不错,因为如若真能够挺住,只会给他的工作带来极大不便,甚至使他完全陷入失败吧!
② 法语,意即后面译文中的话,但 Je ne veux pas 则意为“我不去(走)”。
③ 法语:我的女孩、姑娘等。

住了阿显顿。

“不要让他们带走我,对我开开恩吧,我不能,我不能。”

阿显顿费了老大劲才挣脱开。

“我也救不了你啦。”

警探正抓着她的手腕准备铐她,她突然一声大叫,躺在了地下。

“我答应按你们的意愿来做。我什么都干。”

在阿显顿的示意下,警探离开房间走了。他让她先平静一下。她仍然躺在地上,抽泣得死去活来。他把她拉了起来,让她坐下。

“你要我干什么吧?”她气喘吁吁地问他。

“要你再给商得勒写上封信。”

“我的脑袋里一片混乱。我写不成句子了。你必须给我一点儿时间。”

但阿显顿觉着最好还是趁着她那点儿恐惧还没过去的工夫就赶紧把信给写出来。他不想给她时间让她太想明白了。

“这回是我说你写。你只要把我口述的一字不差地全照记下来就再没你的事了。”

她一声长叹,又坐到了梳妆台前,拿笔伸纸,准备写信。

“如果这件事我干了……于是你也成功了,那么我又怎么能够得知我将被准许自由?”

“上校既然许下了你这个话,那就请相信我吧,我一定会执行他的指令。”

“如果我出卖了我的朋友,而最后还是得蹲上十年大狱,那岂不是要在别人眼里成了大傻瓜吗?”

“我现在就可以明告给你,你掌握着这方面的一切把握。如果不是因为商得勒,你对我们会有半点用吗?如果你已经再不能构成危害,我们又何苦花钱费事地把你关起来?”

她思索了一阵。这时她已经神情安定下来。仿佛是一腔情绪既已耗尽,她又重新成了一名头脑清醒的实际女人。

“那就开始吧。”

他沉吟了起来。他心想他当然有本领把这封信大致写成她一般能写成的那种样子,只是这事还真得好好斟酌一下。它既不能太通顺,也不能太文雅。他清楚在一些心血来潮的时候人们往往难免会变得热情过度和矫揉造作起来。不论写在书里或者演在舞台上面,这类语言都会给人以虚假的感觉,因此一名写书人或戏文的作者就不能不让他的人物说起话来要更简单一些,强调的地方也再少一些,不能跟实际生活中完全一样。这的确是个挺严肃的时刻,但阿显顿却免不了觉得其中实在很有几分好笑。

“我没想到我爱上了一个胆小鬼,”他开始了。“如果你真爱我,当我要你来时你就不会犹豫……把不会打上下线,打上两次。”他接着口述道:“当我答应你没有危险,如果你并不爱我,你不来也是对的。你不用来。回柏林去吧,那里你很安全。我已经腻味透了。我孤孤零零一个人在这儿。等你等得我都病了,天天我都念叨,他就要来了,来了。你要是爱我你就不会这么犹豫不决。这对我太明显了,你并不爱我。我现在讨厌死你了,厌烦死你了。我现在身上一点钱都没了。旅馆也糟透了。我没有必要再住下去了。我能从巴黎弄到个约请的。我有个朋友在那儿,他还真的提出点条件。我在你的身上耗费的时间够不短了,可你看我从那里又得到了什么。这事就从此拉倒吧。再见。你将再找不到一个女人能像我这样地爱你。我无法拒绝我那朋友提供给我的那些条件,所以我已经给他去了电报,告诉他说,只要他的回话一到,我马上就去巴黎。我不会因为你不爱我就责备你的,那不是你的错,但是你必须看到,如果还继续这么浪费我的生命,那我可是笨蛋一个。一个人是不会一辈子年轻的。再见吧。居利亚。"

当阿显顿把这封信拿过来看了一遍后,他也并不感到十分满意。但他也只能弄成这个样子了。可你别说,它还的确有几分像是真的,这个倒不全是文字之功,而是另有原因:因为英文不行,她的拼写就太不成样,所以凡是拼不来时,她就填上个表音的字母了事;再有书写也只是儿童水平;再有下笔不准,往往是写了划掉,划掉了又写;有些地方,法语词也上来了;而且不止一两处泪水把墨水湮湿,结果个别的字模糊不清了。

"好了,我现在就可以离开你了。或许再一次见着你时,我就能够向你宣布你自由了,想去哪里就去哪里。请问你今后想去哪里?"

"去西班牙。"

"那好。我这就去把该准备的全替你准备好。"

她耸了耸肩。他离开了她。

暂时阿显顿不太忙了,只能静待事态的发展。当天下午他便差人去了洛桑,第二天一早他又去了码头,去接那返回的船。紧挨票房有一间候船室,在这里他通知那些警探,是时候了,务请做好应急准备。每当一条船到达时,乘客们都要沿着那直码头挨个排队向前去接受其护照检查,然后才能被准许登岸。如果商得勒这次也前来了并且出示了他的护照(当然这个护照很有可能只是个假的,由某个中立国所签发),这时他便会被要求暂时等待一下,以便阿显顿对之进行辨认,而这一来他便要受到逮捕。因此当阿显顿凝视着这条船渐渐驶近而且一群人都已走下舷梯和踏板时,他的一颗心是相当激动的。他密切注视着每一名乘客,但他发现那里面根本没有一个人像个印度人。商得勒并没有来。一时间阿显顿真是有些手足无措了。他已经打出了他的最后一张王牌。其实这次在梭南登岸的也超不过六七个人。于是当这点儿人逐个受过检查,而且已经全都各奔前程之后,阿显顿只是慢慢吞吞地漫步在那长长的码头上面。

“喂喂,又失败了,”他对那费利克斯讲道,此人刚刚还在检查那些护照。“我所期待已久的这位贵宾竟然没有露面。”

“可我这里有你一封信。”

他把上面写着拉匝勒夫人收启的一个信封递给了阿显顿,而他一眼便辨出了商得勒·拉尔的那种蜘蛛丝般的细长笔迹。恰在这时,一艘自日内瓦出发并最终开抵洛桑与湖最末站(亦即梭南)的汽轮正渐渐驶入视线。它每天一早到达梭南的时间即在那反方向的船只开出去二十分钟之后。

阿显顿突然来了灵感。

“那捎信的人现在在哪儿?”

“正在售票处里。”

“快把这封信交给那人,让他去退给要他捎信的人。必须让他跟那人讲,他已经把信送到那位女士的手里了,可人家不收,又还给了他。如果原来那个人再要他捎一封信,他还得讲,再捎就完全没意义了,人家已经在装箱打包,说话就要离开梭南。”

看到信递了过去,又听到了交代给那人的一番指示之后,阿显顿这才安心地回了他乡间的那所小屋。

商得勒可能在那里头的下一班船五点左右终于到达了。因为这个时间阿显顿正好需要同一名现在德国活动的特工进行一次重要密谈,他曾通知费利克斯他有可能会迟来一会儿。如果商得勒已经来了,不难把他先拖住一阵;反正将会把他送去巴黎的那趟车要迟至八点多钟以后才开。当阿显顿刚了却了他那桩事,漫步下山的工夫他还不太着急。那时天还没黑,从那高处他一眼便看到那条船已经开出。这可是十万火急的一刻,脚下的步子不觉地便加快起来。忽然他看到一个人正迎面向他跑来,而且认出了就是那捎信的人。

“快跑,快跑,”那人大声喊道。“他来了。”

阿显顿的一颗心怦怦地直撞他胸口。

“总算来了。”

他也跑起来了。两个人一齐跑的工夫,那人一边气喘吁吁地告诉他说,他是怎么把那封未开启的信又送了回去。当他把信递到印度人的手里时,他刷地一下脸就白了(“我从没想到过一个印度人也能出来那种颜色,”这是他的原话),然后便把那信在手里上下掂量个没完,好像他也不太明白他自己的那封信“在那儿干着什么”。他眼泪一下便涌了出来,淌满两颊。(“那副哭相,真够你看老半天的,他是个胖子,你知道。”)他说了一些那人听不懂的话,接着又用法语问那人,去梭南的船什么时候开船。上了甲板之后,那人就看不到他了。之后才又发现了他,只见他缩在一件挺大的外套里面,帽檐遮着眼睛,一个人悄悄立在船头,一直目不转睛地凝望着对岸梭南。

“那么此人现在在哪儿?”阿显顿问。

“我自己先下来的,费利克斯先生要我马上就来找您。”

“我想此刻他们已经把他拘留在候船室了。”

他们跑到码头上时阿显顿已经上气不接下气。他一下便冲进了候船室。这时只见屋内声音震破了天,一大群人正在七嘴八舌、指手画脚地瞎胡议论着,中间地上躺着一个男的。

“发生了什么?”他叫道。

“看吧,”费利克斯先生道。

躺在地上的正是商得勒,他二目圆睁,口边流出一道白沫,人已死去。一副身躯抽搐得厉害。

“他自杀了。我们已经派人去请医生。事情来得太快了,猝不及防。”

一阵恐怖的颤栗袭击着阿显顿的全身。

事情经过是这样的。这个印度人上岸后，费利克斯从现有的描述中一眼便辨出他正是所要缉拿的人。其实那条船上也就只有四名乘客，他走在最后。费利克斯故意慢慢吞吞地来检查其他三人的护照，最后才再看他的。这是一份西班牙的护照，其中各项填写倒一切无误。费利克斯询问了一些有关问题，然后一一记录在册。之后他和气地对这人笑笑，说道：

“请先到候船室坐坐，还有几项手续需待履行。”

“我的护照不合格吗？”印度人问道。

“完全合格。”

商得勒迟疑了一下，但还是跟着这名警官走到候车室门前。费利克斯打开门后，站在了门边。

“Entrez.”

商得勒进去后，两名警探立即站起身来。他肯定马上看出来那是两名警官，因而明白他已落入圈套。

“请坐，”费利克斯说。“我现在有几个问题要你回答。”

“这里太热了，”他道，而实际上这里也真的是这样，一只大火炉把屋里烤得跟蒸笼一般。“我得脱掉我的外套，如果你们允许。”

“当然，”费利克斯客气地回答。

他脱掉了他的外套，显然已经快脱不动了，然后转过身来，把它放到一把椅子上。接着还没等众人反应过来，他已经晃悠起来，然后便一头重重地栽到地上。那情况是，就在他脱大衣的工夫，他已设法将他手中紧攥着的那只瓶子里的东西吞了下去。阿显顿把那瓶子拿起来嗅了嗅，闻见了一股杏仁似的气味。

相当一段时间众人一直在这死人周围聚观。费利克斯仿佛不胜歉仄。

“上级对此会生气吗?”

“我认为这并不是你的错误,”阿显顿道。“不管怎么说,他不能再为害肆虐了。在我来说,我倒宁愿他是这么来了结了他自己。一想起他将会被处决一事是会让我非常不安的。”

不久医生到来,正式宣布他已命尽身亡。

“是氢氰酸,”他对阿显顿讲道。

阿显顿点头示意。

“我现在就去见拉匝勒夫人,”他道。“如果她想再住上三两天,我将准许她这么做。但是如果她今晚就要离开,当然那也完全由她。你是否可以通知警方到时候对她放行?”

“我自己一会儿也回那儿去,”费利克斯答道。

阿显顿再次登上小山。时已入夜,气候寒甚,但碧空无云,天宇开霁,青光满眼,一弯新月,纤如银丝,正耿耿天际;见此,他不觉三次触摸了下袋里的钱款。① 当他返回旅店时,一股凡俗之气仿佛骤然向他袭来,室内的卷心菜与炖羊肉味就更使他反胃。大厅的墙壁上尽是一些铁路公司的彩色招贴广告,内容不外法国各地所产红酒(如“格兰诺伯”、“卡加松”之类)与诺曼底的滨海浴场介绍。上楼后,他在居利亚·拉匝勒的房门前敲了几下便开门进去。这时她正一副慵懒无聊心情,面朝梳妆台的镜面而坐,无所事事;阿显顿的面

① 此语来得怪而突兀,殊令人费解。见月为何便要去触摸钱款?这是习俗、迷信抑或禁忌?这是一;其次,此钱是何人之钱?其来路、用途等又系如何;为何要在此处提及?这也不能不是问题。对这些,译者的看法是:关于这第二个问题,读者只需再往下读上若干行后必将自明。至于那第一个问题,个人的理解是,这里恐怕习俗禁忌等都不是,而仅仅是个(语言上的)联想问题。试比较一下月与钱二词在英文中的写法,moon 与 money,便不难明白。见月而思人、思身世、思家人、思情侣、思故乡等,这在我们都很正常;但见月而思起钱来,这只会出现在语言不同的其他民族。以上是否便算“正解”,尚祈读者明裁。

孔恰是她从镜子里望见的。见他进来,她的面色陡变,一跃而起,因为起得太猛,把椅子都弄翻了。

“出什么事了？怎么你脸色煞白?”她喊叫道。

她迅速转过身来,死盯着他,惊恐已将她扭曲得面目全非。

“Il est pris①,”她气急败坏地问道。

“Il est mort②,”阿显顿答道。

“已经死了！那是他自己服毒死的。他还来得及这么来干。他总算逃脱了你们的手。”

“你是什么意思？你是怎么知道这服毒的事?”

“他平时身上就常带着它。他就讲过,英国人是永远也活捉不了他的,活捉不住他的。”

阿显顿思索了一阵。她总算把这个秘密给保住了。他觉着这样的一种可能性他是不可能设想到的,但是到了儿究竟会以什么样的一种带戏剧味道的怪招邪门出现,这个谁又能事先猜得出来?

“好了,现在你自由了。你可以想去哪儿就去哪儿,没人会对你设置任何路障。这儿是你的车票,你的护照,还有那笔你逮捕前身上原有的钱款。你还想再见商得勒一面吗?”

她惊了一下。

“不,不。”

“也是没这必要了。不过我怕你或许还想见见。”

她没有哭。阿显顿认为她已经把她的感情全耗尽了。她似乎已变得毫无所谓。

“今晚我们即将电告西班牙边境负责人,要求对你放行。我对

① 法语:他被逮捕、抓获、拘留等。
② 法语:他已死亡、亡故等。

你的劝告是,尽可能地早些离开法国才好。”

她没再说什么。阿显顿也觉得他自己再没说的,便准备告辞离开。

“很抱歉我曾对你非常严厉。我很高兴看到你的一切困难都已过去,希望时间终会缓解你对友人之死的一腔悲思。”

浅浅一躬,阿显顿便走向门边。但她却叫住了他。

“稍等一下,”她道。“还剩下一件事需要求你。我想你总还稍有点人心吧。”

“如果有什么我还能替你办的,我当然愿意效劳。”

“他们对他的一些遗物打算怎么处理?”

“这个我还不清楚。怎么说起了这个?”

接着她冒出了一句让他大惊失色的话,这是他万万没想到的。

“他有一只手表是不久前的圣诞节时我送给他的。买的时候花了十二镑呢。我能再要回来吗?”

九　葛斯塔夫

当阿显顿一起初被派往瑞士,担负起自这里遣送至境外的若干特工的管理工作时,主事R为了要他清楚他需要收到的报告应是一种何等规格,特从一名在情报系统里唤作葛斯塔夫的人员所写报告中取出一扎(以打印的文件形式),发给他作参考。

"他是目前我们手下一名最优秀的人员,"R夸奖道,"他所提供的情报充分而又具体细致。我希望你能认真研究一下他的报告。当然这和葛斯塔夫的聪明有关,但我们没有理由不能从其他特工那里也得到同样出色的报告。其实这事也不难办到,主要是向他们讲清楚,我们的要求是些什么。"

葛斯塔夫的情况是这样的,他目前居住在巴尔[1],身份为一家公司的代表,因该公司在法兰克福、曼海姆与科隆[2]等地都设有分号多处,他遂能以经商为名自由出入于德国境内而平安无事。这样就在他不断往返于莱茵河的行程中,他往往能采集到不少资料,比如军队的调动、军火的生产、该国的舆情心态(这一点R特别重视)以及其他协约国方面希望得知的情报。这些他都以一种奇特的密码隐藏在他经常寄往巴尔的家信中,而他的妻子一接到它们便再寄给日内瓦的阿显顿,这样他就能择其要者,寄送到有关部门。每隔两月,葛斯塔夫都将返家一次,并将撰拟出一份报告样板,以供情报系统中这方面的其他特工参考之用。

葛斯塔夫的雇佣者对他是满意的,而他对其雇佣者也理应同样是如此。由于他的贡献效益较佳,他不仅在收入上远远高出于其同行所得,还常因为某项特殊的独家情报而不时地获得一笔笔丰厚的奖金。

这种情况已延续了一年左右。可这时他的行事却引起了R的疑心:R是一名机敏过人的人,但这个,与其说是来自心智倒不如说更多的出自本能。他突然感到这里面恐怕有了猫腻。这事他并没有和阿显顿具体细说,而只是要他去一趟巴尔,然后去走访一下葛斯塔夫的妻子,因此刻葛斯塔夫本人正在德国,至于那谈话的调子将全由阿显顿视情况而定。

抵达巴尔后,他下了火车,便上了电车(旅行袋暂存车站,因他还不能决定有无必要留下住宿),直奔葛斯塔夫所住的那条街角而来。下了电车后,他迅速瞟了一眼是否有人跟踪,便向着其住处走去。那里是一排公寓楼,所住人多为所谓的体面穷户或清贫人家,属于小职员与小商小贩一类。楼口处有一家钉鞋的小铺,阿显顿停下了脚步。

"格拉宝先生住在这儿吗?"阿显顿用那不流利的德语问那鞋匠。

"不错,我刚刚还见着他走上楼去。你一定能找到他。"

阿显顿吃了一惊,因为前一两天他才从葛斯塔夫的妻子的手中接到过一封他发自曼海姆的信,其中的密码还透露了正跨过莱茵的某团某团的具体番号。阿显顿明白这些涌上他唇边的东西是不能去问这钉鞋匠的,于是谢过这人之后便上了他住的三楼,门牌号数他是知道的。他拉了下门铃,并听到了响声。一会儿门开了,开门人一见便看得出是个短小精干的人。他生着一具滚圆头颅,须发刮得精光,鼻间架着眼镜,脚下穿着拖鞋。

---

① 原名Basle,为Basel(巴塞尔)的旧名,瑞士西北一城市名,地滨莱茵河。
② 以上三地均为德国的城市名。

“格拉宝先生吗?”阿显顿问。

“正在听您吩咐,”葛斯塔夫答道。

“我可以进屋吗?”

由于葛斯塔夫站的位置背光,阿显顿看不清他面上的表情。他只感觉到了一丝犹豫,阿显顿立即报出了他的名字——他接受葛斯塔夫自德国寄来信件时所用的那个名字。

“请进,请进。我非常高兴能见到您。”

葛斯塔夫把他引入到一间空气污浊的小屋子里去,房中尽是一些沉重的雕花栎木家具,一张铺着平绒台布的桌上放着一架打字机。显然葛斯塔夫正在忙着撰作他那份无比珍贵的模范报告。一位妇女正当窗而坐,织补袜子,但葛斯塔夫的一个暗示使她立即收拾起东西,离开了那里。阿显顿的到来显然破坏了一幅家室欢乐图。

“请坐吧。我能居住在巴尔真算是万幸了。我早就希望能和您熟识起来。我也只是前几分钟才刚刚从德国返回的。”他用手指了下打字机旁的那些纸张。“我觉得您对我送去的消息是会感到满意的吧。我往往能掌握到一些很有价值的情报。”说着他呵呵地笑了。“谁也不会讨厌一笔津贴的吧。”

他全然是一副亲切友好的态度,但在阿显顿的眼里,这亲切友好当中有假。葛斯塔夫的一双眼睛,尽管透出那镜片的全是笑容,却一直没离开过阿显顿。很有可能,那里面还不乏某些紧张。

“你的行动也真够得上是神速了,你到这里的时间只比你的那封信——先到你妻子这里,再到日内瓦的我那里——晚上不过几个小时。”

“这也是非常有可能的。我必须告诉您的事情之一就是德国人最近怀疑一些商业信件里面往往夹带有情报在内,因而做出决定,边境对一切邮件概行搁置措施,晚发四十八个小时。”

“是的,”阿显顿仍旧一副友好态度不变。“于是正是因为这个,你也采取了相应措施,把你的发信时间也写成比实际要晚四十八个小时?”

“我是那么干的吗?那可是愚蠢透了。我准是把那个月的那一天的日期给搞错了。”

阿显顿望了眼葛斯塔夫,笑了笑,但那笑是淡淡的。葛斯塔夫,身为一名生意人,是完全懂得在他那个行业中日期的准确有多重要的;另外身为一名特工,想从德国搞到点情报需要那么迂回曲折,因而往往不容易将它迅速发出,这个也会使他清楚,对某事某事之曾发生在某时某时的确切时间的了解有多重要。这样的一个人会轻易弄错时间吗?

“让我看一下你的护照,”阿显顿提出。

“您想要我的护照干什么?”

“我想要看看你都是何时进入德境和何时出境的。”

“但您不会认为我的这些进进出出在护照上都有着记录吧?我自有我个人的过境方法。”

阿显顿自己太懂得这一套了。他清楚不论德方瑞方,对过境一事向来都是毫不放松的。

“是吗?你又有何必要不按常规过境?我们所以雇下了你,还不是因为凭着你和那个瑞士公司的关系(它是向德国人供货的),你可以往来于德瑞之间而不受怀疑。我清楚你通过德军的前哨是受到他们的默许的,可你通过瑞士边境时,情况又当如何?”

葛斯塔夫顿时摆出了一副怒容。

“您这话我就听不懂了。难道您的意思是想暗示我已经在为德国人效力了?我以我的荣誉向您担保……我不能容忍我的清白正直被人横加指责。”

“在这方面倒也绝非是就你一个人。你们是，金钱嘛，两头都收；情报嘛，哪头也得不到半点真的。”

“难道您是在借题发挥，想说我的情报都毫无价值？那为什么你们发给我的奖金比别的特工都多？上校不是也不止一次地表示过对我的业绩特别满意？”

这回又轮到阿显顿来采取亲切友好的态度了。

“算了，算了，我的亲热伙伴，不用再拿腔作调的了。你不想让我看你的护照不是吗，好的，这个我也并不强求。你总不至于认为我们对这些特工的东西从来就不加核实，或者愚蠢到对他们的出入也从不跟踪？再妙的笑话也经不起一再重复。在太平年月我的职业就是说笑话的，我刚才的那句话也确实是甘苦之言。”说到这里，阿显顿觉得时间已到，该打出张他的那个“唬牌儿”来了；他对扑克这门艰难的牌艺还算得上是有着几分精通。“根据我们的情报，你一直并没有去德国，而且自你受雇以来就再没去过，只是呆在巴尔，坐享清福。至于你的那些报告，都是你纯凭想象，生造胡编出来的。”

葛斯塔夫盯了阿显顿一眼，但在那张面孔上看到的，除了宽容，倒也别无恶意。这时他仿佛实在忍俊不禁，竟扑哧一声，笑了出来。他耸了耸肩膀道：

“你难道认为我会那么傻，为了月入五十英镑①就甘心去卖命吗？我还舍不得我老婆呢。”

阿显顿也笑出声来。

---

① 译者按，五十英镑在20世纪一十年代可绝不是个小数目，而是相当可观了，它至少是那时一般中下级职员月薪的一二十倍，甚至还多。

“我祝贺你。很少有人敢夸口，他连我们情报机构都给糊弄了一年。”

“我只是找到了个不费劲的挣钱机会。我那公司自战争一开始起就不再派我去德国了，可我尽量从往来的客商口里套来了点东西，再有就是我常常竖起耳朵，在一些饭店酒吧里抓到片言只字，另外再从德国的报纸里凑上一些。我把这些当成情报或书信寄给你们时，我心里也常在暗笑。”

“这我毫不奇怪，”阿显顿道。

“那你准备怎么办吧？”

“不准备怎么办。我们又能咋的？不过你不会以为我们还会再支付你薪水了吧？”

“不，不。我不敢再指望那个。”

“顺便说一句，如果这话不为冒犯的话，我希望请你回答，你是否也在对德国人耍着这同样的把戏？”

“没有，没有，”葛斯塔夫大声叫道。“你怎么能这么想呢？我的同情绝对在协约国一边，我是亲协派的。我的心是完全和你们在一起的。”

“可为什么没有呢？”阿显顿问道。“德国人把全世界的钱全掌握了，因此你没有理由不从那里头也捞上点儿吧。我们就可以不断供给你一些德国人愿意出钱的情报。”

葛斯塔夫用指头在桌上直敲，甚至不觉地拿起了那些如今已成废料的打字稿。

“那些德国人凶极了，可不好对付。”

“你是个很聪明的人。所以，不管怎么说，即使你的薪金停了以后，你仍然不愁常能挣到一笔外快，如果你能带给我们有用的东西。但那可得是扎实的硬货；将来我们只按成果说话。”

“我可以考虑考虑。”

阿显顿一时无话，正好让葛好好想想。他燃起一支香烟，望着那轻雾慢慢消逝在了空中。他自己也陷入了沉思。

“你们有什么特别想知道的吗？”葛斯塔夫突然问道。

阿显顿笑了。

“有件东西对你来说可以值上一两千瑞士法郎，如果你能告诉我们目前德国人对他们在琉森[1]的一名特务是个什么要求和态度。此人原籍英国，姓名为格兰特利·凯伯。”

“我听说过这个名字，”葛斯塔夫答道。他沉吟了一晌。“你在此地将要停留多久？”

“这就看有无必要了。我马上要去旅馆订上个房间，房号会通知你的。如果你有什么情况要跟我讲，你肯定能在我房间找见我，时间是早九点和晚七点。”

“我不会冒险自己去的。我可以写信函告。”

“完全可以。”

阿显顿起身告辞，葛斯塔夫送他出门。

“我们不至于不欢而散，还记仇吧？”他问道。

“当然不至于，不过你的那些报告必将被当成报告写作的典范而长期存档。”

阿显顿在巴尔游逛了三两天，感到意思不大。其间有不少时光是在旧书店里翻阅闲书度过的，这许多书当然也绝非完全不值一读，如果一个人的寿命可以长达千年。有一次他竟瞥见了葛斯塔夫在穿行街头。到了第四天早晨，咖啡送来的时候还有一封信件。信封是某个商业公司的，他并不熟悉，里面的信是打字机打出来的。

---

① 琉森，瑞士中部一城市名，其地颇擅湖山之胜，素以风景著称。

既无地址也无签名。阿显顿不禁纳闷,葛斯塔夫懂不懂得,一架打字机也正像一个手印似的,同样可以暴露其拥有者曾是谁。将来信认真读过两遍之后,他不由得把它举高了些对着亮儿看看那上头的水印(其实他完全是多此一举,因为平时谁会想到要这么干,除非是探案小说里的那些当狗子的[1]),接着便划着一根火柴,看着它慢慢烧成灰烬,并抓了些在手里捏捏。

他起来了(附带一句,此刻他已用过早餐,这是他享用了此店的优越条件,在床上时便吃过了),装好行囊便乘上开赴伯尔尼[2]的(当日第二趟)列车。从这里他才能从容地给 R 发了封密码电报。R 的指令是在恰恰两个昼夜之后返回的,此刻他还在床上未起,另外此刻也正是楼道里还空无一人的时候,于是二十四个小时之后(当然是没坐直达那里的车),他又出现在了琉森市里。

① 原文为 sleuth,意为警犬,往往成为"侦探"一词的口语代称或蔑称。
② 瑞士首都。

十　叛徒

在一家指定要他前去投宿的旅馆订妥房间之后，阿显顿便逍遥外出了。那天正值八月初期，天气不错，艳阳高照，碧空无云。琉森这里，自从幼年以后，就再没来过。他只模糊记得这里有一座周围树荫茂密的桥，一只巨大石狮以及一处他去过的教堂，而且正值管风琴的鸣声大作之时，这个他虽不感兴趣，却也相当宾服。而如今，当他沿着一条浓荫掩映的翠堤徐行漫步时（只可惜那泓湖水色调碧蓝得不够真实，有点像明信片上的照片），他一路所寻访的仿佛主要不是那已属半被遗忘的旧时景物，而是要在那名曾经漫步于斯的这个人的心幕上重构那幅记忆图景，那名对于人生如此充满激切渴求的腼腆少年的那种图景（他眼中所见，不是他青少年时的种种，而主要是他中壮年后遥远的未来）。但最活跃的记忆却不是关于他自己的，而是周围的人群；他似乎还记得那时的太阳、炎热和游人；火车是那么拥挤，旅馆也是如此，湖边的汽艇里满都是人，无论在码头在街上你都得穿行于成群的度假人中间，那里真是老幼胖瘦都有，丑怪妍媸毕见，且多散发着臭味。而此刻（直到不久全世界重新发现瑞士实乃“欧洲的游乐场”①），琉森这里也依旧是荒凉一片。大部分的旅馆全在歇业，一条条街道都是空的，那些出租的划艇都被懒散地系在水边，没有人去租乘；湖畔的林荫道上唯一可见的便是几位秉性端肃的当地士绅，携带着份中立的神气，仿佛带着条小猎犬似的，正在那里悠闲踱步。而阿显顿，深深为着这种岑寂所陶醉，也不免拣个面湖的长椅一坐，把全身心都交付给了这种痴迷。这湖水的确是太荒谬了；水色嘛未免过蓝，山峦嘛积雪过厚，那美景嘛，击在你面上，不是什么清越之情，而更多是些忿激之感，可尽管如此，这幅景象之中自有其某种怡人的妙处，某种质朴无华的坦诚，正像门德尔松的一首《无言歌》②那样，使得阿显顿不觉恬然微哂。琉森让人联想起的是玻璃柜里的蜡制花卉，是杜鹃自鸣钟，是柏林的花哨毛织品。无论如何只需这晴和的天日能再维持几天，他准备好好游逛它一遭。他为什么便不能够在对其国家无害但却对他自身有趣的这件事情上来个两全其美呢？此番出行他袋里装的是份崭新的护照，所填姓氏也是个假借之名，这使他因为自己恍又变成了另一新人而不无某种快感。说实在的，他已对他这个旧我难免产生了几分厌倦，因而也就乐得权且充当上一阵 R 这名巧匠手中一件便捷的新创工具。这一体验实在使他不胜其荒诞之感。R 这人，可以肯定他是瞧不出其中的滑稽的；如其说他也还多少有点幽默，那幽默也仅限于嘲弄一类，倘若一个玩笑是冲他来的，这时他可就再没半点心情去恣其笑乐了。要做到这个，你就得既能从那外部来观看你自己，又能同时一身二任，把你在人间喜剧这出大戏里所客串起的那个角色也认真扮演好才行。R 毕竟是行伍出身，因而总是好将反思内省这类行径视之为不健康的、不合英国国情的乃至不爱国的。

阿显顿站起身来，又慢步返回他的旅馆。旅馆不大，是个德国人开的，属于二流设施，但却极其整洁，可谓纤尘不染。他那个房间的外景尤佳；室内一例为乌黑松木家具，漆饰一新，虽说在一些阴湿寒冷的日子这里会是够凄惨的，但遇上风和日丽的天气也还相当欢快喜人。他进了大厅，那里周围广设桌椅，他拣了一处地方坐下，叫了一瓶啤酒。女店主很想知道，值此百业萧条的暗淡日子，他为何

① “欧洲的游乐场”(the play-ground of Europe)一词常是瑞士的代词。
② 门德尔松(1809—1847)，德国著名作曲家，所作《无言歌》一组，颇具一种淡雅素净之趣。

偏要来到这里,而他也愿意满足她的好奇心理。他跟她讲,他刚刚伤寒才好,想来这里疗养一程。他是从检察局来的。他想正好趁此机会把那生了锈的德语再恢复一下。他问她能否给他介绍一名德语教师。女店主是个瑞士人,白肤金发,面色红润,脾气不错又好说,因而阿显顿敢保险,她准会在合适的场合下把他说给她的这些情况再传播出去。现在轮到他来问些问题了。说起战争这个题目来她马上便滔滔不绝,正是因为这战争,这个往年本该是来客多得接待不完的旅馆(因而不能不另在附近再觅些住处),此刻却几乎全是空的。有几个吃养老金的只是来吃而不来住,真正的房客只有两拨。一拨是一对爱尔兰老夫妇,平时住在维委,每年到琉森这里避暑。另一拨也是一对夫妇,男的是英国人,妻子却是个德国人,也就是因为这个,不得不避居在一个中立的国家。阿显顿尽量不让自己对他们的情况流露出半点好奇——他从那描述上已看出那就是格兰特利·凯伯——但她却不待人问便主动告诉了他,他们每天的大部分时间都花在游山玩水上面。凯伯先生是位植物学家,对周围的花卉树木最感兴趣。他的夫人,生得小巧玲珑,对她个人的身份地位相当矜持。不过,好了,这场战事总不会永远没完吧。说着她已匆匆离开,阿显顿也上了楼。

晚餐七点开饭。他想不等人到便先去餐室,这样可以对那些前来进餐者好好观瞧打量一番,因此铃声一响,他便已下楼去了那里。餐室是个朴实死板的粉刷房间,那里的座椅也和他房间的色泽质地相同,墙壁上张挂的都是些瑞士湖景的石印油画。每张小餐桌上都能见到一盆鲜花。这一切之齐整洁净有余已预示饭菜质量之将不足了。为了弥补这一缺陷,他很想叫上一瓶在此店中能购到的上等莱茵名酒,但因不想在此摆阔而太引人注意(他看见有两三张桌上仍留放着的那几个未喝完的酒瓶都不过是些德制的白葡萄酒,并由此而断定,那里的吃饭人大都是很节省的),所以也就稍委屈下自己,只要上瓶淡啤酒算了。不一会儿就有三两个人走了进来,一般是单个的,像是在琉森这里有活计干的,也显然都是瑞士人。每个人只在他自己的小桌坐下,然后打开那自中饭后便给折叠得好好的餐巾。他们好把报纸往大水罐后面一支,一边看报一边喝汤,吱咂之声清晰可闻。接着走进来的是一位弓腰驼背相当老迈的人,须发皆白,耷拉着胡子,一旁搀扶他的是另一个满头白发的女士,身着黑服,个子不高。这显然即是女店主说的那对爱尔兰上校夫妇。在他们的位子坐定之后,上校为他妻子倒了一小盅儿酒,并自斟了一盅儿,然后便静待着那热情丰满的姑娘给他们上菜。

最后阿显顿所翘企以待的那两个人终于来了。此刻他正硬着头皮在啃一本德文书,而只是等到来人确已步入了室门的那一刹那才允许自己稍抬了抬眼皮,但只这一瞬已经看出:来人年纪四十许,中等身材,发黑而微卷,体胖脸阔,面部红润光净。另外着开口衫,灰西装,衣领较宽。走在他后面的是他的德国妻子,阿显顿抓到的印象只是个比较谦卑和不修边幅的人。格兰特利·凯伯还没太坐稳,已经高着嗓门向桌边一个女服务员解说开了,他们夫妻刚在那大山里穿行了多远的一圈。他们曾上了这山那山,那些山的名称虽对阿显顿没有半点意义,却激起了那女侍的莫大惊诧与热烈表情。跟着,凯伯以他那口流利但英国口音较重的德语继续讲道,他们的确回来得太晚了,所以顾不得上楼去梳洗一番,在厅外稍稍湿了湿手就进来了。此人的嗓音洪亮,举止欢快。

“快上饭吧,我们都快饿死了。快来啤酒,来上它三瓶。Lieber Gott,[1]我渴得太厉害了!”

---

① 德语:亲爱的上帝啊、天啊,属惊叹语。

他似乎是一个精力特别饱满丰富的人。他的出现显然给这极其洁净但却难免枯燥的餐室带来了一股生气,致使室中的每个人都顿时活跃了一些。这工夫他已经和他妻子谈了起来,所用的语言为英语,所说的内容人人都能听到;但不久她就以一种很低的话语制止住他。凯伯也停了下来。阿显顿感到,他的一双眼睛正向他的方向扫了过来。显然凯伯太太首先察觉出了一名生人的到来,所以让她丈夫注意这事。阿显顿正在翻动那本他假意去阅读的书页,但他觉着凯伯的眼睛一直在紧盯着他不放。于是当他再和他妻子说起话时,他的话音已压得极低,致使他这时使用的是何种语言也分辨不清。但是当女服务员送去汤时,凯伯,这时他的话音仍低,问了她一个问题。显然他是在向她打听那名新客是谁。那女人的回答他同样也听不清,只抓到了 länder① 这一个词儿。

这时有两三个人已经吃完走了,一边在用牙签儿剔牙。那位老爱尔兰上校也从其桌边站起,他站开了些让夫人出来。整个一顿饭间两人都没交谈过一句话。她慢慢向着房门走去;但上校却停下来同一个瑞士人说了句话,这个人可能是当地一名律师,于是当她已经走到门前时,她就立在了那里,微俯其身,带着几分羞怯的神色耐心地等待着她的丈夫,以便替她开门。阿显顿看出了她大概一辈子自己都没开过门。她都不知道门是怎么开法。不一会儿上校拖着他那很老、很老的步子也到了门前,打开了门;她走出去了,他也跟着去了。这小小的插曲提供了一把可以打开他们一生的钥匙,阿显顿从此出发,开始重构起其身世、其环境以及其人物性格等等;但他马上又振作了起来,他不能听任自己再继续陷溺在这种创作的佚乐

① 德语:地区、地方等。

里面。他赶紧匆匆把饭吃完。

当他进入大厅时看见一张桌子的腿上拴着一条短毛小猎狗,走过去时他无意识地抚摸了下那狗的大长耳朵。这时女店主正站在楼梯口。

“这个挺招人的小家伙是谁家的?”阿显顿问道。

“是凯伯先生的。弗利兹,是它的名儿。凯伯先生说它的家谱比英国国王的家谱年头还长。”

弗利兹拿头在阿显顿的裤脚上直搓,鼻子已找寻他的手掌去了。阿显顿走开了,上楼去取他的帽子,下楼时见到凯伯正在店门附近和女店主谈事情。从那突然的沉默以及生硬的举止可以断定凯伯刚才正向她打听自己。当他从他们身边过去上了大街时,他从眼角窥见那凯伯正以一副怀疑的目光在向他盯视。那张坦诚欢快的红润脸庞上此刻的表情却是狡猾奸诈。

阿显顿一路向前走去,不久即碰到一家酒铺,这里可以露天喝喝咖啡。为了对刚才在饭桌上不曾喝好(纯系因工作关系,故不得不尔)而稍予补偿,他立即叫来了此地所能供应的最好白兰地。他很高兴总算能面对面地见到了这个他久闻其名的人,这样不用几天他就能跟他熟悉起来。这事向来不难,只要那人养了条狗。不过这无需乎忙,让它来得自然一些更好:既然目标已经在望,又有什么可着急的。

阿显顿在脑子里过了一下有关情况。格兰特利是英国人,按护照所填生于伯明翰市,现年四十二岁;其妻为德人(生地在德国,父母也都是德人),与他结婚已有十一个年头。以上均属公开材料。关于他履历的有关情况只能见之于一秘密档案。据此他一起初时曾在伯明翰的一家律师事务所工作,未久即转入报界。与他有业务关系的有两处,其一为开罗一家英文报纸,另一则在上海。其间他曾因巧立名目侵吞公款罪名受到过短期刑拘。获释后有两年时间一切都断了线。其后又出现在马赛一家船舶公司。自这里，且仍在此任职期间，他去了汉堡，在那里他有了家室，继又转去了伦敦。在伦敦，他开始自己办起公司，经营出口贸易。但历时不长即亏损倒闭，宣告破产。然后再次返回报业。战事爆发后，他重又进入船舶行业，并自1914年8月起与其德国妻子安居在南安普敦。翌年年初他向其雇主提出了调动申请，理由为由于其妻的国籍关系，他在此地的处境已变得难以容忍；公司考虑到一则他本人尚无个人过失需要追究，二则他的个人情况也确实比较困难，因而也就准其所请，同意将他调往热那亚①。自此他便在意大利居住了一段时间，直至该国宣布参战为止。紧跟着他便将其手头文件整理清楚，向其雇主提出辞呈，然后即迁出意境，开始定居在瑞士这里。

以上种种表明这乃是一个行事暧昧，性情多变，既无良好出身，也无经济地位的人；这些本来对谁都不会有多大关系，直到后来发现，凯伯此人，显系自战事一开始起，甚至更早一些，便已经进入了德国谍报部门。他的月薪为四十英镑。虽说他也属于危险与狡诈分子，但起初尚不曾考虑到须要对他采取任何具体措施，如若他只满足于在瑞士那里传送一些他所能搞到的有限消息，如果只是这样他还构不成太大危害，甚至还有可能将其买通，把一些希望能使敌方获悉的（假）东西假他之手而递送过去。他对他自己的种种已在人的掌握之中这点尚无一丝知觉，其实他的书信，而且他接到的还很不少，已在受到密切审查；再如说到密码，在那些久于此道的行家来说，没有哪种会永远破解不开的，所以迟早终将有可能利用上他而把仍然猖獗在英国境内的那批匪特奸细再多捕到几个。可这工

① 意大利一港市名。

夫他干了一桩使 R 注意起他的勾当。如果他能听到这个[1],他就是吓死也是不足怪的：R 这人,一旦你失去了他的欢心,那可绝非是个好对付的人。凯伯在苏黎世有意地去结识了一个西班牙年轻人,名叫戈美兹,前不久曾进入英国情报机关(另外凭其国籍[2],取得了对方[3]的信任),并极力想从他口里套出他是否参加了谍报这一情况。或许这西班牙人也并不曾多谈出什么,而只不过出于某种自矜自重的虚荣心理,平时谈话时好玩点儿玄虚;可这下坏了,根据凯伯的告密,他一入德境就受到跟踪,在一次去发信时便被捕了,那信中的密码也终于被破解出来,接着便是受审、判刑和枪决。这的确是够糟糕的,失去了一名有用而无偏私的特工,但这还不算,原来那套既安全又简便的密码系统也得另换一套。R 可太不高兴了。但 R 决不是那种因小忿而误大事的人;他不会因耿耿于单纯的报复念头而妨碍了他更主要的目标,因而他想到,如果说凯伯只是为了金钱而出卖他的祖国,那么让他能挣上更多的钱也就有可能让他出卖他的雇主。他能成功地把协约国方面的一名特工交到了敌方手里这一情况本身在那些人看来便是足以验证其"忠心"的一个根据。因此他还是可以利用的。但是 R 对凯伯此人究为何种样人也还摸不着底,因他此刻只是在过着一种隐匿无闻的草民生活,形迹不够彰显,所能弄到的一张照片也只是他那护照上的。因此阿显顿所得到的指令即是,首先设法同他结识一下,以便弄清他有无能为英国效力的任何诚意：如果阿显顿认为他有,他便有权对之作进一步的探测了解;如果阿的提议受到欢迎,那就轮到磋商具体条件了。但另

① 译者按,这话的意思是,如果他真知道他已引起了 R 对他的注意,那可将是件吓死人的可怖消息。这点,那冒号后面的话已经作了点解释。试想 R 是个什么人哪!

② 凯伯的国籍仍为英国。

③ 对方当然指戈美兹。

一方面，如果阿显顿的结论是凯伯没有可能受到收买，那么阿显顿便须监视与汇报他的行踪。阿显顿从葛斯塔夫得到的那个情报比较模糊，但也重要；其中仅有一点值得注意，那就是柏林那里的情报头头对凯伯的缺乏作为一事日益感到不满。凯伯曾上书要求提高报酬，但冯·P少校给他的答复却是，那得靠他自己去挣。其含义也有可能即是逼他前去英国。如果他能经说服而被引过境来，阿显顿便可谓大功告成。

"你又凭的什么能要求我去说服他甘愿把他的脑袋往圈套里钻？"

"那可不是什么圈套，那是一个行刑队。"R道。

"可凯伯这人聪明。"

"那就比他更聪明些。我咒你眼睛①。"

但阿显顿心里早盘算好了，在同凯伯结识这件事上不必急着忙活，而是由对方先迈出那第一步。如果说他已经被逼得非去获取点成果不行，那他肯定会想到能够同一名受雇于检察部门的英国人搭上话头是完全值得的。阿显顿这里早已经备下了一批材料，这些同盟国掌握了也毫无用处。有了这假姓名再加上假护照，他根本无需担心凯伯会猜得出他是英国间谍。

实际上阿显顿也没等多久。第二天当他正坐在旅馆门口喝着咖啡，并因刚才一顿结实的 mittagessen② 而有点跌盹儿的工夫，凯伯也正从餐室里出来。凯伯太太上楼去了。凯伯过来放开他那只狗。那狗一下便跑了过来，以它那友好的态度，朝着阿显顿的身上直蹿。

① "咒你眼睛"的话只不过是个 swear word 或 phrase，别无深意。
② 德语：午饭。

“快回来,弗利兹,”凯伯喊叫道,接着对阿显顿道:“真对不起。不过这东西倒挺仁义的。”

“啊,没事没事,它不会伤着我的。”

凯伯在门口停了下来。

“这是条小猎犬,这个品种在大陆这里是不常见着的。”他跟阿显顿一边说着话,一边似乎在打量他。接着他对女侍叫道:“请来一杯咖啡,fraülein[1]。您是刚来的吧?”

“是的,我昨天才来。”

“真的? 昨天晚上在餐室时就没见到您。您准备住上一段?”

“还说不准。我前一阵子病了,现在来这里康复疗养。”

女服务员端来咖啡,但看到凯伯正跟阿显顿说话,就把这盘东西放在了阿显顿的桌上。凯伯发窘似的笑了起来。

“这可决不是我有意要唐突冒昧。不明白那女的怎么把咖啡放到了您的桌上。”

“请坐下吧,”阿显顿道。

“谢谢您没怪罪。也是我在大陆待的时间久了,我都快忘记了咱们国家的习惯,向来把‘上赶着’跟人家去说话视作太不知自重。不过顺便问一句,您是英国人还是美国人?”

“英国人。”

按天性说,阿显顿本属那怯生腼腆一流,这个弱点在目前他这年纪就显得不太相称了,他也一直想治却没能治好,但这点他倒也很懂得如何给它派上个用场。他此刻就吭吭哧哧地把昨天他对女店主已经讲过的东西(而且可以肯定都已传给了凯伯),再在凯伯面前重复了一遍。

[1] 德语:小姐。

“您这次来琉森这里可算是来对了。在这个战火纷飞的扰攘世界这里无异是一个和平的绿洲。当您一旦置身于此地,您几乎会忘掉世上还有战争这事。这也是为什么我要来到这里。我的职业是一名报人。”

“得悉您是位主持笔政的人,实在不胜钦佩,”阿显顿道,露出他那怯生然而热情的微笑。

可以断言,“战火纷飞的扰攘世界里的和平绿洲”之类的高级表达他在船舶公司时恐怕还没学会。

“您不知道吧,我还娶了个德国媳妇,”凯伯郑重其事地向阿宣布。

“噢,是吗?”

“我一向认为,没有人比我更爱国了。我是一名彻头彻尾的英国人,我不怕您知道,根据我个人的看法,大不列颠帝国正是当今之时举世共仰的唯一的一种最堪当此匡正扶危重任的强大力量。当然既有此德妇,我不难对这枚勋章①的背面也颇知其一二。您不必跟我讲德国人有什么什么问题,说实话,就连我也不太甘心去承认他们就真是魔鬼的化身。在战事一起初时,我内人在英国的日子实在太不好过了,所以至少拿我来说,如果说她对这事感到非常悻悻,我也是不会怪她的。人人都把她看成一名德国特务。这会让您感到好笑的。如果您见过她。她是什么,无非是典型的德国hausfrau② 一个,心里装的只有她的房间、她的丈夫,还有我们唯一的那个独子弗利兹。”凯伯爱抚了下他那只狗,一边笑道,“是的,你就是我们的独生子,是吧? 这一下,使我的处境也为难起来。我当

① 勋章一词当然是上面“强大力量”一语的形象性表达。
② 德语:家庭妇女,家庭主妇。

时和几个大报都有联系,于是这些报社的负责人也都跟着不安起来。好了,长话短说吧,考虑的结果,我觉得最体面的做法即是提出辞呈,然后避居到某个中立国家里去,直到战争风暴刮过去为止。我们夫妻两个平时从不议论战争,可我必须告诉您,那主要是出于对我的考虑而不是对她自己。在这方面她往往比我自己还更多宽容。另外对这个可怕的灾难,她更宁愿多从我的角度来看问题,而我就不是她那样了。"

"这就怪了,"阿显顿道。"按照常情,女人比男人一般都更偏激固执或狂热得多。"

"可我内人不是个平常女人。我很想介绍你们认识认识。顺便问一句,我还不清楚您知不知道我的姓名——格兰特利·凯伯。"

"我叫索莫维尔,"阿显顿道。

接着阿显顿告诉对方他一向在检察局里都做些什么。这时他隐约感到凯伯的眼神里来了一丝兴致。说着他又跟对方讲,他正在寻觅一位教师来教教他德语会话,以便把那荒疏了的德语再重捡回来。他这么讲的工夫,脑子里来了一个想法;抬头看了下凯伯,他的脑子里好像也来了这个想法。可能这一刹那两人都不约而同地想到一块去了:阿显顿的这名教师该是凯伯太太。

"我问过客店女主人,不知她能不能替我找个教师,她回答说她能找到。我想再问问她。应该是不太难吧,请个人每天前来跟我说上一个钟头德语。"

"我可不要那女店主介绍的人,"凯伯紧接着说,"因为毕竟你要找的是位能说北方德语的,而她说的德语只是瑞士式的。这事我还得问询一下我的内人,看看她有没有合适的人。我内人可是位教育程度很高的女人,她介绍的人会可靠的。"

"那就先多谢了。"

阿显顿从容不迫地观看了一会儿凯伯。他注意到，他的那双灰绿色的小眼睛（这个他昨天夜晚没能看清）跟那张红润而善良开朗的面部是不太协调的。它们一般是迅疾而闪烁不定，但当其背后的那颗心忽被某个意想不到的念头攫住时，它们又会突然停了下来，一动不动。这种想事情的方式给人的印象是独特的。这双眼睛是不能取得人家的信任的。这个在他来说，得另靠些别的，比如欢乐善良的满脸微笑、宽阔开敞和饱经风霜的可喜面庞、厚实舒泰的一身肥肉，还有那深沉洪亮的乐乐呵呵。此刻他正在竭尽全力来讨人喜欢。就在阿显顿跟他谈话的时候（一起初时还有点怯生，但却因对方的那副友好欢快的表情而变得好了许多——他这一手的确具有能让人一见放心的奇效），他也不无好奇地一再提醒他自己切莫忘记对面这人也只是个低级特务。颇能给这谈话平添几分兴味的是，如果你还记得此人竟能只因每月四十英镑的区区小利便不惜去卖国投敌。戈美兹就是他出卖的，阿显顿还认得这个西班牙人。一个思想高尚的青年，生性喜爱冒险，他敢于承担那危险任务，动机并不在金钱，而是出于一种对浪漫传奇的追求。可能他以为能在智力角逐上战胜那些笨拙的德国人是件好玩的事，另外对他自己居然也扮演起了廉价惊险小说里的角色常不胜其荒唐之感，所以也就爱干这行了。但此刻一想起他曾被刑拘在离地有六呎深的可怕地牢只会令人不寒而栗。他还多年轻啊，而且举止那么优雅！阿显顿不解，凯伯对把他置于死地这件事是否也曾在良心上引起过一丝不安。

“我想你也多少懂点德文吧?”凯伯问他，对这陌生人来了兴趣。

“不错，我曾在德国念过书，过去也还能够讲得流利，可那是很早以前的事了，现在已经快忘光了。不过今天我还能顺利阅读。”

“一点没错，我昨晚还见着你在看一本德文书。”

傻瓜！一会儿以前他还在跟阿显顿说昨天晚饭时没有见他。他弄不清凯伯觉没觉出来自己说漏了嘴。可见从来都不出漏洞有多不容易！这让阿显顿也警惕起来；最使他担心的是，别回头遇上人家叫起他那索莫维尔的假名字来，他竟一下反应不灵，忘记是在唤他。当然也不是没有可能，凯伯就是故意出个漏洞，去试试阿显顿察觉没有。这时凯伯站起身来。

“那就是我内人。我们每天午后去登一座山。我可以告诉你一些有趣的去处。即使这个季节鲜花还开遍山野。”

“我恐怕还得再等一段，那会儿我就会好了，”阿显顿道，言下不无惋惜。

他天生面色偏白，仿佛身体真的不怎么硬朗。此刻凯伯太太已经下楼，她丈夫也就迎了过去，一道上了大街，弗利兹更是前蹿后跳，跟出去了。阿显顿看到，凯伯立刻便话语极多。显然他在汇报他与阿显顿的交谈内容。阿显顿看到此时阳光正欢快地映照在湖上，轻风过处，枝叶也在树端飘动作响，似乎一切都能动人游兴。但他还是起身返屋，床上一卧，便心神舒畅地好好睡了个午觉。

他去吃晚饭的时候，凯伯夫妇已经吃完。他进来得稍晚了些，因为刚从外面回来，他兴致不高地跑遍琉森去找寻瓶鸡尾酒，以便能稍稍补偿他即将面对的土豆色拉。他进去时他们正往外走，凯伯停了下来问他饭后是否能同他们一起来喝喝咖啡。当阿显顿饭毕到大厅去见他们时，凯伯立即起身将他介绍给他妻子。她对阿显顿的一番客气寒暄只不过生硬地微弓其身，脸上不见一丝笑容。不难看出她全然是一副敌对架势。这倒使得阿显顿自然起来。这是一名长相实较平庸的女人，已年近四旬，肤色不光，眉眼一般，一头褐发以长辫形式盘在脑顶，有类拿破仑之普鲁士王后①；她骨架宽阔，四四方方，但不是肥胖，而是丰腴，是瓷实。但她看起来并不笨，正相反，而是很有个性。而阿显顿因为颇曾在德国住过一段时间，一眼便能认出这种类型，所以深信，这种女人别看平时也一样能干家务，能烧菜做饭，甚至还能爬山，同时仍不妨见多识广，大有知识。她身着白衫黑裙，露着晒黑的脖颈，脚上踏着一双沉重的登山靴。凯伯仍然兴致勃勃地用英语向她讲了一遍阿显顿告给过他的一些阿个人的简况，仿佛她还并不知道似的。她一脸严肃地木然听着。

“我记得你告诉过我你懂德文？”凯伯说道，通红的一张大脸此刻已是堆满笑容，但一对小眼睛仍在滴溜直转。

“不错，我曾在海德堡②进过一段学校。”

“是吗？”凯伯太太也用英语回答道，这时一丝微露兴致的表情已将面部的阴沉驱散了些。“我对海德堡是熟悉的，我也在那里上过一年学校。”

她的英语是正确的，但喉音太重，她那“咬文嚼字”似的发音也叫人听着怪不舒服。接着是阿显顿的一通赞美，他对这座古老的大学城及其周围的优美环境确实没少夸奖。但是她呢，带着她的那份条顿族人的优越感，也只是将就着听听而已，并没露出多大热情。

“谁不知道，耐卡峡谷的那种优美全世界也数得上，”她道。

“我还没来得及跟你说，我亲爱的，”凯伯接着道，“这索莫维尔先生正想趁他在这儿的时候，寻一名能教他德文会话的先生。我跟他讲过，也许你能想得出一名合适的人来。”

“不行，我想不出一名我可以放心推荐的人来，”她回答道。

---

① 拿破仑的情妇之一，被戏称“普鲁士王后”。
② 德国西南部城市名，该市有古老名校一所，始建于13—14世纪。

“瑞士式的德文发音实在是太讨厌了。让讲这种话的人跟索莫维尔先生对话只会害了他的。”

“如果我站到你的立场,索莫维尔先生,我一定会说服我的内人来给你上课。她这人,我不客气地讲,实在是文化与教养都好极了。”

“Ach,①格兰特利,可我没这工夫,我有我的事情。”

阿显顿看到他的机会来了。陷阱已经布好,现在只等他往里跳。他于是以一种半怯生半祈求的谦虚口吻转向凯伯太太道。

“如果您肯收下我这学生那可是太妙了。我将把它视为一种特殊的待遇。当然我决不是想要耽误您的工作,我来这里主要是为了养养身体,所以一直闲着。时间上可以完全看您的方便。”

他能感到,一种满意的眼神已在两人之间互递开来,凯伯太太的黑眼珠里也映出了一丝亮晶。

“当然咱们还是按生意的原则来办,”凯伯提议。“难道我的好太太就不能挣上几个零用钱吗?你看一个小时十法郎多吗?”

“不多。这点钱就能请上位一流教师实在太幸运了。”

“那你看呢,我亲爱的?你肯定能每天挤出一个小时来的,可你对这位先生就是很大的帮助。他也会感到,德国人也不各个全是魔鬼附体,像他们在英国所想象的那样。”

凯伯太太不自然地皱了皱眉。阿显顿这方面,一想到从此他每天都得来跟这个笨重沉闷的女人泡上一个小时,他预先就着起怕来,他得怎么样去挖空心思好凑上点话题来同她纠缠。而她那方面,她也是努了把劲才迸出下面这话。

“我乐意承担起索莫维尔先生的这个会话课。”

---

① 德语感叹词,相当于英语的 ah 或 alas。

“我恭喜您了,索莫维尔先生,”凯伯大声道。“也就该着你遇上好事了。那么何时开始呢,就明天午前十一点?”

“这我没问题,只看凯伯太太合不合适。”

“可以。其实我也什么时候都行。”

剩下的便是由他们夫妻来庆贺这番外交的胜利了吧。但是当第二天午前十一点整他听到他门上的一声敲打时(按商量好的,她来阿这里),他过去开门的工夫还是不免有些战战兢兢。面对这么一名德国女人——相当之聪明但也是很任性的,他自己的态度便理应是于坦诚与适度的轻率而外,另加上几分小心。凯伯太太此刻仍然是黑黢黢的,一脸阴沉。显然她根本不想和他有任何交道。但他们都坐下后,她还是开始了课程(尽管还是不无几分蛮横),考问了他几个关于德国文学的问题。遇到回答中的错误,她立即准确地加以纠正;对他提出的某些难懂的德文结构也解释得一清二楚。显然虽说她并不愿意给他上这个课,但教起来时还是很尽心的。她不仅长于讲课,而且也热爱讲课,于是随着时间的推移,她也就越讲越更认真起来。这时她已快要忘记对方只不过是个野蛮的英国人。看到她内心之中的这番矛盾,阿显顿也是感到满有趣的。所以当午后凯伯问起他课程进行的情形时,他的回答倒也绝非虚说。他说他满意极了;她是一位非常好的教师,而且她人也有趣。

“我跟你说什么来着,这是个我见到过的最了不起的女人。”

给阿显顿的感觉是,他一腔热情满脸笑容说出的这句话才是他头一次讲出的一句真话。

又过了几天阿显顿慢慢感觉到凯伯太太给他上课只不过是为了使她丈夫能增进与阿的来往,而她自己在教课时也别的东西不谈,而只把内容局限于文学、音乐与美术这类题材;所以当有一次,也是为了作个试探,他把谈话故意引到战争问题上时,她立即便把他卡住。

“我以为，这个话题我们还是少谈为妙，索莫维尔先生。”

她继续以她那详尽透彻的教风在给他上课，而他也受益匪浅，钱没白花，只是每次来时那副阴沉的脸色却丝毫未改。只是出于对教书的热爱她才会偶尔稍稍减弱些对他原有的厌烦。阿显顿把他自己的全部解数（尽管一切无效）挨个儿全使了出来：讨好、实诚、谦虚、感激、奉承、单纯、怯生。她却依旧是冷冷的一副敌对态度。她的确是狂人一个。她的爱国主义是带侵略性的，但却又是非个人的；出于头脑中根深蒂固的一种偏执，即德人在一切事物上都高人一头，她对英国的仇恨是刻毒的，因为正是在那个国度她看到了对德国意识的传播的绝大障碍。她的理想乃是一个德意志的世界，在这个世界里，一切属国将在一个比古罗马更伟大得多的庞巨联盟之下，拜受德国在科学、艺术与文化方面的恩赐沾溉。这个宏伟壮丽的观念所暴露出的那份厚颜无耻只会让阿显顿想来感到好笑。但她本人决不愚昧。她读书颇多，而且能读多种语言的书，对所读内容也能给出恰当评价。她对近代绘画与音乐的知识之丰富也足以使阿显顿为之动容。更为有趣的是一天午饭前曾听到她在琴上奏出了德彪西①的一首银波摇漾般的小品：她弹虽弹了，但也没少蔑视；理由之一，它是法国的，之二，它太轻佻，也即是说，对其逸趣妙处于欣赏之余，也不无忿怒。当阿显顿祝贺她时，她只是耸肩。

“一个颓废民族的颓废音乐②罢了，”她评论道。接着她以那强有力的双手奏出了贝多芬某个奏鸣曲一开篇时的几个壮丽的和弦；但又停了下来。“我弹不下去了。我已经生疏了。可你们英国人，

---

① Debussy（1862—1918），法国作曲家，被尊为近世印象派祖师。

② 译者按，近世的颓废艺术一般认为始于19世纪后期的法国，先自诗歌开始而逐渐传遍音乐与绘画等众多文艺领域。

你们对音乐又懂得多少？自从普赛尔①以后，你们就再没有产生出过一名音乐家。”

“你对这个评论是什么一种看法？”阿显顿问凯伯道，此刻他正站在旁边。

“我只能承认这话不假。我仅有的这点儿音乐知识也全都是我内人教给我的。我希望你能听听她的演奏，等她再练练。”说着，便把他那只胖手，那又宽又粗的指头放在她的肩膀上。“她有本事用那纯美来拨动你的心弦的。”

“Dummer Kerl，②”她道，非常温柔地，“傻瓜，”阿显顿看到，她的嘴唇稍颤抖了下，但马上又严肃起来。“你们英国人，你们不会画画，不会塑造，也不会作曲。”

“可我们中有些人有时候倒也能写出点好诗的，”他一点也不发火地说道；他明白他不是来怄气的。另外没想到怎么有两行诗句突然会涌到嘴边，他也就索性朗诵了出来：

“哪里去啊壮丽画船鼓满银色风帆，
斜欹在那急切西方无际酥胸之间。”③

“不错，”凯伯太太道，说时不知是什么一副怪相，“你们是能写诗的。我也莫名其究竟。”

紧接着，让阿显顿吃惊不小的是，她居然把这两行下面的另外两行用她那粗嗄的英语也都给背了出来。

---

① Henry Purcell（1659—1695），英国作曲家。
② 德语，意思即是她紧接着用英语又说了一次的那个 Stupid fellow（傻瓜；笨蛋）。
③ 这两行诗句出自英国诗人罗伯特 · 布里奇斯的《归帆》一诗。布里奇斯（Robert Bridges，1844—1930），诗人与学者，曾被推举为桂冠诗人。

"走吧,格兰特利,mittagessen① 时间到了。让我们去餐室吧。"

这使阿显顿又陷入沉思之中。

一般而言,阿显顿可说是崇善但不嫉恶。② 人们有时认为他太缺乏热肠,原因是他对别人只是关心而不多与他们亲近;即使是少数他还算亲近的人,他的一双眼睛也会对其优点与缺点同样看得一清二楚。当他对人也产生好感时,他并非是对其失误视而不见,他只是不去计较这些罢了,耸耸肩膀照样接受他们,有时也就是把一些他们本不具备的长处也都归到他们头上;而且唯其能够不带偏见地去看待他的朋友,他们也就不致令他失望,或者有失友的事。他对别人的要求从不过分,不强人所难。此刻在对待凯伯夫妇的这个问题上也是如此,他的探索仍将是一不带偏见二不带气愤。在了解的难度上,两人相比,这女的显得更容易些;她里外只是用一块材料打造成的。当然她仇恨他;尽管事实需要她对他的态度应更礼貌一些,但因其反感过强,粗鲁举止还是免不了的,会时而一见;如果她真的能够杀死他而无事,她肯定会心安理得地去这么干的。但是当凯伯的一双肥手按抚在其爱妻的肩膀上以及她唇边出现轻微的颤抖时,阿显顿在这个貌不惊人的女人和那个肥胖俗气的男人之间所窥察到的那种缱绻深情也还是动人的。阿显顿把他近几天来所作出的种种观察稍加集中,这时发现,一些他曾看到但还未曾从中看出什么意义的琐细情节,此刻也都一一返回他的心头。在他看来,凯伯太太对她丈夫所以热爱首先是因为她的性格比他的来得更为坚强,其次也因为她深感她的丈夫离不开她;她爱他是因为他崇拜

① 见第 152 页注释②。
② 此句的原文为:Ashenden admired goodness, but was not outraged by wickedness. 译者此外还有两种译文,现也一并列出,以供参考。1)……往往善善而不恶(wù)恶;2)……平时颇能从善如流,但不嫉恶如仇。另外这个句子也正是作者对他自己性格的一则精妙刻画。

她,而你不难想见,直至她遇上他为止,这个短粗而平凡的女人,带着那一身的呆钝、实际和欠缺幽默感的特点,是得不到太多男人的崇拜的。她欣赏他的嬉笑颜开,他的热闹顽皮,他的兴高采烈,这会活动开她呆滞的血液的;他只是一个活蹦乱跳的大孩子,再也不是什么别的,而她对他来说,也就无异是一份母爱;他目前的种种正是她一手所培养成的,他就是她的男人,而她也就是他的女人。而她也就是爱他的,尽管他有着那么多的弱点(凭着她的那副清明头脑,这许多东西她是不会看不到的),她的爱他嘛,悲哉哀哉,却正有些像伊索德之爱特里斯坦①。可这里面又多着个当间谍的问题。就连阿显顿,这个对人性中的种种弱点能够如此宽宏大量的人,也不能不深切认为,为了金钱而不惜出卖自己的国家绝非是件光彩的事。这件事她是不可能不知道的;没准还就是由于她的介绍,人家才会找上门来;而且也有可能他未必一定会干起这件坏事,如果不是她在竭力怂恿撺掇。她爱他不假,而同时她又是个诚实而正直的女人。究竟是凭了什么迂曲的手段,她才能既交代了她自己,又能强迫她丈夫去择取了这个如此为人不耻的卑鄙营生?当阿显顿想把那女人心里的这一切活动连串到一起时,他自己也不禁深深地陷入猜测的迷宫之中。

格兰特利·凯伯就另是一种情况了。此人浑身上下确实没有什么地方可取;好在阿显顿此行并不是来寻求什么仰慕的对象的。虽然就人来讲,他本属粗鄙庸俗一流,全不值得一顾,但其间也大有某种堪称奇特,某种出人意料的东西。当他看到这个特务是在如何

---

① 意为也是一种无法解脱的祸孽结与生死恋。这则恋情出自中世纪的骑士文学(属于亚瑟王传奇系统),内容写骑士特里斯坦与爱尔兰公主伊索德之间的一个爱情悲剧。伊索德曾被许予不列颠之康沃尔王为后,特里斯坦被遣去彼国迎亲,但两人一见钟情,并因共饮了一种药酒而陷溺极深,不能自拔。但其私情却又无法得遂,卒双双自杀以殉情。

以一副貌似斯文的假相来引诱自己入套时,他也感到相当有趣。这一情况发生在他初次上课后的不久。一天中午饭罢,凯伯之妻已经上楼,这时他一屁股就坐到了阿显顿身旁的一把椅子上。他那义犬弗利兹一下就扑了过来,把它那长长的嘴套和那黑鼻放在了他的膝头。

"它没有脑筋,"凯伯说道,"但却有着一颗金子般的心。你看看那两只粉红的小眼睛。你见过还有什么比它更傻的吗?那张脸有多丑啊,可又有多迷人!"

"你养了好久了吧?"阿显顿问。

"1914年战争刚刚爆发不久,我就买到了它。顺便请教一句,你对今天报上的新闻是个什么看法?当然我内人跟我从不讨论战争的事。你完全想不到,能找到一名可对其一敞胸怀的本国同胞会有多欣慰。"

他递给阿显顿一支廉价瑞士雪茄,出于对工作的考虑,他也只能甘作牺牲,接受了它。

"当然他们不能得手,那些德国人,"凯伯道,"一丝一毫也不能得手。我清楚他们是只能吃败仗的,自打我们进入。"

他的态度是认真的,诚恳的,也是仿佛不把对方当外人的。作为回答,阿显顿也作了几句泛泛之谈。

"我生平的一件最大憾事就是,由于我老婆的国籍关系,不能去为战争尽份力量。其实战事刚一爆发我就去参军了,可军队不收我,理由是我已超龄。可我不瞒你说,如果这战争一直再打下去,那就不管老婆不老婆,我都不能不再去做点工作。凭着我通晓多国语言,我在检察部门里是多少能有点用处的。你就是在那里工作的,对吧?"

原来这正是他瞄准好了的靶子,于是乎为了答复他的这些有为而发的问题,阿显顿便把早已备好的情报也告给了他一些。凯伯把他的椅子拉得更靠近了些,声音也低了下来。

“我敢保险,你不会把一般人不该知道的也都告给了我,可毕竟这些瑞士人是绝对的亲德派,所以我不能让谁也能弄到可以偷听我们的机会。”

接着他的谈话又转了一个轨道。他向阿显顿透露了几桩多少有着点儿秘密意味的东西。

“我不会把有件事跟谁都讲的,你明白,但我有几个朋友确实是身居要职的,而且他们都知道可以信得过我。”

现既受到如此鼓励,阿显顿也就有意地稍显随便了些。于是等他们分手时,双方都会有理由感到满意。阿显顿不难猜到,第二天一早凯伯的那台打字机准会忙个不迭,而目前在伯尔尼的那名精力过人的少校很快也会收到一份极有趣味的汇报。

一天晚上,阿显顿饭罢上楼后,走过了一间公共浴室。他望见了凯伯夫妇。

“进来吧,”凯伯还是那么和颜悦色的,“我们在给弗利兹洗澡。”

这只猎狗经常会把它自己弄得一身稀脏,而凯伯最得意的就是能看到它干干净净。阿显顿进去了。这时只见凯伯太太一条雪白围裙,卷着袖子立在澡盆的一边,另一边的凯伯,正一条便裤和一件背心,露着肥胖但多斑点的膀子给那倒霉畜生打着肥皂。

“这个我们只能在夜晚来干,”他说着,“费兹吉拉德夫妇①也是用的这个澡盆。如果他们知道了我们在这里洗过狗,他们肯定会发火的。我们是等他们睡下才来这里的。过来,弗利兹,让这位先生

① 也即是前文说到过的那对爱尔兰老夫妇,但其姓名这里才第一次说起。

看看,在给你刷脸时你表现得多么体面。"

这可怜畜生,虽明知倒运透顶,却仍然轻轻摆了摆尾巴,以表示虽说对它所实施的这套行为实属邪恶之极,可对这位施主倒也并不记恨,而它此刻就正立在这六吋深的一盆澡水中间。它浑身都打满了肥皂。凯伯一边谈着,一边用他那双肥手给它洗了洗头。

"哎哟,它将会出落得多漂亮啊,跟外面雪花打的一样洁白。它主人带上它出去时会多得意,就跟那潘趣[1]也差不多。这会儿你瞧吧,所有的小雌狗都会叫了起来:天哪,那一脸爵爷长相的英俊猎狗又是谁啊,走起路来的那副派头就像整个瑞士全是他们家的?好了,站得直些,现在正给你冲洗耳朵。你总不能走在街上带着这脏耳朵吧?就跟个瑞士的小顽童似的。Noblesse oblige[2]。还有,你那黑鼻子。糟糕,肥皂水都跑到那小红眼睛里去了,杀疼了吧。"

听着他的这一派胡扯,凯伯太太宽阔平庸的脸膛上也慢慢泛出一丝和善的笑意,然后仍旧一脸严肃地取过一条大毛巾来。

"该扎个猛子了。头朝下腿冲上。"

他提住它的两条前腿,就把它往水盆里一按,然后又按进去一回。它当然没少挣扎,只一股劲地扑棱,溅下了满世界的水。凯伯把它提出了浴盆。

"上你妈那儿去吧,让她给你好好擦擦。"

凯伯太太坐下,把狗往那双强有力的大腿间一夹就擦了起来,一直擦到汗珠冒出了额头。弗利兹呢,这时都快晕了,气也快上不来了,终于庆幸这一切总算完了,站了起来,那傻得可爱的脸上确实白净多了。

---

① as proud as Punch,谚语,意为非常骄傲满意。此典出自儿童木偶剧 *Punch and Judy Show*(《潘趣与朱迪》),两人为一对老夫妻,一天到晚打闹不休。

② 法语成语:贵族理应表现得豪爽慷慨一些。

"血统瞒不了人的,"凯伯兴奋地高声道。"它心里至少记得它六十四代祖先的名字,而且各个都是高贵出身。"

阿显顿听了心里太不是味,上楼的时候还在打着冷战。

接着,一个星期天,凯伯跟他说,他们准备外出远游,中午就在山上的一家小店里进餐;建议他也一道前去,费用嘛就各出各的。阿显顿觉着,经过在琉森三周的休养,体力已完全恢复过来,爬山能去了。他们一早便出发了。凯伯太太浑身都透着干练,一式的登山装扮,这时但见她脚踏登山靴,头戴蒂罗尔式[①]护头帽,裤腿上则是罩着阿尔卑斯长筒袜。而她的先生,其他装备而外,也是长筒袜和宽大的灯笼裤,十足的英国气派。一见此景,阿显顿不禁心感好笑,但也乐得尽此一日之欢。不过他同时也没忘记得多留个心眼,谁敢保险他们夫妻就一定还不曾察觉他的真实身份,所以得记着千万别走得离悬崖边上太近:凯伯太太当然会毫不犹豫地给他一把猛推,而凯伯嘛,别看他平时嘻嘻哈哈,恐怕也绝非什么善类。但自表面观之,一切又都像是平安无事,不足以毁掉阿显顿好好享受一下这个灿烂朝阳的美好心情。周围空气又是那么香醇。凯伯则是话语不断。他讲了不少滑稽故事。他高兴开怀极了。汗水从他那云盘般的红润大脸上没少往下流淌,他也笑他自己是太胖了。让阿显顿不胜惊奇的是,他对山花的知识确实非同一般。一次他见到下面路边有株好花,竟不惜跑下去了好一段路才把它摘了回来,捧献给他夫人。她温柔地细看了看。

"有多可爱,"他大声道,一双闪烁不定的灰绿眼睛一时间竟同一名幼儿一样的天真烂漫。"不就跟瓦尔特·塞维奇·兰多尔[②]的

---

① 奥地利西部蒂罗尔山区流行的一种登山帽。

② Walter Savage Landor(1775—1864),英国作家与诗人。一生所作长诗极多,但却特以其小诗著称。

一首小诗似的。”

“植物学是我丈夫最喜爱的学科，”凯伯太太道。“我有时也笑话他。他对花卉太痴迷了。有时候我们都快付不起卖肉的人的账了，可他还是把口袋掏光来给我买回一束玫瑰。”

“Qui fluerite sa maison fluerite son cœur，”[①]凯伯道。

阿显顿有好几次看到，凯伯从外面散步回来时，都好给费兹吉拉德太太送上一束山花，而且那副笨拙的样子倒也是挺动人的；而他刚刚得知的这点情况也给凯伯的这一美丽细小行为增添了一些意义。他对花的爱好是真诚的，而当他向那名爱尔兰老妇人送花时，他送的确实是他自己珍爱的东西。它显示出了一颗不假的善心。阿显顿向来把植物学视作一门乏味的学科，但当他们一路走着凯伯谈起它时，他的热情竟是那么饱满高涨，颇能赋予它不少的生命与趣味。他肯定在这上面狠下过一番功夫。

“我从没有写出过一本书，”他道。“已出的书已经太多了，可我的那点写东西的愿望倒也得到了一些满足：给报纸上来篇马上可以得钱但也马上就会被人忘掉的短篇稿子。不过如果我在这里再住得长些，我还是有点心思想编撰一部讲述瑞士全境的野花的书的。我真巴不得你能早些就来这里。这里的花木太迷人了。不过要做好这个，你最好本人就是一名诗人，可我只不过是个报人。”

奇怪的是看到，此人竟能够把真实的感情与虚假的事实结合在了一起。

他们到达了那个小店，而四围山色与一泓湖水也一时尽收眼底。当他看到这人因为往喉咙里灌下一瓶冰镇啤酒而竟会这么开心时，也的确令他为之心悦。对于一位从这点简单的口腹之养便能

---

① 法语：家中的花就是心上的花。

获取到如此巨大的乐趣的先生你实在不能不予以几分同情。他们的午餐享用得开胃极了,吃炒鸡蛋和山泉鳟鱼。凯伯太太受周围环境的影响也竟变得温柔异常,为以前所不曾见,在对阿显顿的态度上也不再那么敌意十足。这个村家野店,由于处境幽美,竟仿佛十九世纪初期游记书中的一幅瑞士农舍图。她初来到这里时,对眼前的这番景色确实没少用德文大发感慨,而此刻,酒酣饭饱之余,更是感动得热泪盈眶,情不自胜。她伸出手臂高呼道:

"真是太可怕了,也太可耻了,面对如此可怖而不公正的战争,此时此刻我居然还能乐得出来,还能觉着幸福和感激。"

凯伯拿过她的手来,抚摸着,一边还在用德语——这事在他并不寻常——宽慰着她,口里亲昵之词不绝。够肉麻的吧,但也动人。为不影响他们的温存,阿显顿立即避开,穿过花园,坐到了特为游客而设的一条长椅上去。眼前景物是一种近乎壮观的美[①],但还不够迷人;它仿佛一支稍浅显而炫耀的乐曲,乍听之下,也会使你为之动容。

就在他逗留在那里的工夫,格兰特利·凯伯这桩诡秘不禁又翻上他的心头。如其说他对表现奇特的人向来不乏兴趣,他在此人身上确实找见了一种难以置信的怪异,此特其一例而已。想不承认他具有许多可喜的品性是不明智的。他的欢欣快活并非是装出来的,他的满腔热情也绝非假冒,他的确有个善良天性。他时时刻刻都想为人做点好事。他与旅店的另一仅有住户,那对老迈的爱尔兰上校夫妇的友善相处,阿显顿是有所观察的;他对那老人所好讲的埃及战事里的乏趣故事居然能够不嫌厌烦,对那老妇人也态度极佳。此

① 从这句话可以看出阿显顿对琉森那里的景物的看法,如前面以及下文所述,是有保留的,亦即还够不上真正的宏伟壮丽。

时阿显顿既已与他有了几分惯熟,他发现他对此人也已是好奇之心多于排斥念头。他已不再认为他之成为特务纯系为了金钱;他的生活要求并不奢侈,因而他在轮船公司所挣到的那份收入对于一名如此持家有方的凯伯太太来说已足够把日子过得很有盈余;况且自宣战以来,对于一些业已过其参军年龄的中年男人来说,想找份收入还不错的工作的机会也并不缺乏。如此说来,他走上了今天这步乃系因其天性属于另外一种类型:对于他们往往是曲胜乎直,不走正道而偏好径行,每以能愚弄其同僚侪辈而暗自得意;他之沦为奸细,既非出于对其祖国之恨(他曾被投入过监狱),甚至也非出于对其妻室之爱,他的目标乃系对准一些巨头大亨,这般人从来便不知晓世上还有他这类虫豸的存在;他意欲对之进行一种报复。也或许这是虚荣心在作祟:他的价值不曾得到承认,还或许只不过是出于那种小精灵小魔怪般的好搞恶作剧的心理。但他又确属恶类。不错,他东窗事发的贪赃枉法前科只有过两次,但不难看到,有了其一二,也必有其三四,只不过更多的案情未全被侦破罢了。试问其夫人对此又作何想法?这对鸾俦既是如此如胶似漆,对此她不可能全不知晓。难道她不为此感到羞愧吗,因她的正派作风本属无可怀疑,还是因为此斜邪行径毕竟出在她的所爱身上而竟予以默许?是她已竭尽其全力加以阻止过,还是她对这一她也无可如何的恶行只是眼睛一闭,佯作不见?

如果世界上的一切事物全都是非黑即白,那会活得多么舒心,而对待起来又会多么省事!凯伯究竟是一个喜恶的好人,还是一个喜善的坏蛋?如何才可以把这两项水火不能相容的因素置之于同一副心胸之中而仍能彼此安然相处,共臻和谐?但有一事是可以肯定的,凯伯平日不受其良心责备;他干起卑鄙下流的肮脏勾当时仍会一样兴致勃勃。他是以其叛变行为为乐的叛徒一个。虽然阿显顿一向都多少比较认真地在研究着人性,但情况表明,已然人到中年的他此时对于这事的了解比起他幼小时也多不到哪儿去。当然R会对他讲:你浪费这么多时间又有何益?这人只不过是个危险的特务,而你的任务非常明确,抓住马脚,把他下狱。

这话绝对没错。阿显顿也已得出结论,与他更多的协商已无必要。虽说要他出卖他的雇主这事在他来说并不为难,可这人毕竟太靠不住。他妻子对他的影响太强烈了。况且,尽管他不时地会对阿显顿表白他的态度是如何如何,他在内心之中还是深信同盟国方面会赢得这场战争的,而他只想站到赢者的一边。所以,好了,是得抓住马脚,把他下狱,但如何去实施这个,他却一时还心里没谱。他突然听到一个声音。

"原来你在这里,我们还在纳闷,你躲到什么地方去了?"

他抬头望望,看到凯伯夫妇正朝他走来。两人还手拉着手。

"是这个把你一动不动地吸住了吧,"凯伯说时眼睛在瞄着那里的景色。"多美的一个地方!"

凯伯太太也两手紧握。

"Ach Gott, wie schön![1]"她高呼道。"Wie schön. 当我看到那蔚蓝的湖水和雪白的山峦时,我的一颗心真的有些仿佛歌德的浮士德那样,只想对那瞬息不停的流光喊出一声:停一下吧。[2]"

"这总比在英国要强些吧,还不至于动不动就又是突袭又是警

---

① 德语:哎呀,上帝,这有多美!

② "时光啊,停一下吧"这个千古名句出现在《浮士德》第二部第五幕的接近结尾部分,也是此剧的最后高潮。它源于歌德的一贯思想:自强不息。意即一个人必须永远奋战向前,一刻也不能停歇,不能满足,否则,他的生命与精神便将立即灭亡。而在剧中,当浮士德因见到荷兰人围海造陆大感满意而喊出这句话时,他便立即倒地毙命,其灵魂也几被魔鬼夺去(多亏天使来救,才有幸最后升天)。篇幅关系,这里不及缕述,有兴趣者可直接读此名剧;至少不难从任何一本欧洲文学史书上获得一粗略梗概。

报吧？"凯伯说道。

"要强好多，"阿显顿应道。

"顺便请教一句，你当时从英国出来时有无什么困难？"

"没有，一点点困难也没有。"

"可我听说，他们在过境上没少制造麻烦。"

"我自己确实没有遇到一点麻烦。我总觉着他们对英籍旅客还并不怎么刁难的。我的看法是，那些护照的检查只不过是走走形式罢了。"

只见凯伯和他妻子间互递了个眼色。阿显顿当然弄不准它的确切意思。不过如果在此同一瞬间，凯伯正在考虑的是他的英国之行的运气会是如何，而阿显顿也在琢磨这一可能的时机必将怎样，那可真的是无巧不成书了。不一晌工夫，凯伯夫人便提出来该返回了。于是他俩便一道在绿树荫下顺着山间小径慢步盘旋而下。

阿显顿仍在睁大着眼睛张望。他此刻完全是一筹莫展（他的无能为力也让他恼火），而只有提高警觉，耐心等待，以便真的时机来了能及时抓住。但两三天后一件事情的发生让他确信，还就是要有事了。那天午前上课期间只听凯伯太太讲道：

"我丈夫今天去日内瓦了，他在那儿有些事务要办。"

"是吗，要去好多天吗？"

"不，只去两天。"

说谎这事不是谁都干得来的。阿显顿有种感觉，当然他也说不清为何有这感觉，凯伯太太这时是在说谎。如果她只不过是提到一件对阿显顿来说毫无所谓的简单情况，那她说这话时的样子就该也是毫无所谓。他的心头一闪，凯伯该不是去的那里，而是被叫到了伯尔尼去见他那可怕的德国情报头头了。于是课后他见到了个女服务员时就随口问了一句：

"麻烦你件小事，小姐，听说凯伯先生去了伯尔尼。"

“是的。他明天就回来。”

这证明不了什么,但有了这个,办事就有了依据。阿显顿在琉森有个相识,这个瑞士人很乐意在必要时为他干点零活,于是便找上了他,托他到伯尔尼去捎一封信。也没准还能碰上凯伯,那就正好来点跟踪。第二天凯伯又和他妻子在餐桌上露面了,但见了阿显顿只是点了下头就直接上楼去了。两个人都像是心事重重。平时精神十足的凯伯,此时却头也不抬,既不左顾,也不右盼。第二天他的复信到了。凯伯是去见了冯·P少校。不难猜测到少校会对他讲了些什么。阿显顿十分清楚他会有多粗暴:那可是个苛刻家伙,凶横野蛮,脑子机灵但不择手段,他是不习惯文绉绉跟你讲话的。人家可不让他只在琉森一呆白拿干薪而不干活。他该去英国的时候到了。是猜测吧?当然是猜测,可这一行向来就是这样:你就得能从一块颚骨推衍出那整个动物。阿显顿曾从葛斯塔夫那里得悉,德国人早就想送个人到英国去。他舒了口长气;如若凯伯真去的话,那他可就该有忙活的了。

当凯伯太太再来给他上课的时候,她显得呆呆钝钝,无精打采。她一脸倦容,舌头紧邦邦的,不听使唤。阿显顿不难想到,这两口子大概是整夜都没睡觉,一直在讨论那事。他巴不得能知道他们都谈了些什么。她是怂恿他去,还是不劝说他去?吃午饭时阿显顿继续对他们作着观察。是出了事了。他们几乎谁都没跟谁多说,可平时他们却从来都不少交谈的,而且匆匆吃完就离开了。等饭罢阿显顿步入大厅时,他发现凯伯正一个人坐在那里。

“哈啰,”他欢快地招呼道,但明显那欢快是硬做出来的,“近来好吧?我去了趟日内瓦。”

“我听说了。”

“过来和我一块喝咖啡吧。我内人患了头疼。我劝她上床去躺躺。"这时他闪烁不定的绿眼睛里的那种表情,阿显顿也一时不解其意。"情况是,她情绪很不稳定。跟你说吧,我要去英国了。"

阿显顿的心猛一咯噔,几乎快冲撞着肋条骨,但外表上仍面不改色。

"噢,是吗?那你去的时间长吗?我们会想你的。"

"实话跟你说吧,像这样的无所事事我实在是腻味透了。这场战争看起来一时半会儿是停不下来的,可我不能就这么无限期地一直在这儿泡着。再说呢,经济上我也泡不起,我得出去挣个吃喝。不错,我是娶了个德国老婆,可我还是个英国人哪,长话短说吧,我得去尽我的这份力的。我将来又有何脸面去面对我的一些朋友,如果我只在这里偷安苟活,干等着战争的结束,而从没有给自己的国家办一件事。当然我的内人是站在德国的角度看问题的;我也不瞒你说,她这回是有点吃不消了。你清楚,女人嘛,就是那样。"

阿显顿顿悟了,他刚才在凯伯的眼神里看到的是什么了。是恐惧。这给阿显顿带来的是一阵恶心。凯伯的内心是不想上英国去的,他只想安安生生地留在瑞士;另外凯伯在伯尔尼受召见时少校对他都作了些什么训示,此时他也全明白了。他必须前去,否则就是停薪。当他把这发生的一切告给了他老婆时,她老婆又对他讲了些什么?他多想他的老婆能坚决挽留住他,但显而易见,人家没那么干;也或许他就没有胆子去跟她明讲,他已经给吓成了什么德行;因为在她眼里,他一直还是个乐观、果断、敢去冒险和天不怕地不怕的汉子,而此刻的他(也是自食其虚伪的恶果吧),说什么也拿不出勇气来干脆向她供认,他只是卑鄙下作的懦夫一个。

"你这次是携眷前往吗?"

"不,她还留在这里。"

看来一切都已安排妥了。凯伯太太留下来好把她收到的信件情报再转寄到伯尔尼去。

"离开英国的时间久了,一时还真拿不准这战期工作该是如何着手。设身处地想想,如果您是我的话,这事您会怎么进行?"

"这我可说不上来;你现在心目之中的工作是什么样的?"

"好的,您瞧,我正在琢磨着能不能也去您的那行干干。只不知您在那检察局里有无熟人,也好带上封您给我写的介绍信去找找他们。"

阿显顿闻言又是心上一惊,也许全亏神明显灵,这才把那险些就要冒出唇边和表露于外的声响手势又遮又盖,硬给掩饰过去,也使他的严重受惊没太露馅儿。但这一惊并非是由于凯伯提出的什么请求,而是因为他自己这才憬悟出的一种"刺激"。他一直有多傻啊!他一直是一想起来就深感不安:他在琉森只是在虚度时光,只是在无所事事,而此刻,虽然事实证明,凯伯的赴英即将成行,但那也绝非是出自他的什么巧谋妙计,对此他是完全无功可邀,无赏可请的。而此时他越发清楚地看到,他只是被投闲置散在琉森这里,只需定期去述述职,通通气,只需能做到这个,就实际上已发生了那定将发生的事。[①] 的确,德国情报部门能使一名特务潜入进检

① 这话是什么意思啊,怎么这么别扭?这在语法上、逻辑上都没出问题吗?首先在语法上没有问题。只不过这是个颠倒句型,掉转过来,就没事了——请看,"那定将发生的事就实际上已发生了",如何?其次,在逻辑上也同样没有问题;虽说在初级的形式逻辑上似仍不行,但在更高级的辩证逻辑上就没事了——只须把必然性和偶然性这种范畴拉了进去。其实那句话只不过是想要说,应该发生的事,由于偶然因素,已提前发生了。如果再比较一下另一句话,那意思便更加清楚。比如这么一句——一切必然要发生的事,它们迟早总要发生。这里"迟早"是什么意思呢?这就是偶然性,因为必然性是要通过偶然性来完成的(甚至连"不迟不早"也都是偶然性)。既然如此,阿显顿的苦恼也就来了。本来正摩拳擦掌准备大展一番宏图的他,却在还没开始之前,事情就已经完了!这岂不是太让他扫兴了,也太使他感到屈辱了!其自尊心、事业感、成就感也都一概没了!迄今他所做的,只不过是充当了一枚棋子!因为这类偶然因素越多,他的价值与作用便会越小,他的屈辱感也便会越大。

再有,这里需要补充的一句是:前面提到的颠倒句型的引入主要是为了强调,而强调的地方则是这事上的偶然性,因为正是靠了偶然性——巧——小说的趣味性才有了寄托或机会,另外也在配合这段文章中的(抑郁)气氛。总之,无论从哪方面讲,这段东西都是写得极不错的。

察局也真是件绝妙的事，况且这里还就有着凯伯这么号人，既能堪当此任，又与该处的一名工作人员熟悉。这是多大的好运！冯·P少校这名文化人①，肯定会一边大搓其手②，一边沉重地这么讲道：stultum facit fortuna quem bult perdere.③这不过是那狡猾的R的一个陷阱，可这驻伯尔尼的可怕少校却硬是往下去跳。至于阿显顿的工作嘛，就只是往那里一坐，一事不做，也就行了。当他想到R那里是如何把自己当个傻瓜来耍，他也只能发一苦笑。

"我跟那个局的主事人倒还是挺熟惯的，如果你想要的话，我可以为你出具一封推荐函由你面交给他。"

"我想要的正是这个。"

"不过我只能据实而言，我必须说明，我只是在这里才结识上你，而且认识的时间也只有两周。"

"那是当然，只是除此之外，其他对我有利的话你也总得为我添几句吧？"

"那自然不在话下。"

"我还弄不太清我能不能得到签证。据我听说他们在这方面还是事满多的。"

"我也不明白这是因为什么。我会相当反感的，如果我要回国也不肯发我这个。"

"我该回去看看内人的病情了，"说着凯伯便突然站了起来。"什么时候能得着你那封信？"

"随你方便吧。你马上就要成行吗？"

"当然是越快越好。"

---

① 一个人还能说拉丁文当然太够得上是一名"文化人"了。
② 搓手在西欧有时往往带有着志得意满的心理。
③ 拉丁语：这真是个意想不到的拣来便宜。

凯伯告辞走了。阿显顿又继续在大厅里坐了一刻多钟,以稳定一下情绪,然后便回屋写信。一封是给 R 的,向他汇报凯伯即将去英;一封是向伯尔尼的使馆方面提前打下招呼,凯伯前去签证时立即签发给他即是,无需多问;这些他都立即发出。当晚饭再见到凯伯时,一封亲切的介绍信已递到他的手里。

第三天上,凯伯出发了。

阿显顿只有等了。其间他仍在继续上课,并在凯伯太太的认真教导下德语已讲得更自然了。他们不断在谈论着歌德与温克尔曼①,谈论着艺术、人生与旅游。弗利兹这时就蹲在她旁边。

"它想它主人了,"说着,扯扯它的耳朵。"它只跟他亲,它还将就我是因为我是跟他在一起的。"

每天课后他都去一趟库克旅行社②,看看有无他的来信;他的一切邮件都是从这里收到的。在接到新的指令之前他不能马上走开,不过可以想见 R 也不会让他在这地方再闲住多久了。不久他就从驻日内瓦的领事的来信获悉,凯伯已从那里得到签证,刻已赴法。读到这个,阿显顿即跑去湖边转了一遭,回来的路上正碰见凯伯太太从旅行社出来。他猜想她的信件也都寄发在这里。他走上前去。

"收到凯伯先生的信件了吗?"

"还没有,我想现在还不太可能收到。"

他陪她一道回来。她有些失望,但还不到焦急的程度;她明白那时候邮件的到来是不太按时的。但第二天上课期间他明显看出她巴不得能早点把课结束。邮件的到来是在中午,所以差五分钟就

---

① Winckelmann(1717—1768),德国考古学家与艺术史专家,其希罗研究与古典文学观对日后歌德的写作影响极巨。

② 这是一家久已闻名而且迄今遍及于全球各地的英人所办旅行社;其经营范围早已不限于单纯观光旅游,而是包括存款汇兑邮寄与发行旅行支票等多项业务在内的国际商务机构。另外目前流行的导游做法也是始自这家私人公司。

到十二点时她看了看表,也望了望他。虽然阿显顿明知她根本不会再接到任何信件,还是不忍心让她的一颗心老是这么悬着。

"是不是今天已经上得差不多了。我敢说你一定想马上就去库克那里。"

"谢谢。你挺能体贴人的。"

当过了一会儿他自己也去了那里时,发现她正在那办事处的屋子中间站着。一脸神气已经不对劲了。她气急败坏地对他嚷叫道:

"我丈夫答应过一到巴黎就往回邮信。我敢保险,一定有我一封信的,可那些愚蠢家伙竟说没有。他们太不细心了,真是骇人听闻。"

阿显顿也不知该说什么才是。当办事员又在查看那包裹里有无阿显顿的来信时,她再次来到了柜台前面。

"法国发来的下一个邮班什么时候到?"

"要来就是下午五点。"

"那我到时候再来。"

说罢扭头就出去了。弗利兹夹着尾巴跟在后面。毫无疑问,恐惧已经袭来,她感觉到出事情了。第二天上午她的样子更可怕了;她恐怕一夜都没睡;所以课程上到半截,她猛地便站了起来。

"只能请你原谅,索莫维尔先生,今天的课上不了啦。我不舒服。"

还没等阿显顿说出句什么,她已经急冲冲地跑出房间去了。晚上他收到她的一个便笺,通知他说,她很抱歉课无法继续上了。原因她没有说。之后也就再见不上她;她不去餐室用饭;除了午前午后去库克那里外,显然她全天都足不出户。可以想见,她会一连好多个小时地往那里一坐,一颗心时时都在被那可憎的恐惧啮食着。谁能对她不感到惋惜? 就是他自己这时间也长得不好打发。他读了不少东西，作品也稍稍写点儿。他还租了个皮划子，也到湖面上去荡荡闲桨。终于某个上午库克的营业员递给了他一封信。是R寄来的。表面上就是一封普通的商业信函，但字里行间却大有文章。

敬启者　业已开始。发自琉森之货并所附来信均已妥收。指令执行及时，感荷无暨。

总归即是如此一股腔调。R的高兴自不待言，阿显顿也不难想见，凯伯早已遭捕，此刻谅已为其罪孽付出代价。他不禁打了个寒战。一幅记忆里的可怖场景再次浮现在他眼前。清晨。一个寒冷灰蒙蒙的清晨，还飘着细雨，一个男子，眼睛蒙着，贴墙而立，一名面色苍白的军官一声令下，一阵排射，射击队中一名士兵，扭过身来，倚着枪柄，吐了。军官脸色更白，而阿显顿，他已快晕过去。凯伯那时会有多害怕！当汗水不住地淌下面孔时又有多吓人。阿显顿振作了一下。他去了票房按指令购了一张去日内瓦的车票。

等着找钱的工夫，他又见着凯伯太太走了进来。那模样吓死人了，头发凌乱，面如土色，眼皮上一道道的深圈，煞白得不成人形。她摇摇晃晃地凑到柜台前面，还是问信。工作人员摇了摇头。

“对不起，太太，还没有来。”

“可再找找，找找，能保险吗？再找一回。”

那喉咙里发出的声音让人心碎。工作人员耸了耸肩，把那格子里的信件全取了出来，又翻检了一回。

“没有，还是没有，太太。”

她发出了一声绝望的粗嗄喊叫，面孔已因苦痛而扭曲成一团。

她转过身来，疲惫不堪的眼眶里仍在不停地流着泪水。一瞬间她突然成了盲人，一动不动地站在那里，仿佛不知该往哪儿走。接着一件可怕的事发生了。弗利兹那条狗，本来蹲在那里，突然扭过头来发出了长长的一声哀号。凯伯太太见状大怖，无异精魂脱体。这一来也好，多少天来一直在心悬不下，一直在抓心挠肺的那番疑虑，此刻已不再是疑虑了。她全明白了。她跌跌撞撞地胡乱冲到了街上。

十一　幕后记历

当阿显顿被派赴 X 市而举目四顾时，他不能不感到，目前他的处境是复杂微妙的。X 市为一参战的重要国家之首都；但这个国家却处于分裂状态；其中一大政党强烈反战，另外革命在此地也有发生的可能，即使不是迫在眉睫。阿显顿行前所得指示是，前往考察一下此处尚有何能为或可作何争取，然后据此提出建议，并在建议获得（派送他的高层人士）批准后，立即付诸实施。他此来不仅身携巨款以供其支配，英美两国大使亦均被关照过，盼能对之提供权限所及之各种便利。不过阿显顿也受到叮嘱，凡事知悉便是，而不得外传，尤忌因口边不慎而将不便此两列强官方代表所应与闻之事宜泄露出去，以致造成难堪局面；再有，既然他还要务在身，有必要对与那执政党处于剑拔弩张状态的另一政党私下予以支持，而此执政党派复与英美双方之关系颇形融洽，故阿显顿更得遇事谨慎，决不张扬外露。那位高层人士殊不欲两位大使察知，竟曾有一无名特工被派去其间，从中作梗，以干扰其行事；他们定将因不堪其辱而大为不满。另一方面，有关方面也考虑到，能在反对营垒之中得一代理之人亦诚大佳事，如此则遇到风云突变，自不难使此党因手握巨资而深得其新上台人之信赖。

然而当大使的每每对其个人之尊严矜持强调过甚，于自己权威遭侵一节其嗅觉尤表现得异常敏感。当阿显顿初抵 X 市对英驻该国大使赫伯特·惠泽斯朋爵士作一工作性的访问时，他所受到的一番接待，在礼数上虽绝无一丝可以挑剔，但其热情之低，北极熊遇上也必凉透脊背。赫伯特爵士者，职业外交家也，向于此行道研练有素,其个人修养之圆到娴熟,人所共仰。他对阿显顿此来之公干并无一语问及,因他清楚他将得不到正面回答,但口风语气里面已足够使对方明白他不过在做愚事。在谈到曾派阿前来的那些高层人士时,口气容忍之中不乏酸刻。他对阿显顿讲,他已接到知照,对他提出的需要帮助之处定将予以满足,此外何时有事找他也只管明说即是。

"我还接到了一项较为奇特的要求:一、要将你的电文按你的密码(这个肯定已经给过你了)替你发出;二、将以密码寄给你的电文转交给你。"

"但愿这种情形不会太多吧,爵士先生,"阿显顿答道,"我当然明白这种打密码和翻密码有多烦人。"

赫伯特爵士一晌无话,因这一回答并非是他所要的。他站起身来。

"请来我办公室一下,让我把顾问和秘书都介绍给你,你有电报要发时找那秘书就行。"

阿显顿随他走出接待室,在他已被介绍给顾问之后,大使勉强伸出手来和他握了一下。

"希望不久还能再见到你,"他稍点了下头,便离开了。

对这番招待,阿显顿倒也能坦然置之,不以为意。他的身份本来便是要退居隐处,他并不想因官方之厚遇而将注意力引向他自己。但当这同一天午后他又去美国大使馆拜会时他才明白何以赫伯特·惠泽斯朋爵士会对他如此冷淡。美国大使为威勃尔·沙弗先生,堪萨斯市人,他之得此委任亦系出于对其长年政绩之考虑,而授官之际尚不知战事已迫在眉睫。他生得高大粗壮,虽已过盛年,鬓角苍苍,但保养得当,仍然精力健旺,逾于恒常。从相貌上看,只见他脸额宽阔、肤色红润、鼻子扁平、下巴微突,露坚毅之气,再有面部则刮洗精光，但其表情特形活跃，不时地扭曲成种种古怪滑稽鬼脸，仿佛那不是普通的肉，而是由一种可用以制作暖水瓶的红色印度橡胶所长成的。他满怀热情地去迎接阿显顿。这是一位乐呵呵的痛快人。

“我想你已经见过了赫伯特爵士。而且我敢说，你已经惹翻了他。试问华盛顿和伦敦那方面是何居心，竟然通知我们要代发你的密码电报而其内容则不让我们知道？你该清楚，他们是无权这么干的。”

“不过，大使阁下，他们之所以如此也无非是为了省时省事罢了。”

“好吧，那就说说你此行的使命是什么？”

这个问题当然是阿显顿不准备回答的，但从礼貌上讲，明说不便回答也不合适，于是他只打算给他这样一个答案，从中大使将什么也得不到。他已从面相上看出，沙弗先生虽也不愧为一位大有才干之人，甚至对总统选举这类大事也足以起到其举足轻重的作用，但却难说，至少单凭肉眼观之，具有他目前重任所必需的那种相应的机敏。他给你的印象只不过是一名爽直痛快的好好先生，其爱好是好吃好喝。如果阿显顿是在跟他打扑克牌，那他就得加上几分小心了，但是论到眼前这类事情，那他就会有一切无事的安全之感。于是他便以笼统抽象之词就目前世界的局势作了些泛泛之谈，而且还没等谈了多少就立即询问起大使对这一切的高见。这实在无异于对战马的一声军号：请听吧，沙弗先生已经向他发表起演讲来了，而且一讲起来便是滔滔不绝，毫无停顿，一连气讲了不下三十分钟，因而等到最后因疲惫不堪而不能不停下来时，阿显顿正好在对其盛情接待大表了一番感谢之后而安全告辞退去。

阿显顿已盘算好，目前先避开和搁过这两位大使一段，而把精力更多地投入到自己的工作上去，因而不久一套作战方案便已形成。但偶然的机会却使他竟因为赫伯特爵士做了一件好事而又被卷进同这位官员的交道里去。上文提出过，沙弗先生好像更是个政治家而非外交家，而他的看法见解的分量也更主要的是来自他的高位而非他的高明。他自己对他目前所攀上的高位的看法不过是：正好借此机会对一切人生之乐大大享受它一番。但因其放纵过甚与漫无节制，他的躯体已呈现不支，渐露颓相。他对一般外事知识的不足固然多少也会使他的看法有所贬值，但他在协约国大使们联席会议上大打其瞌睡的情况更使他干脆难以形成任何看法。据说他目前正陷溺于对一瑞典国美妇的风流事件之中，此妇美固美矣，无如其过去经历若从情报角度观之，则属可疑分子。她一向既与德人关系极密，因而她对协约方面所表之同情便很难令人相信。沙弗先生既无日不与渠会面，当然会没少受其影响。当时已出现过某项某项绝密信息竟不时地被泄露出去的不妙情况，因而不能不使人怀疑，是否沙弗先生在其每日交往过程中因言语不慎致使所谈种种迅即为敌方总部掌握。当然没有人会丝毫怀疑沙弗先生的忠诚与爱国热忱，但其不够审慎则不能排除可能。这本是一件不易处理的棘手事件，但因事关重大，华盛顿方面对此之不安亦殊不下于伦敦与巴黎，于是阿显顿遂被唤来解决这一难题。当然此番被调来X市以完成此项任务也并非仅是他光杆一个，他手下便有一名精明强干乃至相当果敢的办事衙役，一个名唤何巴图斯的波兰加里西亚人[①]。经与此人商量方才得知，介入的机会来了（当然也是多凭运气之偶然惠顾，而这类情形在情报业中也属偶尔有之）。情况是这样的，这位瑞典贵妇的一名贴身女侍突然病倒，但这位女伯爵（她确

① a Galician Pole，按加里西亚为波兰东南与乌克兰西北一地域名，过去为奥国属地。

是这样的一位贵妇）却非常幸运地能立即从克拉科夫[1]的郊区另聘到了一名异常理想的女士[2]。此人战前曾一度在一位著名的科学家那里任过秘书，因而此次干干保姆自然不在话下。

其结果便是，每隔两三天阿显顿都会从这女士那里接到一份文笔通顺的报告，内容全是关于这位贵妇卧室房帷间的活动情况；虽说阿显顿从这里未能获得足资印证所生谣传的任何材料，但报告里提到的另一情况在他看来却价值不低。从女伯爵为此大使所设之精雅小宴上所流露出的谈吐来看，他对其英国同僚似乎还积怨颇深。他抱怨说，他与赫伯特爵士之间的关系只不过是一种纯官方性的关系。他毫不掩饰地表示，他对那名可憎的英国佬一身拿拿捏捏的臭架子早就厌烦透顶。他乃是一个地地道道的男子汉，一名百分之百的美国人。那些繁琐不堪的外交规矩礼节对他又有鬼用处。为什么他们就不能坐到一起，也像两个平常人那样，痛痛快快地聊上它一通？血比水浓，他就是这个看法；只要他们能坐到一起，就在穿着件衬衫，喝着瓶黑麦酒的工夫，一切就会全谈妥了，这样对这场战争的打赢岂不比整套的外交程序和手套鞋罩什么的要强多少倍吗？云云。

好了，显然目前这两位大使之间还不曾达到完全的融洽一致是很不理想的。因此阿显顿认为该去见见赫伯特爵士了。

他被引入爵士的书室。

“阿显顿先生，我能为你再办点什么？我希望你对目前种种还能够相当满意。我了解你曾使电报线路一直忙个不停。”

阿显顿在就座工夫，仔细望了大使一眼。大使此刻正漂漂亮亮

① Cracow，波兰南部之城市名。
② 当然这事完全出于阿显顿手下人的巧妙安排。

的一身剪裁合体的燕尾服坐在面前,黑丝领带上一颗美丽珍珠,条纹素雅而明显的灰裤之上折缝笔直,一双溜尖的漆皮鞋更是锃亮崭新,仿佛还未上过脚。你无法想象他也会一件衬衫就去喝那姜水威士忌的。他体格修长细挑,正是那种最宜于彰显现代服装之美的标准身材。另外他坐有坐相,舒展端庄,仿佛正在为一帧正式肖像作样;虽说不免冰冷乏趣,但也确实无愧为一位漂亮人物。他整洁的灰发作偏分式,苍白的面部刮得净净,暗灰眉睫之下,鼻挺而直,眼秀而美,均刻画精致,口与唇想当年也必曾饱满肉感,但如今则已抽缩成只带点戏谑味之坚毅表情,唇也偏白。总之这副贵相离开若干世代之教养熏陶怕是培养不出的,只是你休想指望它也能表露一丝真情,或哭得拧成八瓣,充其量也不过唇边一动,泛出一点微嘲而已。

阿显顿此时确实难免有些诚惶诚恐。

"我此时确实非常担心您难保不认为我这是在干预一些原本不属于我自己的事务,爵士。我已有足够的心理准备,您会喝令我不要多管闲事。"

"我们看吧。请讲下去。"

阿显顿把上述情况讲了一遍,大使也一直在注意细听。讲的过程中对方的一双眼睛一刻也没有离开过他。他深感他自己的不安显然掩饰不住。

"你是怎么发现这一切的?"

"我自有我寻获点滴信息的一些办法,这些有时候还有点儿用的。"

"是的。"

赫伯特爵士一直在保持着他那种目不稍瞬的凝视,但阿显顿突然间奇异地观看到,那钢铁般坚毅的目光里竟泛出了一丝浅笑。那凛冽骄矜的面孔一刹那间也变得相当迷人。

“还有一件小事不知你肯不肯也一并赐教？请问一个人应该怎么去做才能当个‘平常的人’？”

“我担心在这件事上谁也没有什么好的办法，大使阁下，”阿显顿庄重地答道。“我认为，这乃是出于上帝的一种恩赐。”

光彩一下从赫伯特的眼神中消失掉了，但身上的礼貌却仿佛比阿刚被引进房间时有所增加。他站起身来，伸出手去。

“你肯前来告诉我这一切实在是做得太正确了，阿显顿先生。我一向对自己的要求太放松了。我竟然把这么一位绝不该得罪的善良好人也给得罪确实是太说不过去。我一定要竭尽一切努力加以补过。我今天午后就要到英国大使馆去赔罪。”

“只是无需过于正式隆重吧，爵士，如果我也不揣冒昧奉劝一句。”

大使的眼里顿时重又焕放出了光彩。阿显顿不免觉着，他终于快有点儿人味了。

“可我除了正式隆重，阿显顿先生，再干不了别的。这也是我的一大不幸，但禀性难移，我也无可如何。”正当阿显顿即将告辞离去之际，他忽又补了一句：“噢，顺便说一句，不知你肯不肯赏光于明晚前来和我共进晚餐。黑领带①。时间八点一刻。”

也不问阿显顿答应没有，他便认定这事已经妥了，于是点首送客，再次端坐在了他那张大办公桌那里。

① 黑领带一词是何意思，请看下一篇《大使阁下》的前几行即知。

十二　大使阁下

阿显顿一想起赫伯特·惠泽斯朋爵士所邀他来赴宴的这桩事，一时心下是不无顾虑的。黑领带谓何？一次小宴而已，人数定不会多，无非其夫人安女士(其人阿尚未见过)，至多再有一两名年轻秘书。可以想见，席上不会有多热闹。很有可能饭罢即将玩牌。但据阿显顿所知，职业外交家照例牌艺不精：所以会是如此，其原因也不难想见，此类人物所具有之一番博大心志固亦不屑于浪置虚抛于此类琐细之客厅游戏。从另一方面讲，他又对一名大使于其燕居闲处之际的非正式的一面不无相当之兴趣。因为显而易见，赫伯特·惠泽斯朋爵士绝非一般常人。论相貌论气度，此人均无疑为其本阶级之无上楷模，因而一旦有幸遇上某一熟知类别之典型范例，自将是大可玩味的快事。此公即是一般人理想之中一名大使之标准形象。他身上的一切可谓均恰到好处，因而其中之任何一项只需稍稍予以夸张，其人定将立即沦为滑稽角色一名。他离可笑之讥，其间几不容发[1]，因而面对这副观瞻，正如面对在眩人的高处展示其绝技的走钢丝演员，几乎会令你闭过气去，舌咋不下。他显然是一位性格坚毅的人。他在外交界的升迁迅速，虽说无疑同他与名门望族之联姻不无关系，但一番夤缘际会却更主要凭其出色业绩。他懂得何时便该坚决，何时又该通融，而坚决与通融俱能各合其时，各适其宜。他的礼仪风度也均妥帖得体，无可挑剔。他能说六种语言，操持起来不感吃力，而又精确；他有着一副逻辑与清晰的头脑。他向来有胆量将他的一些事情想深想透，但却并不把这些认识简单付诸实施，而是一切斟酌实情，权宜行事。他在五十有三之年已经登上在X国的这个高位，而身处该国一由战火二由内讧所造成的极端困难局势之下仍能应付裕如，则全凭其手腕、凭其信心与大无畏之精神，这后者至少下述一事足堪证明。一次暴动期间，一批革命党人曾闯入英国大使馆内，这时但见赫伯特往楼梯口处当众一立，居然凭其凛不可犯的义正词严的喊话（尽管若干支手枪没少朝他比划），硬把这些人叱退回去。其临危不乱于此可见。不难想见，迨到他未来致仕之时，他肯定早在其巴黎驻法大使任上了。所以对于此人你不能不深为服膺，至于能否广得人缘就是另一回事了。他显然属于前朝维多利亚时代的外交家类型，往往堪当重任，而他的那种矜持或自恃，虽说有时不能不染上相当的倨傲意味，但以办事成效而论，仍不得不承认尚有其一定的合理之处。

当阿显顿驱车至大使馆门前时，两扇大门业已洞启，恭候于门首的为一健硕端重的英国管家并仆役三人。他当即被引上一华贵楼梯，按此楼梯即前所述之戏剧性事件发生处，然后被肃入一间广阔巨厅，厅内罩灯并不甚明亮，但他一眼便瞥见周围之家具俱属庞硕庄重式样，壁炉架的上方悬挂着英王乔治四世身着加冕礼时的华衮服饰的巨幅画像，其下则一炉熊熊旺火正光映左右，而当来客姓名通报后，正深陷于炉侧沙发上的主人已闻声徐徐起立，从容迎上前去。他的步态极美，虽只着简便餐服（按这类夹克式的便装一般都不太容易穿得像样），但衣服穿在他的身上便同样地不减高贵。

“我内人听音乐会去了，但她过一阵儿还会回来，她很想与你结识。我没有再请别人。我只想和你一人竟此一夕之欢，以深得其 en

① 以上一两句对某些读者在理解上或可能产生一定的困难，对此，译者建议，不妨去请教一位美术老师，特别是一位漫画作者，必能更好地理解此义。查一查英文词典（原文词典）中关于 caricature 的解释，也将同样有益。如能有幸借阅到英人 Max Beerbohm 的这方面画册，当然就更理想。

tête-à-tête[1] 之乐。

阿显顿虚虚客气了两句，但一颗心却咯噔一沉。他不敢想他将如何挨过与这位主人的这番（至少得两个小时的）单独会晤，原因是此公总是让他——这点也无庸讳言——感到异常地羞怯和不自然。

厅门再启，进来的是刚才的那位管家与一名仆役，都双手端捧着沉甸甸的白银托盘等[2]。

“我总好在饭前先喝上杯雪利[3]，”大使道，“不过如果你已经养成了那种好喝点鸡尾酒的野蛮习惯，我倒也可以提供给你一种似乎应叫作干马蒂尼的酒[4]。”

虽说阿显顿在天性上乃属于腼腆一流，但他并不甘心在像目前这类的细事上也全都得一味地唯唯诺诺，于是他抗声言道：

“我是要与时俱进的。当你能够喝上干马蒂尼时你还是非要喝雪利不可，那岂不就像是当你能坐上东方快车时还要去搭乘那驿站马车吗？”

就在这么杂七杂八闲扯的工夫，一阵响声把谈话打断了，两扇房门忽地大开，同时报上了一句：大使的饭菜已经备好，敬请入席。于是他们步入餐室。餐室房间宽敞，六十来人在此同时进餐应没问题，但此刻中间仅设置了不大的圆桌一张，特便宾主亲密叙谈。这里有巨大的红木餐柜一具，遍放各式金银名贵器皿，餐柜上方，亦即此时阿显顿之对面，高悬于此的乃是一帧坎纳莱托[5]的精美画作。而壁炉架的上面则是一幅维多利亚女王少女时的画像，像身为真人

---

① 法语：两人面对面之密谈。
② 意为上面放着饮酒杯盏与酒瓶等的托盘。
③ 雪利，西班牙所产名酒，一般多在饭前饮用。
④ 马蒂尼，一种加苦艾等的混合烈性酒；这里的干，意同干红干白之干。
⑤ Canaletto（1697—1768），意大利著名画家。

的四分之三,不宽而执着的头上戴着一顶不大的金冠。筵席的服侍者仍是那位体胖的管家与另三名高个仆役。这给阿显顿带来的印象是,这位大使颇能(按其所特具之饱富教养之方式)以生活于豪奢之中却毫无所觉一事而自鸣得意。① 本来这次宴请也完全可以并不设在这座官邸,而是只在一处乡间的私人住宅②便足够了;这也属于他们例行的一种礼节,豪华而不炫耀,而它之所以能免遭人讥也主要因为这一行事也是久已有之,符合着一种旧日传统。但是这一经历带给阿显顿的却别是一番滋味,因此刻盘踞于其脑际的乃是,就在使馆之外(和这里不过是一墙之隔)却判然是另一世界·那里躁动不安乱乱纷纷的民众随时随刻都有爆发出流血革命的可能,另外距此不到三百哩之遥的地方,战壕中的士兵此刻正躲进地下掩体,以避酷烈寒冷和无情炮火。

其实阿显顿原来生怕谈话进行不下去的担心是多余的,怕赫伯特问他的使命为何的顾虑也很快便被驱散。大使此时对他的一副态度正仿佛是,如果一名英国旅人正持一封介绍信来求见,而他不过是以礼相待罢了。看到这种情景根本不像是周围还正进行着一场恶战;他也就很少涉及到这个,而且即使涉及到,也不会有什么不得了的,好像提都不敢一提。他谈的主要是艺术和文学,同时也就证明,他个人读书极勤,而且趣味广泛,而当阿显顿谈到一些与自己有着直接交往的作家时(而这些大使只是通过其书本才知道他们的),大使也颇能以一副纡尊降贵的友好态度在注意听着,正如世上的大人物们对艺术家的那种态度(不过大人物也偶尔会画上几笔或

① 此句的含义译者以为大致是,大使之富贵感与一般暴发户之富贵感大不相同——他没有后者对其财富的那种明显强烈的意识。他能富而不觉其富,不感其富,不夸其富,不炫其富。

② 此处特指英国贵人富绅多在乡间另有其别业邸宅,以便在休闲时可以远离城市喧嚣。

写上本书，而这时他们身上的那名“艺术家”也就找回了几分尊严）。他有一次还顺便提起了阿显顿小说里的一个人物，但却毫没涉及到他这位客人的作家身份。阿显顿对此礼貌表示当然不无察觉。阿显顿一般不喜欢人们和他讨论他的作品，因这些一旦写就，他已经对之兴趣不大，而对他的当面表扬或批评都会使他感到不安。赫伯特·惠泽斯朋爵士很懂得保持客人的自尊，既向他表明了自己曾读其书，但又免除了因表达己见而给他带来不适。谈话中他谈到了不少因职务所需曾驻留过的国家，和他在伦敦以及一些别的地区所认识的许多人物，其中不少是阿显顿也认识的。他一番话讲得非常漂亮，而且也透着聪明，其间庄谑杂出，全然无异幽默。阿显顿决不感到席间有何枯燥，但也难谓多么精彩。阿显顿肯定会兴味大增，如若这位大使并非是凡有所谈，所谈必是那正确的话，那聪明的与该说的话。阿显顿深感，如果自始至终都得竭心尽力去应付如此高贵的一副心智，那可未免太费劲了，因此巴不得这场交谈能更快地转入那“衬衫阶段”，甚至比方说吧，能把两只脚也放到桌上！当然这个是办不到的。他没少想到，一旦饭菜已毕，他将如何体面地去告辞撤退。因为十一点时他还同何巴图斯有个约会，地点在巴黎旅馆。

晚宴既毕，上咖啡了。赫伯特对佳肴美酒是在行的，因而阿显顿不能不承认他一餐吃得极好。咖啡之后继之以甜酒，阿显顿饮了一杯白兰地。

“我蓄了些陈年的本笃酒的，你是否尝尝？”

“跟您说老实话吧，我认为只有白兰地这种酒才值得一喝。”

“我也弄不清我该不该同意你的看法。不过如果是这样的话，我倒要让你喝点比这还好的东西。”

他马上吩咐管家去取这酒了，只一晌，一只还挂着蛛网的酒瓶与两只特大酒杯已捧上桌面。

“我并不是想要吹嘘，”大使在看着那金黄的佳酿注入到阿显顿的巨觞时这么说道，“不过我敢说，如果你喜欢白兰地，你也会喜欢这个。这是我在驻巴黎大使馆短期任顾问时弄来的。”

“我最近和你的一个接班人还颇有过一些交道。”

“和白尔灵？”

“是的。”

“你认为这白兰地如何？”

“当然是好酒，好酒。”

“那你认为这白尔灵如何？”

问题问得突然。酒和人就这么排着，实在未免滑稽。

“噢，我认为他可是不太聪明。”

赫伯特爵士倚在了椅背上，双手握着那只巨杯去仔细品味品味它的香醇，并从容环顾了这间广室一遭。这时桌上已收拾得别无杂物，宾主之间只留下了一盆玫瑰。仆役在撤去时将电灯也都关掉，这时室内只剩下了几上的烛光和壁炉的火光。尽管房屋面积广大，居处其间倒也悠闲舒适。此刻大使的一副目光正停留在壁炉上方悬挂着的那张确实神采奕奕的维多利亚女王像上。

“我也非常不解，”他终于迸出一句。

“他恐怕是不能不离开外交界了。”

“我也担心会是这样。”

阿显顿立即给了他探寻式的一顾。他恐怕是最无可能对此君稍具好感的。

“不错，处在目前的情况下，”他接着道，“他的必须离去外交界也是势所必然。我很替他惋惜。他是个能干之人，会有人怀念他的。我觉着他还是有前途的。”

“我也听到过类似说法。我还听人说过外交部里的人还是很器重他的。”

“他的不少才能在这个可说相当清冷的行业中还是满有用的，”大使道，微笑之中透着一副冰冷而审慎的态度。“他一表人才，绅士一位，仪态风度俱佳，能操一口流利的法语，一副头脑也生得不坏。他本可以干得更好一些。”

“可惜他竟把这种种黄金般的机会都浪费掉了。”

“据我听说，战争结束后他就要进入到贩酒行业的。你看巧不巧，他所即将代表的那家公司恰好正是我购到这种酒的地方。”

赫伯特爵士把酒杯凑近鼻尖，细细吸了口那酒的芳醇。接着他又将目光移注到阿显顿的身上。他的那种看人的方式（而每逢这时他往往是心中别有所思的），给人的印象却是，他竟然把他们看成了某种特殊的然而却是令他讨厌的虫豸而已。

“你见到过那个女人吗？”①

“我曾和她与白尔灵一起在拉鲁②吃过饭。”

“那倒有趣。她长得如何？”

“妙极。”

阿显顿接着即将她的外貌等向其主人作了一些描述，但他的一半心思仍沉陷在白尔灵初次在此大酒店里将他介绍给那女人时的一番情景。他对这位久已闻其芳名多年的出色女人当然兴致不低。此女自称其名为露西·奥本，至于其真实姓氏为何则鲜有知之者。她初去巴黎时为某舞蹈团之一名成员，此团之名称为“快乐女郎”，其演出地点常在红磨坊歌舞厅，但她的绝世艳色立即引起人们对她

① 这里在叙事上似稍欠铺垫，但从下文将不难明白，显然指与白尔灵有关的那个女人，而这女人则毁了白的政治前途。

② Larue's，法国巴黎一家大酒店名。

的痴迷,因而一名富有的法国制造商一见便坠入其情网。他奉赠给她华宅一所,珠围翠绕地将她供养起来,但她在物质上对他的无厌诛求,时日一长便使他感到其财力竭蹶,难乎为继,于是不消多久便已数易其主,而且迅即成为红遍全法的一流交际花。她的开销是巨大的,她把因她而破产的众多仰慕者根本便不当回事,而是只觉其好笑。她的穷奢极侈即使最富的人也会难以支撑。战前有一次阿显顿在蒙特卡洛[1]见着她一席之间便输去了十八万法郎,这在当时可是个数目了。只见她往那大桌上一坐,周围挤满着好奇的看客,就将千元大钞(法郎)大把大把地抛了出去而仍然那么镇定自若,这的确是太羡煞人了,如若这些钱输的全是她自己的。

当阿显顿初次见到她时,她就一直在过着这种放荡的生活,也即是说,每晚都是这么彻夜狂舞豪赌,每天下午大都是在跑马游逛,而到那时已是其第十二三个年头,因而她当然已不再年轻,但却一点也不显老;她那水灵的眼睛周围还几乎见不着一丝的鱼尾纹。令人尤不可解的是,尽管她一直在过着这种狂热的、无止无休的、全然昏天黑地的放浪淫荡生活,她却保持着一股处女般的淑贞气息。当然这也是蓄意培植出来的。她本来就天然丽质,生着一副娉娉婷婷的绝妙身材,一头丰发又总是巧扮得那么纯净,她发作棕色,但发式绝简。再加上她那椭圆面庞、秀鼻、明眸、皓齿等等,她真个便是安东尼·特罗洛普[2]小说里的那类动人心旌的迷人女主人公。她实质上即是久已储之人们胸臆中的那种美女形象被推至其绝致,因而一旦见着定将使人意气顿消,如亡魂魄。她的肌肤也同样动人,白里透红,如其也曾敷粉的话,那也纯出戏谑,而非必需。

① 欧洲摩纳哥城市名,以赌场闻名于世。
② Antony Trollope(1812—1882),英国小说家,故事特富曲折跌宕与传奇色彩。

她身上散放出的朝露般的纯真气息不仅摄人心魂,也往往是人料想不到的。

阿显顿当然听说过早在一年多以前白尔灵就是她的情人。她既已如此的名声藉甚,只要和谁有染,新闻的光束就会立即集聚到谁的头上。但在这桩艳闻上那热议之多又迥过于通常情形,原因是首先白尔灵绝非是个有钱的人,其次露西·奥本的一番蜜意也从不施之于囊无硬货之穷措大的。难道说她这次是对他动了真情?这似乎是难以相信的,但除此之外又能作何解释?当然白尔灵这个年轻人哪个妇女见了也是会爱上的。他还只不过三十多岁,身材修长,容貌甚都,举止动作那么标致。一副仪表那么潇洒,路上行人见了无不回过头来,只盼能再多看上几眼;但与一般漂亮人物不同的是,他对他自己所造成的深刻印象竟浑然不知不觉。当人人皆知他即是这位交际花的 amant de cœur[①](这个词要比我们英语的 fancy man[②] 漂亮得多),这时引起的反应是,在众多女性为羡,在众多男人为妒;但当谣言传来他即竟要娶下她时,这可吓坏了他的每个朋友和笑坏了每个闲人。另外消息还说白尔灵的上级闻讯曾追询过他传闻是否属实,而他却供认不讳。压力立即向他施来,要求他打消这个荒唐念头,否则后果堪忧。他曾受到告诫,一名外交人员妻室的肩上是担负着种种社会义务的,而这些露西·奥本均将无力去完成。白尔灵对此的回答是,他也早就有了离去岗位的准备,一遇合适机会当即提出辞呈。各方敦劝他都不听,各种反对他也都不理;可见他迎娶此女之决心已定。

阿显顿初次见到白尔灵时,他对白并无太多好感。他觉得白不

① 法语:心上的爱人(情人)。
② 英语,意义相同。

平易近人。但因工作关系不得不屡次同他碰头,他逐渐发现他的那种迂远的态度只不过是为避去其生怯而已,于是在稍稍混熟之后,他倒反而被他性格中一种罕见的温馨所迷住。不过他们之间的关系仍不出纯公事的范围,所以当某日白邀请他前去赴宴以见见奥本小姐时,他不能不感到一惊,心想这是否也与外界已渐对白有所冷落不无关系。去了之后他才发现,原来这次邀请纯出于这位女士的一番好奇心理。接着当他得知女士居然还抽得出时间(而且似乎还不无赞赏地)读了他的两三种小说时他当然又是一惊,但他那一晚上得到的惊喜还不止此。因为平日所过的主要仍是一种恬静勤奋的笔耕生涯,他对高级色艺界的柳巷花街并不曾太多涉足,而一代交际花在他也是仅闻其名而已。使阿显顿不能不稍感吃惊的是,他发现眼前这位露西·奥本在风情与气度上竟然与梅菲尔[1]那里的漂亮人物无大区别[2],而这些他虽可说稍较熟稔,但也是来自书本的知识居多。或许她只不过是更爱取悦于人而已(的确她的可爱性情之一便是对正在和她交谈的人能表现出莫大兴趣),而这其中也别无更多做作成分,另外当她讲起话来时也同样属于聪明谈吐。在她身上见不到社交界那些不佳风气的沾染。或许她本能地感到她的一张秀口不应被一些脏话所玷污;也或许她的内心深处还保留着乡间的纯朴。她与白尔灵的一番热恋是显然的,因而见到了一双情侣的真情流露总是很感人的。当阿显顿起身同他俩告别并与她握起手时(她执着他的手时,她蔚蓝色的星眼也正好与他相对)只听她讲道:

“等我们在伦敦安居下来,一定别忘记前来做客,不会忘吧?你

① Mayfair,伦敦西区豪华的住宅区名。
② 这话译者的体会是,这里作者强调的乃是其雅,而非其俗。

晓得,我们这就要结婚了。"

"那我恭喜你了,"阿显顿说。

"应该还有他吧?"她笑道。而那一笑,真真是天使般的,透露着破晓时分的爽洌澄鲜与南国早春的销魂温柔。

"你从没有在镜子里照照你自己吗?"①

阿显顿叙述这次宴会的过程中,赫伯特·惠泽斯朋爵士一直目不转睛地在注视着他(这事他想来也不无一定的滑稽),冷峻的目光中从未绽出一丝笑意。

"你认为这事是不是一大成功?"他这时问道。

"不。"

"为什么不?"

这一问也使阿显顿吃惊不小。

"为什么不?一个人娶女人时,他娶进来的不光是这个女人,而是也同时娶进来了她的所有的朋友。你能想象到今后白尔灵都将会同哪些人打交道吗,声名狼藉的涂脂抹粉的女人、在社会上从不上等的男人、各式各样的食客寄生虫、闯江湖撞大运的投机者冒险家?当然他们也许会十分有钱,就拿她说吧,光她那些珠宝也能值上它十万八万,有了这个他们就不愁在伦敦的波希米亚②招摇过市,大出其风头。你不可能没听说过所谓的社会黄金边缘区吧?当这类有着恶声的女人一旦从良而攀上了高枝,她立将赢得其同伙人的极大尊重;她拨动了机关,抓着了活人,她也成了显贵,开始受到社会景仰。可那男的又捞到了什么?只有嘲笑。不用提一般人了,

① 此处这么突兀的一句应当是谁问的?读者试猜猜看!译者以为当然只能是那大使。是否意在讽刺阿显顿刚才是太兴奋了?当然这种问句照例是有问无答的。

② Bohemia,本旧日捷克省名,后吉卜赛人通过此地而进入西欧,因而又成为该民族之代称,又因其中特多从事歌舞杂技的人而产生放荡不羁、不顾社会礼俗等含义;在西欧文化中还常用以指某些诗人与艺术家。这里显系指伦敦贫富交界处的这类地区。

就连她自己的好友，那些巫婆鸨儿，连同她们的面首姘头，乃至那些给奸商胡乱拉人以便从中抽头一成的下三滥，就连这种人都不把他放在眼里。他成了冤大头。处此环境之中，一个人如果还想从容不迫，应付裕如，那就非得是大智大仁大德大勇，否则决办不到。再说这事能长久吗？一个过惯了烟花生涯的女人将来能安于室吗？用不了多久她就会产生厌烦，变得不安起来。热恋又能热上多久，它不会凉吗？你认为白尔灵将来就不会感到悻悻然，一旦色衰爱弛，比比他眼下的景况与被他断送了的前程？”

惠泽斯朋又将他那陈年的白兰地呷了几滴，然后以一副好奇的神情望着阿显顿。

“我也说不太清如果一个人做了他非常想做的事然后便一切听天由命算不算得上是个聪明人。”

“但是如果最后还能当上大使，那也算得上是称心如意了吧，”阿显顿应道。

赫伯特爵士闻言只是淡淡一笑。

“白尔灵的情形让我想起了当年我在外交部做小职员时的一个年轻人。我现在不想直指其名，原因是他目前在这个部门已经极有声望，备受尊敬。他的仕途可谓是一帆风顺。不过成功的仕途上总会有些东西十分荒谬。”

这后一句话让阿显顿竖起眉毛，它从赫伯特·惠泽斯朋爵士的口中冒出殊为意想不到，不过他没言语。

“他是我的一个同事。一个精彩人物。我认为没有人会否认这个。而且人们从一开始就断言他前途不可限量。我也敢说他身上充分具备着做好一名外交官员的一切条件。他出身于一个军人与水手之家，虽称不上特别优越，但社会地位也颇不低，更重要的是他懂得在上流社会中如何行事，既不莽撞笨拙，也不怯懦畏缩。他读书极多,对绘画也感兴趣。我敢说他也表现得有几分可笑;他有些好迎合形势潮流,他太好追赶现代时尚,所以当高更[1]和塞尚[2]还不大为人们所知时他已对其画作趋骛极甚,透着狂热。当然这里面也少不了一定的市侩作风,出于一种故意要去惊世骇俗的虚荣心理;不过内心深处他对艺术的钦佩仰慕倒也是一本至诚的。他崇拜巴黎,所以一有机会便跑了过去,然后往那拉丁区[3]里一住,从而大得与许多画师与作家们摩肩接踵之便。按照当日这类士绅的惯例,这些人对他倒也稍能屈尊接纳,因为他也不过是个外交帮办,另外也没少笑话他,因为他显然还是一副绅士架子。但是他们也喜欢他,因为他能耐心听他们的谈话议论,再有当他夸奖他们的作品时,他们甚至愿意承认,虽说他只是俗人一个,但他骨子里还是有鉴赏力的,能识'真货'。"

阿显顿注意到他话中的微讽,并对他对其本行业的自贬之辞付之一笑。只是他不明白这一大通描述最后是想往哪儿引。当然大使一直停留在这上面也多少是因为他喜欢就这么着,不过也不是没有可能是因为他一时还缺乏勇气去立即进入正题。

"可我这朋友是位谦谦君子。他在与他们相处的日子里还是过得极开心的,而当他听到那些年轻的艺术家和不知名的绰号为胡乱涂鸦者的一番怪论时他也常给惊得张口结舌,他们常把不少已被公认的名声撕得粉碎,而他们极力吹捧的一些人又是连唐宁街最清醒和有修养的文书们也从未听说过的。其实在他心底他也明知这些人不过是一批平庸的不入流的角色,因而每次返回伦敦时他也并不感到有何可惜,而只当成他自己观看了一出怪异的趣剧,而如今大

① Paul Gauguin(1848—1903),法国后印象派画家。
② Paul Cézanne(1839—1906),法国后印象派画家。
③ 位于巴黎塞纳河南面,向为艺术家与大学生们群聚雅集之地。

幕既落他也就理应立即返家。我刚才忘记说了他也是雄心勃勃的。他明白他的友人们也都在指望着他有大成就,而他也从不想让他们失望。他对他自己身上的一副才具是完全心里有数的。他也就是想要成就一番事业。不幸的是他钱财不多,每年进项不过数百英镑之谱,而他父母业已下世,他是既无兄弟也无姐妹。但从另一方讲,没有沾亲带故的利索关系,其本身即是一笔财富。他借此而得以广结有利有用的亲缘的机会正乃无限。这些话语你听来是否会感到此人确实非常俗气?”

“不会的,”是阿显顿对此突然的问题的即刻答复。“凡是聪明的年轻人都会意识到他自己的聪明。他们对其前途的一番盘算中当然会有着一定的现实世俗成分。年轻人各个都野心十足。”

“好了,在这种去巴黎的短途旅程中我的友人有一次结识了一位很有才气的爱尔兰画家,其名为欧麦利。他目前早已是一名 R.A.①了,常以高价为大法官和内阁大臣们画像,报酬极丰。不知道你见过没有他为我内人所作的一幅画像,这画几年前曾展出过。”

“没有。我没见着过。但我知道他是很著名的。”

“我内人对此画非常满意。他的画作在我看来总是那么精致,十分喜人。他总是能把他模特身上的那种高雅气质在画布上展示得淋漓尽致。当他着笔去画一名贵妇时,那画出来就是一名贵妇,而决非是个荡妇。”

“这的确是一种妙艺,”阿显顿道。“如果他是在画一个孟浪的小妮子,他是否也能画得一般无二?”

“他当然也能。只是目前他不想多画这种人了。他那时候住在乞乞米迪街的一间又小又脏的画室里,同居的是一个法国女人,其

① 英国皇家艺术学会会员(Royal Academician)。

特点就是你小说里常描写过的那种,他还曾为她作过好几幅肖像,而且也确实很酷肖。”

阿显顿听了的感觉是,赫伯特此刻的描述也过于细了,因而不禁觉得,他的这个迄此为止仍无大进展的友人的故事是否实际上就是“夫子自道”?这他可得好好听听。

“我那友人很喜欢欧麦利。他是个好侣伴,属于那种好饶舌而饶得好的人。他天生地具有着他那民族的那种伶牙俐齿。他是从来嘴不闲的,但在我友人听来,却只觉精彩。所以他最喜欢往他那画室里一坐,眼睛看着他作画,耳朵里听着他对其画技的一通闲扯。欧麦利不止一次说过他要为我那友人画上幅肖像,这使他非常得意。欧麦利认为他——迥出一般,并说这对他自己也是有利的,因为这样就能展出一幅至少还有点贵族派头的人物画。”

“顺便问一句,这都是些什么年代的事?”

“啊,三十年前的事了……他们常好谈论他们的前途。于是一次当欧麦利谈到他将为友人画的那幅肖像将来会成功地展出在国家画像馆时,我那友人在心底里毫不怀疑他的像总有一天会进入到那里去的,不管表面上他曾怎么客气。一个傍晚,当我那友人——以后就管他叫布朗吧?——正坐在画室里面,而欧麦利也正在拼命利用着那最后的一线余光来赶完为某个沙龙所绘的一幅他情人的肖像时(这像目前在泰特美术馆),欧麦利突然问他,他是否愿意去和他们一道就餐。他正在等一名他情人的朋友,他情人的名字也顺便提一下,名叫伊丰。如果布朗能来就正好凑够四人一桌。伊丰的这位朋友是个演杂技的,而欧麦利正急于让她为自己当回裸体像的模特。据伊丰讲,此女的身段特妙。这个女人见过欧麦利的大作,因而极愿做这模特,而这桌晚宴就是为把这事定了下来的。这时她正好没有演出。虽然不久又将在蒙帕纳斯①娱乐场进行公演,但这几天她却无事可忙,所以当然愿意既能满足友人要求又能挣上几文。这一情况恰好勾起布朗的兴趣,因他从来还没见过一名要把戏的是何模样,于是也就接受了邀请。伊丰的看法是,他也许会觉得她能对他口味,如果是这样,伊丰可以保险,他将发现让那女的去就和他不会有多大困难。就凭着他那身其貌俨然的英式穿戴以及他的那副端肃神气,她肯定会把他当成一名 milord(英国阔老或"大官人")②。我那友人听了只感好笑。他并没有把伊丰的提议太当回事。"On ne sait jamais,"③他说道。伊丰则一副捣鬼的眼神在望着他。他继续坐在那里。此时正值复活节时期④,天气还很寒冷,但这间画室之内却非常温暖和煦,另外尽管地方不大,东西乱放一气,不成样子,却感觉舒适宜人。布朗心想,他在伦敦的沃弗吞街也有一座小楼,墙壁上尽是十分精良的金属版画,另外古瓷也颇不少,但为何他的那间雅致小屋在居住的舒适与情调的浪漫上就赶不上这个零乱不堪的陋室。

"不久门铃响起了,伊丰迎进了她的那位体态丰满的朋友。朋友的名字好像叫阿丽克斯,进门后与布朗握了握手。她人很斯文,满口都是死板客套,说起话来拿拿捏捏;她身穿烟草色的混纺衣裙,上罩一条长长的人造貂皮披风,头戴一顶特大的猩红帽子。她看上去真是有点俗气,甚至算不上是好看。她脸庞宽阔扁平,一张大嘴,鼻孔稍显上翻。她的头发却极其丰盛,作金黄色,但显系经过洗染,另外生着一双中国蓝的大眼睛。总之是好一通的梳妆打扮。"

① 区名,地在巴黎之塞纳河左岸。
② 法语,为法人对有勋爵的或有财富的英国人的称呼(常带戏谑味),相当于 My lord。
③ 法语:这很难说。
④ 这时期约在三四月间,可长至二三十天。

至此阿显顿不再疑惑，他敢肯定，惠泽斯朋是在讲述他自己的亲身经历，原因很简单，一个人不可能在事隔三十年之久还能清楚记得一个女人当时曾穿的什么戴的什么。使阿显顿感到好笑的是大使的天真，他居然想单凭这点薄弱借口便可掩人耳目。当然阿显顿对这个故事将如何结尾仍然捉摸不透，但像他这么一位傲岸而显贵的精妙人物也同样会陷入这类的风流事件也是大可值得玩味的。

"这阿丽克斯话匣子一打开就同伊丰唠叨了起来。我那友人注意到，阿的身上有一点，在他看来，虽说奇怪，却是非常让他着迷：她有着一副深沉而沙哑的嗓音，仿佛刚刚感冒过似的，而这个，他虽说不清原因，但在他听来却是十分悦耳。他问了一下欧麦利这是否即是她平时的嗓音，而欧麦利则回答是，自打他认识她时她就是这个样子。他自己对此的叫法是，'威士忌音'。他对我友人布朗也没隐瞒。于是当布朗又把这个叫法直接对她讲出时，她只是用她那大嘴向布朗一笑，说道这不是饮酒造成，而是因为她做倒立过多所致，所以也是她那职业带来的一项不利后果。接着他们几个就去了离圣迈克大街不远的一家特小的餐馆，在那里以两个半法郎一客客饭（包括酒水在内）的便宜价格享用到了一餐在布朗看来他以前从未有过的最美味的饭食。——比撒沃伊和克莱瑞奇①那里还强得多。阿丽克斯是很健谈的，而布朗也以极大的兴味甚至惊奇听着她纵谈时下五花八门的各种话题，而声音还是她那醇厚和喉音颇重的沙哑嗓子。她非常精通各种俚语土话，虽然这些他有一多半都听不太懂，他还是对这栩栩如生的庸俗气大感兴趣。那里面洋溢着的是，柏油路面的沥青味，廉价酒吧里的锌铁柜台味以及巴黎贫民住宅区里的人群气味。那里面种种利落而生动的语言形象正像香槟

① 以上两地均为伦敦市内的有名餐馆。

酒一样，强烈刺激着他那副贫血似的头脑。她只是个‘地沟儿’，不错，她就是这个，但她身上的那股生命力正像一团野火那样，把你熏得暖暖的。他似乎听到了伊丰在跟她讲，说他还是个尚未有家室的英国人，很有些钱财；他意识到她也以掂量的目光瞅了他一眼，对此他只作不曾察觉，不过却抓到了一句，il n’est pas mal[1]。这话使他感到好玩：他对他自己也正是这个看法。她俩谈话中有些地方的确已超出这些。她并没有过多注意他，实际上她俩谈论的东西有不少他毫不了解，而他对此也只能表示他还很感兴趣罢了，不过她也不时地向他丢上一眼半眼，然后便是用舌头尖在嘴边 扫，其意似在向他暗示，只须他对她提出什么要求她是会给他的。他只在头脑里耸了耸肩。她此时看起来正健康而又年轻，有着让人喜爱的饱满精力，但除了那副哑嗓，实无特殊的迷人之处。不过能在巴黎这里有桩艳事这一念头倒也使他没有什么不好接受，这也是生活嘛，另外她还是个歌舞厅里的杂技艺人这点倒也是挺逗人的：一旦他人到中年之后，那时候一想起他还受到过一名杂技女郎的垂青也肯定会使他不胜其滑稽之感。是拉罗什富科[2]还是奥斯卡·王尔德[3]不就讲过吗，一个人应当在年轻时犯点错误，以便老了以后有点儿材料可追悔的？吃罢饭后，又在咖啡与白兰地上泡了不短时间，到了街上时已很晚了。伊丰提出让他把阿丽克斯送回家去。他表示他愿意接受。阿丽克斯也说她住的地方离这儿不远，于是他们去了。阿告诉他她自己在公寓楼里有套房间，虽然她平日大部分时间都在外演出并不住在那里，但她愿意有个自己的住处，你知道，一个女人喜

① 法语：他这人还不坏。
② La Rochefoucauld（1613—1680），法国17世纪哲人、伦理学家与散文作者，所作以精致简练和富于格言隽语著称。
③ Oscar Wilde（1854—1900），英国剧作家、诗人与小说家，作品中特富奇趣，语妙天下。

欢有她自己的房间家具,否则将得不到人们的重视。不久他们便来到了一条穷街陋巷的破旧楼前。她拉了拉门铃,等着门房来打开楼门。她并没有拉他进去。他弄不清是否她把这个看作是件当然的事。这时胆怯突然袭来。他挖空心思也想不出一句该说的话。登时两人都没了言语。这真太荒谬了。只听门上咯啦一响,门打开了;她满怀希望地望了望他;她也迷惑起来,而他呢,只觉一阵羞涩拖住了他。于是她伸出手去,谢谢送她,并和他道别。他的心跳得厉害。如果她请他进去,他是会进去的。他要的是她的这点明确表示。结果只能握了握那伸出的手,也道了声晚安,便手一触帽檐,掉头去了。他也感觉到他太傻了。他睡不着觉了,辗转反侧,不能成寐,一心只盘算着人家会如何把他看作呆子一个。他只嫌天亮得太晚,不能早些采取点措施以消除他给人造成的轻蔑印象。他的自尊心受到严重刺伤。为了不失时机,他十一点就去了她处,想请她与自己共进午餐,但去了之后,她却已经外出;他让花铺给她送去些花,并在天晚之前又去了一次。她倒一直在家,但他再去的时候却又外出。他又去了欧麦利家,盼望在那里能碰上她,可她没去。欧麦利一副滑稽的眼神询问他混得怎样。为了护住脸面,他对欧讲,他敢肯定她对他意义不大,因而也就不失体面地没有留下。只是他话虽这么讲了,仍然心中不安,生怕欧麦利已经看穿了他。他向她发了一个快件,请她第二天去吃饭,但也无回音。这使他不明白了。他问了旅店的门房多少次有无他的信件。而仍然没有。最后几乎绝望之中他又在饭前去了她家。门房告诉他她这时在家,于是他上了楼。他心情非常激动,他直想跟人发火,原因是她对他的邀请竟然这么不当回事,可同时呢他又想假作十分轻松。他上了四层楼梯,黑乎乎的,又气味不佳,然后按门房告诉他的号码去拉了拉那门铃。房中静了一下,接着又有了声响,他再次拉铃。很快她开了门。

他敢绝对肯定她一点也不认识他了。他大吃一惊,这对他的虚荣心的确是个打击,但他仍装出一副笑脸。

"'我是来探个究竟,你是不是愿意今晚同我一块吃顿晚餐。我给你发过了封快信。'

"这时她想起他来了。只是她站在门边不动,没有请他进屋。

"'噢,不行。我今晚不能同你吃饭。我犯了严重的偏头痛,得马上上床休息了。我没法回你的信了,那个快件不知放到哪儿去了。另外我也忘了你的名字。不过谢谢你送来的花,你的一番好意。'

"'那就改在明天晚上怎么样?'

"'Justement,①我明晚已有了约会,对不起。'

"他感到语塞。另外他也就再找不到勇气去对她提出更多别的要求,也就只有道声晚安告退。他的印象是,她倒也并非因为恼他,只是她已经完全把他忘了。这真是莫大的屈辱。当他返回伦敦时,而这中间连面儿都没再见着一回,那可确将是一桩憾事了。实际上他一点也没爱上她,而且还对她不无反感,可他无法把她从思想上驱赶出去。再有,他倒也能老实承认,他的这番痛苦不是由于别的,而完全是因为伤了自尊。

"就在迈克大街附近那家小饭店的那次晚饭时,她曾提到过她们那个杂技团明春将赴伦敦演出。于是他在寄给欧麦利的一封信中仿佛若不经意地插上了这么一句,大意为如果他的年轻友人阿丽克斯也去了伦敦那里的话,他(亦即欧麦利)不妨告诉他一声,以便他前去看她。他很想听听那不懂画的她也亲口讲讲她对欧麦利为她所作的那幅裸体画是何看法,云云。当过了不久这位画家告诉了

① 法语,此词有多义,但这里应作"说实话,坦率地说"解。

他,一周之后该团即将抵达那大都会①的艾格威尔路时,他猛地感到仿佛血涌心头。他跑去看了她的表演。幸亏那天他特意早去了些,而且事先看了节目单,否则他肯定会误了的,因为她就排在了头一个。上场的有两个男的,一胖一瘦,全蓄着大黑胡子,再有就是阿丽克斯。三人都上着不很合体的粉色紧身衣,下穿绿缎运动裤。那两个男的在一对高空秋千上不断做着种种表演,而阿丽克斯则满台跑着圆场,时而递过去个手巾把供他们擦擦汗,时而又自己翻上个筋斗。当那胖子把那个瘦子一下举到他的肩上时,阿立即爬到那瘦子身上,然后直起身来,站到瘦子的肩上,并向观众飞送一吻。这之后便是自行车上的杂技表演。这种技艺如果遇上高手也常会有些风情,甚至很美,但眼前所见种种却是如此粗糙,如此俗气,我的这位友人见了只感十分反胃。眼看着这些老大不小的成年人在大庭广众之中这么要弄他们自己,实在不禁替他们害羞。而那可怜的阿丽克斯,唇边的那种假笑,身上的那套粉红紧衣和绿色缎裤,而模样又是那么古怪可笑,他不免也诧异起来,他怎么会因为去她那里会她而她曾认不出他来而大感苦恼。不过耸耸肩膀,而且是带着一副纡尊降贵的态度,他还是等演出一完就去了后台,掏出一个先令让门房把他的名片递了进去。时间不大她出来了。见着他时还非常高兴。

"'噢,能见着一个熟人的面孔让人有多高兴,在这个沉闷的城市。'她说道。'好了,我现在可以去吃你那顿在巴黎时就请过我的饭了。我已经快饿死了。我演出之前是从不吃东西的。你想想看,他们居然把我们在节目单上放到了什么样的一个位置。那实在是污辱人了。明天我们就要去见经理。如果他们认为就这么着还能

① 这里大都会指伦敦。

让我们替他们卖命，那他们可就错了。唉，non，non et non！① 再说那观众，是什么观众！没有热情，没有掌声，什么也没有。’

“友人闻言大吃一惊。难道说她还把自己的表演真当回事？他简直快笑出来了。但是她呢，还在用她的那副嗓子继续说着，可是你说怪不，她的话照旧是字字抓住他的神经。这时她上下一身红装，帽子也是第一次见着她时的那顶红色的，看上去实在太招眼了，所以他不想带她去上一处他会被人看见的地方，因而提出要去苏荷②，带篷双轮马车当时还没淘汰，而这种出租马车比今天的出租汽车似乎更有利于调情说爱。我那友人用手揽着阿丽克斯的腰部又吻了她。这使她平静了下来。但另一方面他自己却并不感到如何兴奋。在这顿晚餐中间，他对阿一直殷勤有加，而她也表现得挺友好的。当饭罢走出店门，他提出希望她能去他在沃弗吞街的家中坐坐时，她却拒绝了，理由是，此次来这里时是她的一名友人和她一道从巴黎前来的，所以十一点还要去会他；她这次能抽空出来和布朗进餐主要是因为这段时间他有业务要忙。布朗听了，一肚子火，但也不便发作，在沿着沃弗吞街向前走时（所以仍走这里是因为她想要去一家叫蒙尼可的咖啡店喝点东西），路过一家当铺，而当她停下步来浏览橱窗时，她却因了一副镶着钻石与蓝宝石的手镯而欣喜若狂，而这个在布朗看来实在是俗不可耐，不过他还是询问了她一声她是否喜欢。

“‘可它标价十五英镑哪！’

“他走进店去，替她买了回来。她当然是高兴了。在即将抵达皮卡迪利广场时，她要他返了回去。

---

① 法语：不行，不行加不行。
② Soho，伦敦中部一条餐饮街，以西欧餐馆与夜生活著称，但档次一般不高。

“‘请你听好，mon petit，①我这次在伦敦是不能去看你的，原因是我的那个朋友的妒性实在是太强了，所以我觉着现在就走开对你有利。下个星期我就又去布洛涅演出了，何不跑过去看看？在那地方我就是一个人了。我那朋友必须返回他的荷兰了。’

“‘好吧，我会到时去的。’

“当他去了布洛涅时——这回他有两天的假——他头脑中的唯一的想法就是去找回他那受了损的自尊。奇怪的是他还把这个真当回事。我敢说这的确是不好解释。阿丽克斯会把他当成傻瓜这点实在让他咽不下去。他觉得只要一旦她能从头脑中消除这个看法，他就会从此和她一刀两断的。他想起了欧麦利和伊丰。她肯定会把这些都跟他们说了。一想起这些他内心之中根本便瞧不上的人也在背后嘲笑他，实在使他心痛不已。你是不是觉得他这个人太可鄙了？”

“我的天啊，并不，”阿显顿道。“哪个聪明人都会明白，在能伤害人的心灵的全部情感当中，那最具有破坏作用，那最带普遍性也最难以根除的一种首先就得数那虚荣心了，而且正是这种感情才会使人否认它的威力。它比爱更能耗干人的精力。随着年岁的增长，万幸的是，一个人也许会对爱的恐惧和爱的苦役打个榧子，但年岁并不能把你从虚荣心的羁绊当中解脱出来。时间可以减轻爱的痛苦，但只有死亡才能最终止息一个受损的虚荣心的忧伤。爱还是单纯的，并不多方寻找托辞，可虚荣都会以千奇百怪的假相去蛊惑人心。它是一切德行的基本组成部分：它是每种果敢勇毅的总的发条，每种雄心壮志的力量源泉。它给每个恋人带来忠贞，每个苦行者带来坚忍；给每个艺术家成名渴望的烈焰送来柴火，它同时又是

① 法语：我的小东西、小情人等。

每位志士仁人的全部节操的有力支柱与重要补偿,它甚至把大圣大贤的谦冲卑逊也全付之一笑。它将使你无所逃遁于天地之间,而如果你想通过受苦去防御它,它会正好利用你的受苦来挫败你。你对它袭击的设防是无效的,原因是你闹不清它会从你哪个薄弱的防线去进攻你。诚恳固然保全不了你,幽默对它的戏弄也常无能为力。”

阿显顿停了下来,这倒并非是因为他已经讲完了他要说的,而是因为他已上气不接下气,说不了啦。当然他也注意到,这位大使主要想他自己说而无心听他说,只是出于礼貌才勉强作聆听状。不过他抛出这篇演说倒也并非存心要使其主人接受什么教益,而只不过是为说而说使他自己开心罢了。

“最后还是那虚荣心使一个人能抵得过他的那个倒霉该死的命运。”

一晌间赫伯特爵士沉默无语。他只是直勾勾地凝望着前面,仿佛他的一腔思绪仍然伤痛地盘郁在记忆的远方地平线上。

“当我那友人从布洛涅返回来后,他发现他自己已经陷入对阿丽克斯的狂恋之中,于是设法在她去敦刻尔克的为期两周的演出期间再次去同她晤面。这期间他什么也都无法想了,而出发前的那个夜晚他更是夜不能寐——他这一次只有三十六个小时的假,那份耗人的激情竟是如此强烈,简直吞没了他。他跑了过去只为了在巴黎偷那一夜之欢。而当她恰好有了一周的空当儿时,他更极力催促她前去伦敦。她知道她并不爱他。他只不过是她的百八十个情人当中的一个。对于这点她倒也坦承不讳,明告过他他不是她的唯一的情人。他受尽妒火的煎熬,但他明白,如果公开表露出来,则将招来非笑即怒。她对他可说连喜欢都够不上。如果说还算喜欢,那也只不过是喜欢他是位绅士和穿戴不错而已。她也倒愿意做做他的情妇,只要他对她的要求不招惹她的厌烦。但一切也就到此为止。他的资财尚未大到足以提出不得了的条件，而且即使真能达到这个，她依然会为了不失其个人自由而照样予以拒绝。”

“那个荷兰人又是怎么回事？”阿显顿问道。

“那荷兰人？其实就没那么个人。那不过是她信口编出来搪塞他的，原因无非是不拘什么理由吧她当时不想同布朗多打交道。撒个谎对于她又算得什么？不要以为他跟他自己的这个狂热就没斗争过。他知道这只是发疯；他知道如果长此以往只能导致他的灾难。他对她并不抱着一丝幻想：她平庸粗俗，并无可取。他感兴趣的东西她一件也谈不来，而且也就不想去谈这些，可她认为他对她的那些事情一定会感兴趣；她跟她同行的那些争吵，跟经理的争执和跟客栈主的许多纠纷，这些她不知和他讲了多少。这一切都使他厌烦得要死，可是她那条沙哑的嗓子却总是使他听了心跳，而且心跳得有时简直会闭过气去。”

阿显顿开始坐不住了，他坐的是那种叫夏瑞登①的座椅，直挺坚硬，看上去很优雅，但坐着并不舒服。他巴不得大使也能想到这点，以便换个房间，那里是有舒适的沙发可坐的。太明显了，他所讲的全是他自己的事。另外他不禁觉得竟当他的面把自己这么赤裸裸地暴露无遗总不是个文雅做法。他并不希望他这样地对他谬托知己。凭着那带罩的烛光阿显顿看到此刻他已是面如死灰，目放星芒。这个与他平日那副冷峻镇定的作风未免太不协调。他给自己倒了杯水；他已口干得说不出话。但他还是拼死地讲了下去。

“但最后我那友人还是设法振作了起来。他对自己的计划的龌龊也感到恶心；那里面绝没有美，有的只是耻辱，另外最后也毫无结果。他的这份狂热就跟他所狂恋着的那个女人一样，全是俗不可

① 一种过时的古旧型座椅，夏瑞登是其创制商的名字。

耐。也正好阿丽克斯将随团去北非那里进行长达六个月的演出,而这个期间他也就没有机会再去见她。他下定决心,必须利用这个机会同她来个彻底了断。他苦涩地感到这对于她毫无所谓。不用三个星期她就会把他忘掉。

“接着又发生了一些别的情况。他结识一些人,其中有一对夫妇,其社会与政治的地位及交往都非同一般。他们的一个独生女儿,这个我也说不清原因,一见便钟情于他。她身上的一切都与阿丽克斯恰恰相反:首先她人生得漂亮(十足英国式的漂亮),碧眼粉颊,颀长轻盈;她简直就是从《笨拙》[1]上都·莫利埃[2]的插图里跑出来的活活一名美人。她不只人聪明,而且读书极多,并因自幼生长在政界环境,她对我那友人感兴趣的事物都能评论出个长短。他有理由相信,只须他开口向她求婚,她是会接受他的。我已经跟你说过他一向雄心勃勃。他自己也清楚他才具非凡,只望能时运到来,一展宏图。这位女士和英国的许多名门望族都关系密切,因而他再傻也不可能不知道这类联姻会对他未来的仕途多么有利。这种良机可谓千载难逢。让人思想起来这将是何等的一种解脱啊(能把过去那段不佳丑闻从此一下抛到脑后),何等的一种幸福啊,这时他就不再会徒因对阿丽克斯的一番痴念,硬要把自己的头颅向着那本来由一副欣欣然的毫无所谓与事实上的一副善良天性所建成的那座墙壁撞得头破血流;的确,这将是何等的一种愉快啊,每当他一想到他这个人对于另一个人还很是回事!他能不觉着得意,不受到感动吗,当他一进到屋里就看到她立即容颜焕发?其实他心里也不真爱她,但他认为她还是挺迷人的,另外他也是为了忘掉阿丽克斯

① Punch,英国著名幽默杂志名。
② du Maurier(1834—1896),出生于法国的英国著名插图作者与小说家。

以及阿曾把他拖入的那种低俗生活。最后他下了决心。他提出要迎娶她,而对方也当即允婚。她家里闻讯大喜。婚礼将于当年秋季举行,因女父有一些政治事务须亲去南美进行处理,届时母女两人也将随行。这也即是说,他们将走一夏天。而此时友人布朗也已不在外交部办公而转入了出使事务,他行将被派赴里斯本就任,而且刻即成行。

“他送走了他的未婚妻。接着发生了一点变故,他即将去里斯本进行瓜代的那个人因故需要在岗位上再滞留一个季度,因而在这段时间我那友人就放了羊了。而就在他下定决心今后将如何弃旧图新之际,阿丽克斯的信来了。来信讲她即将去法,并定好在那里有多次演出。信里还把所去之地一一列出,然后以一种若不经意的口气写道,他们肯定会少不了乐子的,如果他也肯过来玩一两天。一种失去理性的、罪恶般的念头攫住了他。如果说她的这封信要是写得恳切认真,他肯定会拒绝了事,但正是她的那股满不在乎的轻飘神气乱了他的方寸。猛然之间他又想念起她。他再也顾不得她是否粗俗平庸,这种痴癫已钻进他的骨髓,而这也就是最后一次机会。再过不了多久他便将是个有了家室的人。要么今朝,要么永不。他当即去了马赛前去接她,只见她刚从突尼斯开来的那条船上走了下来。见到他时她露出的那脸欣喜让他心跳不已。他明白他仍在狂恋着她。他告诉了她三个月后他即将结婚,因而要求她和他一起来度过他最后的这一段自由时光。可她不肯放弃她的演出。她怎么可能一切不顾把她的伙伴都扔在一边呢?他提出他将对他们的损失进行补偿;可她还是不听这套;他们一时之间是找不到人来替代她的,况且放弃这个不错的签约也实在可惜,它本身又会招来更多别的约请。他们都是说话算话的老实人,他们都是守信用的,不仅要对其经理负责,也得对观众负责。他气愤极了,眼看着他的无限幸福就因为这个该死团体而全给毁了,这也太荒唐了。可三个月后又将如何?那时对她来说又会有何好处?不行啊,他提出的要求太不近情理了。他告诉她,他崇拜她。他只是到这时才知道他是怎么发疯地爱着她。那好么,她道,那为什么他不能也和她一道前去,和他们一道去旅行;她会喜欢他的陪伴的;他们能一起过得高高兴兴,这样三个月一到,他就可以回去迎娶那女继承人,而彼此全都不受损失。对此他犹豫了一阵,但这次既又见到了她,他受不了这匆匆就分开的别离之苦。他接受了。于是她又讲道:

"'可你得给我听好,我的小东西,你晓得,你可不能犯傻。那些经理是会讨厌我的,如果我跟他们也玩起 chichi①,我不能不为我的前途着想。我在他们眼里不会继续受到欢迎,如果我把团里的那些老主顾都抛弃掉。当然这种事也绝非天天都有,但你可得记好,你不能动不动就闹起来,如果我偶尔也跟某个旧相好欢聚欢聚。那并不是什么大不了的。那只不过是例行公事。你还是我的 amant de cœur②。'

"他感到了一种莫名的,撕心裂肺般的绞痛,而且我认为他已经面无血色快要晕过去了。她也不解地望了望他。

"'条件就是这个,'她道,'你可以接受,也可以不接受。'

"他接受了。"

赫伯特·惠泽斯朋爵士此刻在座椅上身向前倾,脸色竟是那般煞白,阿显顿生怕他真的要晕了过去。他的一张面皮过于紧绷头颅,因而那副外形简直就像个死人似的,只不过额头上的血管不像绳结一样突现脑门。他已经失去一切自制。阿显顿再次觉得他该

① 法语:装模作样,虚情假意。
② 见前注。

停下来了，看到他这一丝不挂的赤裸灵魂他自己都感到害羞和不安：一个人不该在人前把自己剥光到这种状态。他真想大声喝叫出来：

"停了吧，停了吧，再别多说半句了。你将来会害臊死的。"

可这人已经丧失了一切羞耻。

"于是一连三个月他们就这么着一起相处一道出行，不断地从一个小镇迁至另一个小镇，入夜便共住在一处龌龊野店；她不让他把她带到好一些的旅店，说她的衣着不适合去那里，而目前的旅店她住着倒更舒服；她不想让她的伙伴认为她在摆架子。他在那些简陋的咖啡店里一坐就是多少个小时。团里的人已经同他称兄道弟起来，呼喊他时也不用他的姓氏，不仅常常跟他开粗鲁玩笑，而且还好拍拍他的脊背。在他们忙不过来的时候他也为他们跑腿办点杂务。他看到了经理眼角里的善意蔑视，搭台工匠对他的亲昵狎侮也只当没事。他们来来去去向来是坐三等车，他也得一样去搬运行李。他这个一向书瘾很大的人这期间竟也从没有翻阅过一页书，原因是阿丽克斯就最见不得人看书，认为那纯粹是在摆谱儿。每天晚上他都到歌舞厅去观看她的那些既不上等又不高级的无聊演出，还得违心去迎合她的各种可怜的看法，硬要承认那是挺有艺术性的。演得顺利时，他得去祝贺她。偶尔演砸了时，又得去宽慰她。而且每次演出一结束时，他马上得去咖啡店里，等着她去卸装，不过也常有这种时候，就是她会风风火火地跑了进去，对他讲道：

"'今天晚上不用再等我了，mon chou[①]，我有事。'

"然后就是他妒火中烧，受尽煎熬。他会受到从来没有人受过的罪。她会半夜三四点钟返回旅店。这时她会惊奇他怎么还没睡

① 法语：我的亲爱的，我的情人。

觉。睡觉！谈何容易，万箭穿心他睡得着么？他答应过她不干涉她的行动。可他没守诺言。他跟她大闹起来。有时候他甚至动手打她。这时她就会发了脾气，告诉他她烦透他了，她要收拾东西离开。接着是他又跪下央告人家，什么全都答应，什么全都服从，发誓什么全都能咽了下去，只要她不丢下他不管。那份可怕，那份屈辱。他真是太惨了。太惨了吗？并不。他一生也没有这么快活过。他这是在泥沟里打滚，可他滚得欢天喜地。到此为止，他过去的生活让他厌烦透了，只有眼前这位在他看来才是神奇的、罗曼蒂克的。这才是真实。那个邋遢的、丑陋的、生着那么一条哑嗓子的女人，怎么一副精力竟那么饱满，对生活的爱好竟那么强烈，她甚至把他也提升到了一个前所未有的新的高度。在他眼里那就是一团宝石般的纯净光焰。现在人们还读佩特①吗？”

“我不清楚，”阿显顿回答道。“我说不上来。”

“可好景不长，良宵苦短，就这三个月呀。岁月何疾，时光多快！有的时候他甚至发生过狂想，何不把那一生的美梦全都捐了，就和这些玩杂耍的生活在一起算了。而这批人这时候也都爱起了他，甚至提出，他不难也自己练上一手，将来也好和他们一道献艺。他明白他们也只是开个玩笑罢了，并非十分认真，不过这个提法还是听了挺开心的。当然这些全都是空话，是没有可能去实现的。实际上他思想里也就没真想做这交换，难道三个月一过他就真的不回去了，不再去过那生活和承担起那份责任了？凭着他的心智，他的那副冷静、逻辑的心智，他完全明白仅仅为了像阿丽克斯这样的一个女人而牺牲掉一切就太荒谬了；他仍然壮志未泯，他仍渴望掌权；再

---

① Walter Pater（1839—1894），英国著名学者与批评家、唯美主义的领导人，牛津大学教授，所作素以精致细腻、醇朗典雅著称。这里大使将他的那个粗俗女人及其表现拿来与这位大师的优美作品进行比较，实在是滑稽透顶，匪夷所思！

说，他也不能去伤那可怜孩子的心，她又有多爱他和信任他。她每周都要给他去信一封。她只望能早些回来，时间对她是太长了，但他这方面，想法却与她相反，只恨中间不能发生点什么，好让她不能如期归来。他如果能再多有点时间多好！如果是六个月也许就能治愈他的那份痴迷。因为现在有时候他已经讨厌起阿丽克斯。

"终于最后的一天到来了。他们两人反而无话说了。他俩都挺伤心的；但他清楚，对阿丽克斯来说，丢掉了他也不过像丢掉了个还不错的习惯，用不了二十四个小时她就会跟她的那些流浪的伙伴似的，照样快快活活，精神十足，就跟过去没碰见过他这个人似的。临别前的那个晚上，他们当然一直都抱在一起，没少流泪。如果那时她竟向他提出别离开她，他或许还会留下来的；可她没提出，她也就没想过会这么提，她把这个看成是命定的事，而她的伤心落泪也并非因为她如何爱他，只不过因为他也很不高兴罢了。

"第二天一早，她仍然好梦正酣，因为不忍心唤醒她去作那告别，他悄悄溜下床来，提起背包便乘车去了巴黎。"

阿显顿掉转过头去，因为他见到了两滴泪珠正盈满惠泽斯朋的眼眶，说着就滚下颊来。他连掩饰也不想掩饰。阿显顿又点燃起一支雪茄。

"到巴黎后他们一见着他几乎喊出声来。他们都讲他瘦成鬼了。他只解释说他得了一场重病，至于其他就一概都不说了。好在人家对他还是盛情不减。这样一个月后他就喜结鸾俦了。他得到了种种可以施展其长才的机会，而且也就地位优越起来。他的升迁也堪称迅速，令人瞩目。他现在进入了他一向追逐的那种一切整饬体面观瞻显赫的任事机构。他获得了他梦寐以求的地位权势。他一再荣膺了各式各样的赞誉表彰。天哪，他已经称得上是飞黄腾达，足慰平生，因而成了千人羡万人慕的天之骄子。可这又算得什么？一堆灰烬。他只感到厌烦，让人发疯的厌烦，他所娶下的那位高贵而漂亮的贵妇人让他厌烦，他的优越生活迫使他不得不与之交往应酬的那批人让他厌烦；他只不过是在演一出戏，所以有的时候他会觉得，总是这么无止无休地戴着面具活着，他实在再受不了啦。但他还是受了。有的时候他还会想起阿丽克斯，而且想得那么厉害。他真巴不得能一枪毙了他自己，以免这么受罪。他以后没有再见着过她。再没有过。他从欧麦利的来信得知她嫁人了，而且离开了杂技团。此时想必也已经是一个肥胖的老妇人了，对他已再无所谓。但他虚度了他的一生。他就连他娶下的那个可怜女人也没有给她带来过幸福。他从来没有什么可给她的——除了一点怜悯，而这事他又怎么能长年累月地隐瞒下去？所以一次痛苦难耐之中他就索性把同阿丽克斯的事全抖落了出来。好了，此后她对他么，只会是妒气冲天，再没别的脸色。他现在明白，他本来就不该娶她。如果当年就明告了她，他实在不愿意娶她，那么最多半年，她的这点不快也就会过去的。她会照样高高兴兴地嫁给别人。就她而言，他的牺牲是无谓的。他心里明镜一般，生命对他一生也只这么一回，因而一想起他这辈子是白过了，就难免要痛心疾首。这个无限的哀愁他是说什么也补赎不了的。当人们说起他是一名强人时，他只觉着好笑：他实际上虚弱得跟水似的，飘浮不定。这正是为什么我说白尔灵是对的。虽说那事只维持了五年，虽说它毁了他的仕途，虽说他那场婚姻最后以灾难告终，可它还是完全值得的。他也必将会满意的。他必将会完成了他的使命。”

说到这里，门开了，一位贵妇人走了进来。大使瞟了她一眼，一股冰冷的敌意掠过了他的面孔，但只不过一瞬；接着便站起身来，立即把刚才那一脸的狼狈相收拾了去，重换上了那副文质彬彬的雍容气度，并向来人惨淡一笑。

“这是我内人。这就是阿显顿先生。”

“我想不出你们会在哪儿谈话。为什么不到你的书房去坐？我敢说阿显顿先生一定会不舒服极了。”

夫人是位五十许人，纤细高挑，面上已显干瘪憔悴，但当年肯定也曾美过。她一见就会让人感到这乃是一位大有教养的人。正仿佛一株珍贵的异域奇卉，由于久蓄温室，已早失去其昔年的美艳。她身着一袭黑色裙衫。

“音乐会演得怎样？”赫伯特爵士问道。

“噢，倒还相当不坏。演奏的是勃拉姆斯[①]的一部协奏曲，那个四部曲[②]里的篝火音乐，还有德沃夏克[③]的几支匈牙利舞曲。我觉得那些演奏有点太炫耀技巧了。”她转过身来对阿显顿道：“但愿你没有给我那丈夫腻味死。你们都谈论了些什么？艺术与文学？”

“那倒不是。只是些生活的素材吧。”阿显顿答道。

说着他告辞出来。

① Johannes Brahms(1833—1897)，德国著名作曲家，曲调以醇美肃穆著称。

② 意即德国大歌剧家瓦格纳(Richard Wagner，1813—1883)所著的一套四部曲中的第二部，亦即《尼伯龙根的指环》，其中有一篇描写篝火的音乐。

③ Antonin Dvorák(1841—1904)，捷克著名作曲家，代表作为《新世界交响曲》。

十三　抛币定夺

是时候了。[1]凌晨时已经下起雪来,但此刻已雪霁天晴。阿显顿仰望了一眼满目霜华的繁星,快步跑了出来[2]。他当然担心何巴图斯会因等他等得太不耐烦而离去了。这次会晤是要作出一项决定的,但这事在心上却一直是摇来摆去,委决不下,整个一晚都是如此,像患了心病似的,而且只要稍稍想得明确一些,就会其痛不堪。他所以会成这样是因为他手下的何巴图斯(这名不知疲劳和坚决果敢的年轻人)正被雇用来参加一项秘密计划,图谋去炸掉奥地利的某些军火工厂。关于此项计划的种种细节这里似无需一一详述,只知道它的安排相当巧妙与有效也尽够了;但其不足是,它将造成加里西亚[3]那个地区波兰人的一定的死亡与残疾,这些都是何巴图斯的同胞,他们就都是上述那些厂房的工人。何巴图斯那天午前便向阿显顿汇报过准备业已一切就绪,现在等待的只是阿来下这道命令。

"不到非下不可还是请别下吧,"何巴图斯以他那确切但喉音偏重的英语讲道。"如果确属必要,我们当然不会有丝毫犹豫,只是我们决不希望我们的国人平白牺牲。"

"答复你们什么时候要吧?"

"今天夜晚。我们已经找好了人,明天一早就动身去布拉格。"

他此刻匆匆赶赴的正是那个约好的晤面。

"你不会误了吧?"何巴图斯那时就曾讲过。"过了午夜我就再找不到能前去送信的了。"

阿显顿此时正一腔的心事,他意识到如果抵达旅馆后那何巴图斯已经走了,那可是一大解脱。至少能使他缓一口气。德国人已经在协约国这里炸了那么多的工厂,让他们也尝尝这个滋味倒没有什么不对。这样不仅能阻止不少武器与军火的产生,就是对一些非战国的士气也是一种打击。当然这事却是一些政要大员想要撇清的。虽然他们各个全都想在那些他们从来就没听说过的特工所搞出的种种活动里面从中得利坐享其成,他们却对上述那些肮脏的事闭起眼来假作不知,这样到时候扪心自问,他们至少可以弹冠相庆,不曾染指过任何有违乎一名正人君子立身行世的不义之举。阿显顿想起了(带着冷峻的幽默感想起了)他与R之间发生过的一次谈话。曾经有人向他提出过一项建议性的举动,这个他认为理应首先让他的上级知道。

"顺便讲一句,"他以尽可能轻松的语气向R讲道,"我已经找好一名体育干将,他甘愿担当起这项对国王B的行刺任务,酬金则是五千英镑。"

这个国王B乃是巴尔干诸国中某一个国家的统治者,而这个国家现正处于(企图通过此人的影响而)向协约国进行宣战的危险边缘,因此显而易见此人的消失将是一件大为有益的事。他的继承人的政治倾向尚不确定,因而便有可能说服他使其国家保持中立。阿显顿从R的那迅疾而热烈的眼神中当然看得出他的上级对这一形势是充分了然的。可他却偏偏眉头皱得老高。

"好的,可那又会怎样?"

"我跟那人讲了,我会把他这建议转达过去的。我相信他还是真心实意的。他是亲协约国派。他认为如果德国人一旦得逞他们

---

① 想系指与何巴图斯的约会时间,事见前一章"大使阁下"的开头部分。
② 理应指自大使馆跑了出来。
③ 见前"幕后记历"注。

便将面临国破家亡的危险。”

“既然如此，那他再索求五千英镑干什么？”

“这可是冒大险了，而如果他给协约国干了这么一件好事，那他是否也就有理由从中捞点儿？”

听到这话 R 只是大摇其头。

“这类事情我们最好不多参与。我们是不能凭这种方法来打仗的。这种事我们就留给德国人去干吧。全是胡扯。我们是绅士啊。”

阿显顿不再回答，只是眼睁睁地盯着他看。他那眼睛里偶尔能放出一种红光，因而使之颇带凶相。他本来就有点儿斜眼毛病，而此刻竟几乎快成了“重瞳”。

“你本来就不该把这类事情也让我知道。那人当初提出这个来时你为什么不一拳头就把他打翻在地？”

“这个可超出我的本领了，”阿答道。“他块头比我要大。再说我也就没想过要去揍他。人家也是客客气气，满有礼貌的。”

“当然啰，这对协约国也是一件求之不得的大好事情，如果真能让国王 B 不再挡道。这点我并不否认。但不否认和去赞助，这中间的差别可就大了。依我的看法，一个人如果真是个爱国者，那么只要他认为是对的他一头冲上去干就是了，哪还顾得上那么许多。”

“也或许他会想到将来他的遗孀问题。”

“这个问题我就不准备多讨论了。对某些问题不同的人是会有不同的看法的。如果一个人出于对协约国负责竟只手揽下巨大担子，那也就完全是他自己的事了。”

阿显顿花了好一阵儿时间来吃透这位上级的意思。

“甭想我会自掏腰包去付这五千英镑。这事门儿也没有。”

“我也就根本未作此想，你也知道我没这么想过。我的要求不高，您只要不在我的身上太多施展您那并不太丰富的幽默我也就感激不尽了。”

说罢他只是摇头。此刻回想起这段交谈，他禁不住又摇了一回。这些人全都是一个模子刻出来的。他们急于达到目的，但却吝于手段。他们总是盼望在事成之后可以坐收渔利，但却将能致其成的全部负担责任一概推到别人身上。

阿显顿到达巴黎旅馆的咖啡店时，看到何巴图斯正坐在一张面对店门的座椅上。他发出了一声带痉挛式的微喘，正像你突然扎进一池比你原想的更冷了些的水里时那样。看来是没法再逃避了。他必须作出这个决定。何巴图斯正在那里喝茶。一见阿显顿他那阴沉的脸膛儿一下亮了起来，并伸出一只净是黑毛的大手。这是个肤色黝深的高个汉子，体格魁梧，眼睛黑而凶猛。他身上的一切都表明此人膂力非凡。他行事一往直前，从不怯懦，这也是因为他任事既无得失考虑，也就无所畏惧。

“请问宴会吃得怎样？”阿显顿坐下后他开口问道。“关于我们的计划你向大使阁下提起了吗？”

“没有。”

“不提是明智做法。这些严肃问题最好别和这类人沾边。”

阿显顿细视了何巴图斯好一会儿，满腹心事地。他的面上似乎出现了一丝特异的神情。他警惕十足地静伏那里，就像一头猛虎正待一跃去扑食似的。

“你读过巴尔扎克的《高老头》①吗？”阿显顿突然问道。

① 《高老头》是法国大小说家巴尔扎克《人间喜剧》里面的最早一部小说。

“那是二十年前的事了,那时我还在学校念书。”

“那你还记得拉斯蒂涅和伏脱冷①之间的一段谈话吗,那时他两人讨论的问题是,如果说只需你的点首之劳(而这事将影响到一名中国的满大人②的死活),就能为你携来无量的财富,那么这事你干吗?这句话最早是卢梭③说的。”

何巴图斯的一张大脸慢慢缩成了一大笑容。

“那与这件事无关。你对下命令感到不安,原因是它会造成大量人众的死亡。这是为你个人的利益吗?当一名将军发动一次进攻时,他明明知道这一来多少多少人定将死于非命。可这是战争啊。”

“何等愚蠢的战争!”

“可它将给我的国家带来自由。”

“带来自由后贵国又会将它怎样?”

何巴图斯没有回答。他只耸了耸肩膀。

“我向你提出警告,如果你不抓住这次机会,下次就难说会不会再来了。我们总不能动不动就派个人过边境吧?”

“可当你一想起轰的一声就会使那么多的人血肉横飞,被炸成齑粉碎屑,你就不感到不安吗?而且不光是有死的,还会有伤残的?”

“我也不喜欢这样。我跟你说过,正是因为这事涉及到我的同胞们的生命问题,所以我们才不能不慎重,除非必要,否则决不能

---

① 拉与伏都是出现在巴尔扎克的这部(以及以后多部)小说里的阴谋家与野心家的典型,而伏还是拉的“引路人”,但结果拉最后混上部长,伏(原是一名逃狱罪犯)也当上了巴黎警察厅厅长。

② 即英语 mandarin 一词的汉译(这里从林语堂之旧译),特指满清官吏,也泛指这个朝代的达官贵人。

③ Rousseau(1712—1778),法国著名政治哲学家与作家。

干。我当然不愿意看到那些可怜的人被屠杀的命运,但果真就这样了,我也会照样不误吃饭睡觉的,那么你哪?”

“我恐怕会办不到。”

“行了,那么怎么办吧?”

一霎间,阿显顿的思绪又回到了他跑过来时那个霜晨的天宇高处的百千繁星,而他对这些还注目了好一阵子。此刻与他在大使馆的广阔大厦里听爵士大谈其荒唐故事等等,已经是那么辽远,恍同隔世。沙弗先生的那些过敏,他的那点细小私情诡秘,白尔灵的痴情和露西·奥本的种种:何等的藐如无物!人哪,从生到死,只是在愚昧之中度其一生的。一个何等渺不足道的生命!迢迢明星还在那天无纤云的碧空上闪耀照射着。

“我累了,我已经想不清楚。”

“可我马上得走。”

“那就抛币来决定吧,如何?”

“抛币?”

“不错,”阿显顿道,说着从衣袋里取出硬币一枚。“如果落下来时是正面朝上,那你的手下就去干吧,如果是反面朝上,那就通知他们算了。”

“很好。”

阿显顿把硬币在大拇指指甲盖上掂了掂,然后轻轻弹到空中。两人都盯着看它旋转,而当它一落在桌上时阿显顿一下便用手把它捂住。两人都凑了过去,争着去看阿显顿把手慢慢撤去后的结果。何巴图斯深深地倒吸了口气。

“好了,这事就这么着吧,”阿显顿道。

十四 天涯偶识

当阿显顿登上甲板，看到眼前一带低矮的海滩以及一座白色的城镇时，不禁兴奋异常，喜不自胜。其时天色尚早，太阳才刚升起不久，但海平如镜，高空一片蔚蓝；气候也已转暖，天日大亮之后，温度甚至会高到令人发昏。符拉迪沃斯托克[1]此时予人的感觉是，他确实已经到达了世界的尽头。阿显顿此行的确够得上是万里之行：从纽约到旧金山；乘上一条日本船横渡太平洋到横滨；然后再改搭俄国船经日本海到达该符市（船上只有他这一名英人）；从这里他将踏上那横跨亚欧两洲的西伯利亚大铁路，并最后抵达终点站彼得堡。这是迄此为止他所担当的最大任务，并因堪当此大任而颇不无其志得意满之感。这一回他算是再无人向他发号施令了，而且身上广有钱财（这些他都带在一个贴身的衣袋里面，其可以兑换的数目之巨想来几将令人目眩），另外他此番被委派去从事的工作虽可谓是迫非人力所能完成之庞巨任务，但此时他尚不全明其究竟，而只是准备提起精神，全力以赴。此时他唯一的依靠便是他的那点天生聪明。虽然说他对人类的感受力的一番崇敬与钦佩的心理向来程度不低，他对其智力的评价却比较有限：对于他们来说，牺牲性命往往要比记住那小九九倒还来得更容易些。

阿显顿对在这趟一坐便是十个昼夜的俄国列车是不愿去多想的，而且在横滨时他就听到过传闻讲有几处桥梁曾被炸毁，以致路途中断。他还听说，不少士兵由于全然无人管束，常常见人就抢，抢光剥净之后，将人往那大草原上一拖，生死由他。这情景也确实是够美妙的。不过列车还是要按时开出的，而且不管后来发生的情况如何(何况阿显顿向来就有这样一种信念,事情往往并不像你原来预想的那么糟糕),他还是决心要在车上弄到个座位的。他的意图乃是,船一到站,便立即前去该市的英领馆,以便弄清那里将对他有何安排;但当船渐渐靠近岸边因而可以望得见这座肮脏邋遢的城镇时,他不禁骤生荒凉之感。俄国话他只知道几个字。整条船上会说英语的也只有那个事务长,虽然他一见阿显顿时便满口应承他将如何尽一切的可能去帮助他,阿显顿还是觉着好多事情是靠不上他的。所以当那船停靠在码头上,一名个子不高、头发乱蓬蓬的年轻人(看上去像个犹太人)上来迎接他时,那真是莫大的宽慰。那人询问他是否叫阿显顿。

"我的名字叫班乃迪克,是领事馆的一名翻译。我接到了通知来招呼你。我们已经替你订下了今晚的车票。"

阿显顿的精神大振。他们上了岸。那个犹太小个子又是忙着取回他的行李,又是忙着进行他的护照检验,然后便上了一辆前来接他们的小汽车,前去领事馆了。

"我已接到指令对你提供一切便利,"领事讲道,"所以你有何需要便请提出。坐车的事我已经为你安排妥当,只是是否能安全抵达彼得堡就谁也说不准了。顺便再说件事,我已为你物色到一名同行旅伴,名字叫哈灵吞,他是代表美国费城的一家公司去彼得堡的。他要跟那个国家的临时政府去谈一笔生意。"

"这人是个什么样子?"阿显顿问。

"啊,人挺好的。我本来请了他同那美国领事一道来吃午饭,可他们到郊外游逛去了。你务必在开车一两个小时之前就去到车站。

---

① 原名海参崴。俄国港市,原为吉林省管辖地,清咸丰十年割让帝俄。现为西伯利亚大铁路远东终点。

目前车站混乱拥挤得厉害,如果你不早到,说不定你的座位就会给人占了。"

火车午夜才开,于是晚餐阿显顿和班乃迪克就在火车站的一家饭馆吃的,而这个馆子也许就是这个不起眼的小城里的唯一的一处还能吃上顿像样饭食的地方。但这里也是人满为患。服务慢得难以忍受。然后他们便去了站台,虽说这时离开车还有两个小时,但那里早已是人声鼎沸,秩序谈不上了。全家全家的人都挤在那些行李堆上,仿佛已在那里安营扎寨。这时但见到处人头攒动,东跑西窜,或者三五成群,聚讼不休,有两个人更是其势汹汹,吵作一团。总之是一片混乱场面,恶劣得难以形容。车站的灯光也是那么黯淡冰冷,因而在这种光照下的乘客的面孔个个全都跟死人似的,(亦不论其或躁或静或虔或狂)只待那末日的判决。火车此刻早已填满,绝大多数车厢甚至满得快冒了出来。当最后班乃迪克找到了阿显顿座位所在的那节车厢时,只见一个人突然激动地跳了出来。

"请快进来坐下,"他道,"我费了不知多大麻烦才把你那座位给保住。有个带着老婆和两个孩子的人想进来占这座位。我那领事已带这个人去见站长。"

"这就是哈灵吞先生,"班乃迪克说。

阿显顿进了这间包厢。包厢内有两个座位。列车员替他放好行李。他与他那旅伴握手致意。

约翰·昆西·哈灵吞先生体貌清癯,身材稍逊中等,面黄骨露,眼大而蓝,但色泽偏淡,当他脱下帽来揩掉因兴奋激动而产生的汗水时,呈现出的是一副大而光秃的头颅;其上骨露筋暴,瘤节累累,观之极为不雅。至于穿着,则是头戴扁平礼帽,身着黑色外衣,背心马甲而外,配以条纹下裤,以及雪白高领衬衫和整洁而不显眼的领带一条,等等。阿显顿也说不准,在一坐便是十天的这样一种横跨整个西伯利亚的长途旅程中，一个人究竟该如何穿戴方为合宜适体，但他总觉着哈灵吞先生的穿着有些古怪。他说起话来用词准确，调门极高，至于发音，据阿显顿辨认，则应属于新英格兰的北美语音。

不一会儿站长来了，同来的是那个满脸胡须的俄国人，心情激动得要命，身后还跟着一名女人，手拉两个孩子。那俄国人，正一脸泪水全身发抖地在和站长讲话，他的老婆也泣不成声，显然在述说她的苦难情况。进入车厢之后，争吵就更激烈，班乃迪克也以他那流利的俄语加入进去。哈灵吞先生虽然听不懂一个字的俄语，但因为性情暴躁，岂能光听不说，马上滔滔不绝地用他的英语解释开了，他说这两个座位是分别由英国领事和美国领事事先就预订好的。他此刻可以照直地告诉他们，而且他们也可以完全相信他所讲的，那就是，虽说他并不认识英国国王，但美国政府却永远也不会允许一名美国的公民被强占去他已经付过款的列车座位。他会屈服于武力的，但此外什么也不屈服。如果谁敢动他一个指头，他会立即向美国领事投诉以求解决。他一口气就向站长讲了这么许多甚至比这还多的东西。站长当然一点也弄不清他都讲了些什么，但是作为答辞，站长也又是强调又是手势地说了一通言辞激烈的话语。这一来，把哈灵吞的一腔义愤推至其极点，只见他一边把一只拳头在站长的脸前比划个不停（当然他自己的一张脸也已气得铁青），一边大声喊叫道：

“告诉给他①，他讲的话我一个字也听不懂，而且也不想懂。如果俄国人也想让我们把他们当成文明人来看待，为什么他们不讲一种文明语言？告诉给他，我的名字叫约翰·昆西·哈灵吞先生，而

① 可能哈灵吞此时仍记得那懂俄文的犹太小个子还没走开。

我此行的身份是费城克鲁与亚当斯公司的全权代表，携有去谒见克伦斯基①先生的专函，因而如果我竟不被允许安全地占有这间包厢的应有座位，克鲁先生是肯定要将此事提交到华盛顿政府部门去进行交涉的。”

哈灵吞先生的态度既是如此凶恶蛮横，一副手势又是那么咄咄逼人，这位站长只能甘认失败，结果一言不发就悻悻而去。那个俄国人和他的妻子（还有那两个傻乎乎的小孩），虽然仍旧在跟站长辩论，却也全都跟着走掉。哈灵吞先生也匆匆返回包厢。

“我确实也真抱歉，不能把座位让给那位女士和她的孩子，其实谁也没有我更懂得如何对一名妇女和一位母亲去表示尊重，可我得靠这趟车去彼得堡的，如果我不想丢掉这么重大的一笔订货，而且我也无法因为哪怕全俄罗斯的母亲而自己在火车过道里呆上十天。”

“这点我并不责怪你，”阿显顿道。

“我也是个有家有室的人，我自己也就有着两个孩子。我也懂得携眷出行将会有多困难，可是据我所知想要居家不出却又往往无计可施。”

当你被和另一个人在列车上的一间包厢里关上十天，那你就不可能不对有关他的一切都了解个差不许多。阿显顿正是这样一连十天（严格地说是十一天）二十四个小时地和哈灵吞先生呆在一起的。不错，他们需要一日三次去餐车用饭，但仍面对面地坐在一起；不错，列车每天上下午都将停车一个小时以便乘客在站台活动活动，但还是肩并肩地走在一起。这其间阿显顿也结识了几名同行旅

① Alexander Kerensky（1881—1970），俄国社会革命党领袖，历任国会议员、司法与军事部长等职，累官国务总理（1917 年 7—10 月），十月革命后被罢官流放；1940 年后长期寓居美国至终。这个名字在本书后面还将多次被提及。

客,于是他们也偶尔跑进他的车厢来闲聊几句,但如果他们操的是法语或德语,这时哈灵吞先生就会眼巴巴地望着他们,面上颇露不豫之色,但如果他们也讲的是英语,这时他就会让来人再插不进嘴。原因是哈灵吞先生乃是一名大健谈家。谈话在他来说,仿佛是在发挥一项人类的生理功能,其到来完全是自动化的,就跟人的呼吸与饮食也差不多;他要谈话并非是因为他有话要谈,而是为谈而谈,不能不谈,而且谈起话来总是那股嗓音很高鼻音极重的调子,没有起伏曲折,没有抑扬顿挫。他的措辞用语则是准确的,词汇既极丰富,造句也很审慎;在这方面他总是能用些文雅复杂的,便不用那通俗简易的;而且无止无休。他话头一开就会没完没了。它还够不上是激湍洪流,因为气势还不是那么奔腾澎湃,它倒更像一股火山熔岩,顺着那坡边便不绝泻下,流虽不速却势不可挡,所过之处,一切都将被淹没吞噬无余。

阿显顿深感他生平对任何人的了解也赶不上对哈灵吞了,不仅是对他,对他的全部见解、习惯和生活环境,而且还对他的夫人,他夫人的娘家,他的孩子们,他孩子们的同学们,他的老板雇主们以及三四个世代以来他与费城一些上等家庭的种种联系交往。他自己一家则来自十八世纪初期的德文郡①,哈灵吞先生曾去瞻谒过曾埋骨于该地教堂的祖坟。他颇以他的英国祖籍为荣,但他同样得意他的美国出生,虽说美国对他来说主要限于大西洋沿岸的一条狭窄的地域,而所谓美国人者也不过是较少数英吉利与荷兰人的后裔,其血脉尚不曾因与外族之五方杂聚而有所玷污。在他的眼里,举凡百余年来曾经定居于美国的一切日耳曼人、瑞典人、爱尔兰人乃至欧洲中东部的许多居民全都无异于入侵者。他对这些外来户总是将

① 英国西南部郡名。

目光避去，正如幽居于深宅豪门中的一名闺秀对那无理侵入其庭帏的工厂黑烟同属一样的憎恶态度。

当阿显顿提起一位家有亿万财富的名流同时亦是全美精美画作的收藏家时，哈灵吞先生答道：

“我本人从未拜见过他。但我的姨婆玛丽亚·潘·沃明吞却常说过，其祖母曾是一位上等名厨。我那姨婆曾十分抱歉，她竟离开我的祖母去嫁人了。姨婆便曾说过，她那祖母所做的苹果煎饼据她所知实在无人能及。”

哈灵吞先生讲，他平生无二色，只对其妻子一人忠诚不渝，并以长得令人难以置信的篇幅缕叙了她是如何如何大有教养以及作为母仪的无上典范。但她却体质素弱，因而颇曾经历过计数不清的多次手术，并对这一切过程全都作了详尽描述。至于他本人，他也做过两次手术，一次是扁桃体，另一次则为切除其阑尾，关于这两者的详细过程，他便占去了阿显顿不止一两天的时间。他的所有的朋友也全都动过手术，至于他对外科的知识更是百科全书式的。他有两个儿子，目前都在上学。他一直在考虑他是否十分应当使他们也都动动手术。奇怪的是其中一个其扁桃体有些膨胀，而另一个则对其阑尾又不容乐观。而说到手足间的亲情，他从来没见到过世上再有两个这么互相依恋的兄弟，于是他的一名友人，亦即全费城第一号的外科医生，就向他做过建议，是否将两兄弟同台进行手术，以便可以做到一刻也不分离。说着他便将这两个孩子的相片拿给阿显顿看，还有他们母亲的相片。他的这次俄国之行是他平生第一次同他家人分离，所以他每天一早就要写上一封长长的致妻书，告诉她前一天他所经历过的所有情况及其大部分言论。阿显顿就见到过这些信件，上面每页全都书满了他那清晰可辨确切无误的笔迹。

在读书方面哈灵吞也有特色，举凡有关会话之书他可谓无不遍读，而且能穷其颠末。他还有一本小书，上面记录着他听到过的每个故事。他告诉阿显顿说，每次外出赴宴之前，他总要查阅半打这类东西，庶不致临时抓瞎。这一切全都有字母标记，比如那标有G的，则表示在一般场合（general society）下可以讲的；标M的，则更适合于更粗犷的男性之耳（masculine ears）。在讲述"轶事"这方面他就更是专家一位——这里所谓轶事当然即特指那种其性质严肃、内容较长、全凭细节之不断积累以成其最终之滑稽效果的那类东西，而他的讲述则是绝不给你留任何想象的余地的[①]。阿显顿早就明白这是要说什么，只能皱眉握拳，屏息吞声，耐心静听，直到最后包袱抖掉，这才吐出这口恶气，放出一声尴尬的空洞笑声。但如果这中间走进一名乘客，哈灵吞又会热情地起身相迎，对他讲道：

"赶快坐下，我正在给友人讲个故事。这个你可不能不听，这真是你平生会听到的最好笑的故事了。"

然后便把这个重头又讲上一过儿，一个字都不错地又重复开了，一个形容词都不会改变，直到那幽默的结局为止。一次阿显顿建议说，他们是否可以在同车的人中再找上两名好玩牌的，这样就能打打桥牌来打发时光，但哈灵吞先生却说他从不沾那玩艺儿。这样绝望之下，当阿显顿只好自己玩起那单人牌时，哈灵吞先生登时把脸拉得长长。

"让我不明白的是，一个有头脑的人怎么能把他的时光浪费在牌戏上面，而且在所有没头脑的游戏里单人牌戏确实是其中最要不得的一种。它会毁掉谈话。人是一种社会动物，所以他最能发挥其天性中最高级的一项功能，当他参加进社会性的交谈应对。"

---

① 原文作He spared you nothing，即是此译文中之意。如果直译此句——他半点儿也不会饶你，读者看后，定将不知所云。

"可浪费时光这事也自有它的某种高雅之处。"阿显顿对曰。"任何一个傻瓜也会浪费金钱,但当你浪费的是时间,你浪费的便是无价之宝。更何况,"他悻悻地补充道,"你玩牌并不妨碍你的谈话。"

"可一个人又怎么能很好地谈话,当他的一门心思已被要闹个黑桃七就得先押上张红桃八等等全给占据去了?会话所呼唤的是人智的最高级的能力,在这方面你如果曾经费心去认真研究过一番的话,你就可谓有权去要求正在聆听你讲话的人们给予你以他力所能及的全部注意力。"

他说这些话时的口气并不含任何苛刻成分,而只是以一名曾经久经风雨的过来人的一副颇不乏善意的绝大隐忍耐心临之。他只不过是摆出一件简单事实,至于它将被阿显顿接受与否,那就全在他个人了。而不少艺术家却做不到这点,他们只知一股脑地强求别人认真对待其制作。①

哈灵吞先生还是一位勤奋的读书人。每逢一编在握,那另一只手总是紧握铅笔,以便在感兴趣的地方画道下线,并以清晰笔迹在页边略作几字简评,以备与人讨论之用。当阿显顿自己也在读起书来时,他往往会突然发觉,哈灵吞先生正在手握书笔盯着他看,这时他定会紧张之极,心跳不止。这时他已吓得不敢抬头,甚至不敢翻页,因为生怕哈先生会以此为十足之借口而开始长篇大套地插入进来,而只能将其全部之注意力死死地盯住某个单词不放,正好像一只小鸡用嘴直鸽地上的一道白线似的,而且连气都不敢喘,直到觉察出哈先生已放弃了其讲话意图,重又回他的书本上去了。其时哈正攻读一部两卷本的美国宪法史,其间稍事调济,也偶尔拾起另一

① 请勿误过这一段(尤其是那最末一句)中的一派反语或调侃。

巨帙,以松弛一下。此书为一本演说汇编,据云全球这方面的一切精彩名篇无不悉数收录在内。因为哈灵吞先生乃是一名席间演说大家,世上论述演讲术的全部佳著他几乎无不毕读。他非常懂如何能同其听众搞好关系,如何以一二有力的词语打动其心弦,如何用几个适切的故事去抓住其注意力,并在最后,以何等酣畅淋漓之美妙词句来配合当日场景并在精彩绝伦的表达中而圆满地结束全篇。

哈灵吞先生还酷爱朗诵。阿显顿便不止一两次见到过美国人以出声阅读作为其娱乐方式的这一令人头痛的流行倾向。他在一些旅店的客厅里面就经常见到过晚餐之后一位父亲往屋角一坐,身旁伴随着其夫人及其子女,正在把什么大声朗读给他们来听。在横渡大西洋的船上,他就有时肃然起敬地望着一位其貌伟岸、颀长清癯的高贵先生中间一坐,周围挤满着十五六名女士,虽说多已过其妙龄,正以其洪亮的声调向她们朗读着一本谈论艺术史的书籍。当往来于供人散步的甲板上时,他也碰到过一双双度蜜月的新人,于其横卧于长椅之时,那新娘也正以其不紧不慢的声调把一本通俗小说一页页地读给她的丈夫来听。这种示爱的方式在他看来实在是太奇怪了。他的一些友人曾提出过想读些东西来给他听,也有些女士想听他给她们朗读,但对这些邀请他向来都婉言谢绝,对有作此暗示的他也都假作不曾理会。他既不喜欢自己高声朗读,也不喜欢别人朗读给他听。在他的内心之中,他总认为以此为其娱乐方式的民族爱好倾向终究是一种缺陷;美国的性格虽然什么都好,这点却未免是美中不足。但天上那些不死的神祇却最好拿尘世的凡人来取笑,①因而此番遂把他交到这名高僧的手里②,并因被捆住手脚,

① 这是希腊神话中的一个最有名的概念与现象。
② 高僧这里当然系戏指或谑称哈灵吞,而“把××交到××手里”则又是《圣经》中的一个常用语。

无以自救，只能俯首帖耳，任人宰割。哈灵吞不仅自诩为朗读朗诵之专家，而且还进而将这门艺术的理论与实践也都向阿显顿作了传授。阿显顿从此才知道，朗诵学原来也分两派，戏剧派与自然派；在前一派里，你必须模仿那发言者的语气，因而假如在朗读一部小说时，当书中的女主人公涕泣时，你也得跟着涕泣，当她闭过气去时，你也得闭过气去；但在后一派里，你朗读起来时，就跟你朗读芝加哥的一家邮购店的价目表时是一个样的。这后者正是哈灵吞先生所属的那派。在他婚后十七载的长时间里，他曾给他的爱妻及其两子（等到他们已届欣赏作品之年）朗读过不少文学名作，其作者计有司各特、奥斯丁、狄更斯、勃朗特诸姊妹、萨克雷、乔治·爱略特、霍桑与豪威尔斯等[①]。从这里阿显顿得出结论，朗读一事对哈灵吞先生来说早已成为其第二天性，要想阻止他的这类行动，必将乱了他的方寸，因而那难度之大将不下于使长年的烟鬼戒烟。而且他会猛地就朝你扑来，令你防不胜防。

“你听听这个，”他会这么说道，“你必须听听这个，”仿佛他突然被某个箴言之绝妙或某个词语之精练所迷住。“现在就要你一个看法，你是否认为这里的措词用语妙至极点。不长，只有三行。”

他朗读开了，而阿显顿倒也并不吝惜这几分钟来听上一听，但刚刚念完这个连停下来喘上口气的工夫都不浪费他就又连下去了。他就一直连下去了。永不停歇地连下去了。就这样，以他那均匀的、高声调的嗓音，既无轻重也无表情，他就这么一页页地朗读了下去。阿显顿坐不住了，他毛咕起来，一会跷腿，一会放平，一会吸烟，一会掐灭，一会东倒，一会西歪，不停地在变换着坐姿与位置。哈灵吞先生还是一直在朗读。列车此刻正悠闲自在地穿越在那永无尽头

① 以上所提及的十来位19世纪作家中，除后两人为美国人外，其余皆为英国作家。

的广阔的西伯利亚大草原上。它越过村庄，越过桥梁。哈灵吞先生还在一直朗读。当他终于将埃德蒙·柏克的那篇伟大演说[①]读到末尾时，他这才将书放下，心中不胜其成功之感。

“以愚见看来，这实在是英国语言中的最为精彩的演说佳篇之一。它无疑是我们两国的共同文化遗产，确实值得对此倍感骄傲，引以为荣。”

“难道你便不觉得这事有点不够吉利，就是当年听他演讲的那些人今天一个也不在世了？”阿显顿闷闷不乐地问道。

哈灵吞先生刚准备回复他说这事本来也就毫无足奇，既然这篇演说乃系作于十八世纪，可忽地一下他明白过来，原来阿显顿（按此君于如此艰苦万状之中而能坚忍至今，谅海内仁人君子定将慨然予以首肯）不过在开玩笑罢了。他拿手往膝盖上一拍便乐开了。

“哎哎呀，这真是妙语一则啊。这个我得马上记在我那笔记本上。我完全懂得怎么给它派上个用场，等我将来在午餐俱乐部作席间讲演时使用。”

哈灵吞先生还是一名“高额头”（a highbrow）[②]，但这一雅号（虽说原系俗物所编，却意在骂人）他却欣然乐承，仿佛在接受一项荣誉头衔，不仅欣然乐承，且觉光彩无极，接受起来痛快的程度殊不亚于古殉难者之于其刑具，例如圣劳伦斯之对其烤架或圣卡萨琳之对其轮盘[③]。

---

① 伟大演说指英国政治家兼作家柏克（Edmund Burke）1775 年 3 月在英国议会所作的题为《与美利坚和解》的有名演说。

② 原为美国俚语，但现已进入普通词汇，意指（或自以为）文化品味优越不凡、见地眼光高超脱俗的上流人士，并由此而产生其相关之形容词。但此词的含意至今似仍贬多于褒。

③ 此二人分别为基督教在罗马创立初期为该教殉难之当地僧尼，后均封圣。前者所受为炮烙之刑；后者则为肢解之刑。但也正如不少类似的殉教者那样，二人也都有视死如归之英勇表现，全都从容就死，毫无畏惧，甚至以此为乐，对种种酷刑甘之若饴。

"爱默生便是一名高额头，"他接着道。"朗费罗是一名高额头。奥利弗·温代尔·霍姆斯是一名高额头。詹姆士·罗素·洛威尔是一名高额头。"①

哈灵吞先生对美国文学的知识超不过上述那批作者们还出东西的时代。他们名气不小，可作品不一定十分动人。

哈灵吞先生是个讨人嫌的家伙。对阿显顿来说，哈惹烦过他，激怒过他，害得他心神不宁，逼得他快要发疯。可阿显顿也并不真讨厌他。他那自满自足的确是够严重的，但却是那么一秉至诚，你对此还是抱怨不得的，他的自以为是却是那么孩子般的，你也只能对他一笑置之。他对人总是那么充满善意、那么殷勤体贴、那么毕恭毕敬、那么彬彬有礼，虽说按阿显顿的心愿只巴不得能杀了他方才解恨，可临到将动手时，恐怕仍会觉得他对此人还是爱多于憎。他的仪表举止都堪称是精致的、规范的甚至难免稍嫌繁琐（但这些也都无伤也，因为优良仪表本来便是社交场合之人工产物，故能容忍假发之敷粉与服饰之花边），这些虽不过是其高级教养之天然流露，却因其本人心地之纯良而别具一番可喜的意义。他时时刻刻都在准备着为他人尽力效劳，而且只要他认为会对其同伴有益，那么再大的辛苦他也都在所不辞。在勇于任事这点上他确实堪称无上楷模。或许这一用语之确切所指往往颇欠明白，但这也无非因为此种动人品质在我们许多人众当中尚少太多表现。每逢阿显顿偶感不适，哈灵吞对他的一番服侍也都曾做到尽心竭力。阿显顿对此君对自己的这番关心深深感到不安，这时尽管周身痛楚难耐，还是忍不住对哈灵吞的不停操劳觉着好笑，因他不仅给他一再测量体温（并为此而从其整洁的皮包中取出大堆丸药片剂），而且坚定地为

① 此四人均为19世纪美国文学之一流名人，分别为哲人、诗人、作家、散文家。

他医疗诊治。阿显顿对他在餐车里的种种表现也大为感动，他从来不嫌麻烦，往往搜尽那里来寻找他认为适合阿显顿消化的有益食品。世上的一切他都肯为阿显顿去办，只是除了一件，闭上嘴巴。

闭上嘴巴只有当哈灵吞先生着装之时，因此刻他的一颗处子般的坚贞之心竟是如此地专注不贰于换衣换装这一重大问题，以致虽当阿显顿之面亦无过多的欠自然之表情。他可谓恭谨体面之至。他的内衣每日一换，新的从箱里整齐取出，旧的往那里整齐放回，但在脱衣换衣时其动作可谓神速，以免露出半点肉来。上了这趟不干净的列车两三天后，阿显顿便不再讲求整洁——全车才只有盥洗室一间，很快也就邋遢得同其他乘客没有两样；可哈灵吞先生不是这样，他不在困难面前妥协。他的洗漱是从来一丝不苟的，尽管门外等不及的人们把那把手转得嘎嘎直响，而每次从洗手间出来后总是那么容光焕发，一身香皂气味。一旦着装完毕，重新穿上那深色外衣、条纹下裤以及光晶的皮鞋之后，那衣帽整洁的程度就跟他从在费城的住处刚刚走出家门正待搭上电车去他市中心的办公室时没有什么不同。车行至某地时，曾经传来消息，不久前发生过炸桥之举，再有在下一站过河之处颇曾有过骚乱事件；在这种情况下，被迫停车，乘客被赶下车，任其漂流乃至暂被拘留等等都不是没有可能发生。阿显顿考虑到，那时他会同其行李分开，因而不得不事前作好防备，先穿上最厚的衣服，以免万一必须在西伯利亚过冬时也能少受一些酷寒；可哈灵吞先生则根本不管这套，他对这种并非没有可能发生的情况完全不作任何准备。见此阿显顿不禁深信不疑，即使这位先生真的在一个俄罗斯的监狱里一住三月，他的那副衣冠楚楚的整洁仪表也必丝毫不变。一队哥萨克士兵上了列车，并在每节车厢下面的站台上荷枪实弹，放起哨来[1]，而列车则小心翼翼地缓缓开过那座受损的桥梁；接着便到达那处接到过警告的危险地带，这时列车便加足马力，直冲过去。当阿显顿重又换回他那身轻便的夏装时，哈灵吞先生的话语里当然不无讥笑成分。

哈灵吞先生还是一名精明的办事衙役。显而易见，要想在做生意上斗得过他还真的要点本领，因而阿显顿敢肯定他的雇主此番派他前来确可谓是用对了人。他会竭尽其全力去维护他们的利益，而如果这批与俄国人的买卖能做成功，其难度当远非一般生意可比。他对其公司的一番忠诚也就使他非搞成功不可。他谈起他公司的负责人时常常语带好感尊敬。他热爱他们，并以他们而自豪，但他并不因为他们更富得多就妒忌他们。他很满足于他辛苦挣得的这份薪金，并认为偿副其值；只需他能交足他孩子们的学费和给他将来的遗孀留下笔够她生活的积蓄，因为除此之外金钱对他又有何意义？他甚至认为发财这事有点俗气。在他看来文化远比金钱更为重要。在花钱上他也总是精打细算。他每顿饭后都要记账，这样他的公司将会清楚他没有多花过一分钱。但是当他发现穷人往往会聚集到车站，在停车地方前来乞讨，并眼见战争已将广大人众变成赤贫，因此每逢车快停下来时，他总是尽量多凑足一些小票，而且会在一脸羞愧地自嘲自己又将受骗的同时，把皮包里的这些零钱周济出去。

"当然我清楚这也不是该着他们的，"他会这么讲道，"而且我这么做也不是为的他们。我主要是为了使我自己的心情能平静下来。我会感到过意不去的，如果我明明看出了某个人饿得厉害，可我连一顿饭钱都舍不得给他。"

---

① 按此处原文表达似稍欠明确，译者也只得按文直译，不如意处亦无可奈何。

哈灵吞先生是很荒谬，但也可爱。要对他粗暴无礼是不可想象的，那会像动手打一个孩子一样的令人不忍；所以阿显顿，不管内心怎么骂他，外表上还是得装成挺友善的，在与这位和气的但也是无可奈何的家伙的交往上也只能是一副纯然的基督徒的隐忍精神，历尽艰苦而决不言艰苦。这次彼得堡之行计历时共十一天，而阿显顿觉得再多一天他也不能忍耐了。如果是十二天，他肯定会杀掉哈灵吞的。

最后当列车终于（携带着疲惫肮脏的阿显顿和整洁、活跃与诲人不倦的哈灵吞先生）抵达彼得堡的郊区和看得见市里的万千屋舍时，哈灵吞先生转过头来对阿显顿说道：

"真想不到，列车上的十一天这么快就过去了。这实在是个极大的享受。我非常高兴这次能有你做伴，我敢说你会同样高兴有我做伴。我也不必再自谦了。我十分清楚我自己的确是非常能说会道。既然我们一直相处得这么不错，今后我们也必须守在一起，不能分开。我们在彼得堡的期间一定要一有工夫就见见面吧。"

"我一定会有好多事情要办，我担心我的时间也不全属于我自己的。"

"这我知道，"哈灵吞先生善意答道。"我估计我自己也会忙个不了。但早饭总可以一起吃吧，还有晚间，也能经常见见面，而且可以常碰碰头，交流一下。如果从现在起就各走各的，那可就太可惜了。"

"太可惜了，"阿显顿叹道。

十五　旧情与俄国文学

当阿显顿看到，他此刻已经是在他旅馆的卧室之内而且是第一次——以前的几天已恍如隔世——又能单独一人静坐下来望望周围，这时他似乎觉着他已再无精力起来去开箱解包。他已经进进出出过多少旅馆，自这场战火点燃以来，不管是豪华的简陋的，也不管是此邦彼地，异国他乡，竟是如此蝉联不绝。记忆所及，他仿佛一直就住在了他的旅行袋里。他疲倦了。他也在不断问询自己，他将如何着手去进行他被派前来完成的这个差事。他深感自己已经被掩埋在这无边无际的俄国版图之中而不胜孤寂。当此项选派初落到他头上时他不是没反对过——这任务海了，太难完成；但反对无效。他之所以当选倒并非因其上级认为他特别堪当此任，而是因为其他人更不胜任。这时门边忽传来敲门声，阿显顿正想利用一下他刚学到的几个俄语词儿，马上以俄语大声应道请进之类。门开了，他一见便跳将起来。

“请进，请进，”他叫道。“我真高兴能见到你们”。

三个人进了屋。阿显顿当然认得他们，因为他和他们都是从旧金山同舟去的横滨，不过按其意见，一路上双方都不过话。三人全是捷克人，曾以革命活动的原因被驱除出国境，故而长期流亡美国，此次被派来俄乃系为了协助阿显顿的工作，并使之与 Z 教授取得联系，而这位教授在旅俄之捷克人中是广有威信的。刚才进门的三个人中有一个是当头头的，名唤埃根·奥斯博士，此人颀长而清瘦，发已花白，曾取得过神学博士和任过中西部某教派教长，但久已去其神职而投身于民族之解放运动。阿显顿对他的印象是此人比较通脱,并不在一些良心是非方面的问题上太钻牛角。一名具有了某种固定信念的神职人员较之一般常人往往享有其一大优势,这即是他对他自己的一举一动均能自信其业已取得全能上帝之嘉许认可。他眼神里有种欢快的表情,但说笑话时并不带笑容。

阿显顿在横滨时便已与奥斯博士有过两次密谈。他从中得知,虽说Z教授对使其本国摆脱奥地利的统治热情极高,并且深知此事的实现只有当那些同盟国及其附庸的全体崩溃方才有望,但他在眼下这桩事上[①]却不免顾虑重重;他不愿去干一些违背其良心的事,而且要办的话则必须方方正正、光明磊落,因此某些不得不办的事便不能全都让他知道。他的威望确实是太高了,所以他的意愿也就不容不加考虑,不过有些时候一件事的进行还是以不使其得知为妙。

奥斯博士此次来彼得堡的时间要比阿显顿早上一周,因而能将所掌握的目前形势向他通报了一下。听后阿显顿的感觉是局面已到了严重的时刻,因而如要有所作为,便得立即着手,刻不容缓。军队中不满情绪严重,时有哗变可能,克伦斯基那个软弱政府已难以支撑,摇摇欲坠(其所以仍能不倒只不过因为目前尚乏力量来取代它),而环顾周遭,则但见饥馑遍地,路有饿殍,因而德人是有可能迅即派大军挺进彼得堡固已属意料中事。英美两国驻俄大使对阿显顿的此次到来当然业已得到通知,但对其具体使命为何却也同样并不了解。阿显顿此时正在与奥斯博士商量与Z教授见面的事,这样既能弄清教授的有关看法,又能将自己的意图讲给他听,意即他目前财力雄厚,因而对凡能防止俄国(与德方)单独媾和这一严重灾难(此点协约国政府方面早已察知)的任何义举均有条件予以大力支持。此

① 指去破坏德俄停战的事。

外他[1]还得与各行各界中有影响的人物广泛进行联系。哈灵吞先生因有生意要做，又持有去总理各部门的介绍信函，势将会与那里的官员们多所接触，所以现正急需一名翻译。奥斯博士说起俄文来就和他用母语也差不多，因而阿显顿马上想到，请他来充任一下这个角色将再适合不过。阿将这一情况告诉给奥斯博士，于是商定聘请办法，即当阿显顿与哈灵吞先生一道共进午餐时，便请奥斯博士前去他们那里，先假作与阿并不相识，并在既经相识之后，再将博士介绍给哈；然后便把谈话引入正题，提出这真乃天从人愿，竟把这最佳人选捧送给他的这名友人。

但另有一位阿显顿也认定为可能成为对他有用之人，于是他开口道：

"你曾听说过有位名叫安娜塔西亚·亚历山大洛娃·列昂尼达夫的人么？她的父亲就是亚历山大·丹尼谢夫。"

"我对他当然可是太熟惯了。"

"我有理由相信那女人现在就在这彼得堡。你能够帮我弄清她目前的住址及其职业吗？"

"当然能够。"

奥斯博士马上用捷克话对陪他前来的那两个人中的一个讲了几句；这两名跟班都是目光犀利的人，一个较高而白，一个稍矮而黑，但年龄上都比奥斯博士更小一些，不难想象，他们都是来听吩咐的。被告知去办事的那人当即点首起立，与阿显顿握了下手便离去了。

"今天下午你就能知道你想知道的一切。"

---

① 这个他这里究系指阿显顿，抑或指 Z 教授？似欠明确，但从上下文判断，恐仍指阿显顿自己。

“好了，看来目前我们也只能这样了。说实话，我已经有十一天没洗过澡了，现在是非洗不行了。”

阿显顿从来都说不清默想这事是在火车上还是在澡盆里更好进行。就能搞出新奇东西这个角度来讲，坐着火车穿越法国平原的时候往往出现过妙思泉源奔凑而来的美好时刻；但如果论到回忆之乐，或在一些业已在头脑中初步成形的事物上再精雕细刻锦上添花，那就什么也比不了一盆热水澡。他仿佛一头泥塘里扑腾乱滚的水牛那样，此刻在这盆肥皂水之中也正浮想联翩，不无好笑地重又勾起他与安娜塔西亚·亚历山大洛娃·列昂尼达夫之间的种种旧事。

在这类故事里，涉及到阿显顿有时也能在常为人戏称之为脉脉柔情的那种感情上有所表现的笔墨也就实属寥寥。这方面的专家们，亦即那些特喜在哲学家视之为仅其余兴的这些琐细上面大做其文章的可爱先生们，平日惯好断言：作家也好，画家、音乐家也好，总之凡是多少与艺术沾边的这类人，他们在爱情这件事上全都可谓是表现十分欠佳。雷声大而雨点小。他们向来是疯癫也疯癫了，呻吟也呻吟了，表白曾经不断，姿态更是万千，但临到最后关键时刻，因为他们对其艺术或其自身之爱（这两者他们本来就分辨不清）还是更胜乎对其钟情之对象，他们拿出去的全是虚的，但上述对象，由于一脑子的实际的性意识，此刻要求明确，只要实的。可能情况也就是如此，而且也正是由于这种理由（这点过去提到的不多）女人们才对艺术打心眼里怀着那么大的刻毒仇恨。不过尽管这样，阿显顿在其已过去的二十年中还是不断为了这位那位妙人而怦然心动，忐忑不已。当然乐也有过不少，但苦肯定会要更多，但即使在他因了某些无回应的爱而受尽折磨时，他也仍能宽慰自己说（虽说难免一脸苦相），毕竟“入我磨者皆成粉也”①。

如前所说，安娜塔西亚·亚历山大洛娃·列昂尼达夫乃是一名革命党人的女儿，此革命党人被判在西伯利亚终身劳役后曾从那里逃了出来，定居在英国。此人能力过人，三十年来一直靠了他的那支健笔为生，甚至在英国文坛也都小有名气。待到安娜塔西亚·亚历山大洛娃已达其及笄之年，她的夫君名唤弗拉基米尔·西蒙诺维奇·列昂尼达夫，也是一名该国的流亡者，而阿显顿认识安娜塔西亚时她已是结缡多载。那也正是当欧洲发现俄国这块新大陆之时。那时人人都读起俄国的小说来，俄国的舞蹈风靡了整个文明世界，俄国的作曲家们使不少已经听腻了瓦格纳的人大动其肝肠，并在改换着其口味。俄罗斯艺术此次对欧陆的入侵，其来势之猛，蔓延范围之广，都无异一场瘟疫。新名词成了时尚，新色彩新感情也都是如此，这里的“高额头们”也毫不迟疑地全管他们自己叫起“知识分子”了②。阿显顿也同其他人一样，座椅换靠垫，墙壁挂雕像，一顺儿俄国派，正是，读书读的契诃夫，观舞要看芭蕾舞。

而安娜塔西亚·亚历山大洛娃则是论出生，论家境，论所受教育，都不愧为典型的知识分子一名。她与其夫君在摄政公园附近一处不大的寓所，此刻业已成了伦敦文士前来雅集朝拜的圣地，在此他们会十分虔敬地凝望着一伙贴墙而立的伟人，他们各个胡须满腮，面色苍白，活像一群告假一天以惠顾人间的神庙像柱③；这些人不问可知，无一例外地悉数为革命党人，料想其此刻不呻吟于其西

---

① 英谚，原文作 All' s grist that comes to my mill，意即（尽管不无损失）总的算来仍可说是对我有利。

② 这个 19 世纪末叶才开始时兴的名词，在当时似乎仅限于指称较高级的文化人，而不像今天我们这样早已用以泛指一切识字的人。

③ 古希腊马其顿的狄安娜（月神）神庙前的众多立柱柱头上面均刻有庙中女祭司的头像，故这些立柱亦被称为“女像柱”。

伯利亚的矿井之下，而竟然逍遥乎此土，亦神迹也。此时此际，文学界之淑媛女史也均不吝开启其绛唇，以一品彼伏特加之强劲。如其你时运既佳人缘又好，说不定你还能有幸同佳吉列夫①在此握握手，另外还会不期而欣睹到巴甫洛娃②的绰约丰采，只见她恍若熏风吹送来的一枚桃瓣似的，竟翩然隐现出没在那里。彼时阿显顿的名气尚较有限，不足以和当日的名流们相抗衡，但他显然已忝列其侧；虽说有些人已不再把他放在眼里，但另外一些（可能属于对人性尚抱有几分信心者）似仍对他心存厚望。安娜塔西亚·亚历山大洛娃便当面告诉过他，他也属于知识分子的一员。而他也毫不犯难地便相信了。其实按他当日的那种状态来说，那真是你说什么他就会信什么的。他那时正是不胜兴奋，豪情满怀。在他看来，多年以来他便曾汲汲以求而始终弗得的那种隐约不定的浪漫精神此刻似乎已经就在望中，离人不远了。眼前的安娜塔西亚·亚历山大洛娃正是这一切的一个活的象征：她生得眉眼美好、体态婀娜（虽说以今日的标准未免过于丰腴）、颧高鼻扁（恰是鞑靼风范）、嘴阔、齿健。只是衣着稍显花哨招眼了些，总之，满过得去。在她那双黝黑而忧郁的明瞳里阿显顿瞥见的东西多了：那一望无际的茫茫俄罗斯草原，那巍峨的克里姆林宫及其悠扬的钟声、圣伊萨克大教堂复活节时的庄重祭礼、霜华满眼的白桦树树林、气象万千的涅瓦大街；令人惊异不置的是他竟在那一双眼睛里瞥见到了这么许多。而说到这双眼睛，那是多么滚圆而亮晶，而且微见外凸，有如北京城里的满人。至于他俩谈的则是：《卡拉马佐夫兄弟》里的阿廖沙、《战争与和平》里的娜塔莎、《安娜·卡列尼娜》里的那个同名女主人公以及

① Serge Diaghilev（1872—1929），俄罗斯戏剧与艺术活动家，在巴黎创建俄罗斯芭蕾舞团（1919 年），在欧美巡回演出，遂使俄罗斯芭蕾风靡一时。

② 当时俄罗斯的著名芭蕾舞演员。

《父与子》等等。

阿显顿不久便发现,安娜塔西亚的丈夫完全配不上她,并很快得知,她自己也是他的这个看法。弗拉基米尔·西蒙诺维奇个子不高,一束头发乱蓬蓬的,完全是与人无忤的老好人一个,见后很难让人相信,沙皇当局有何必要害怕他的造反活动。在待人接物上他也是够和气的,非常谦让。当然他也就不能不是如此,理由是安娜塔西亚·亚历山大洛娃乃是一个个性很强的女人:所以什么时候安娜塔西亚患起了牙疼,西蒙诺维奇自己的牙也就跟着遭起罪来;什么时候安娜塔西亚的一颗心因其故国的不幸而不胜其绞痛时,这期间他也会同样痛不欲生。阿显顿不能不把他视作是一个可怜虫,但因为他又是那么善良也就不由人地喜欢起他来,可这么一来,在经过一段时期后他向那女的吐露其真情而喜出望外地立即得到了回报时,他一时间真是闹不清该把这个维奇先生怎么办了。这时他和那女的已经达到了这么一种程度,谁也一分钟都离不开谁了。阿显顿担心的是,这个安娜塔西亚,由于她的整套的革命思想以及其他种种,她到头来是不会嫁给他的;可使他万没想到和使他呼出了口大气的是,听了这婚姻之请,她竟然连想都没想就一口答应下来。

"你认为弗拉基米尔·西蒙诺维奇会这么痛快地让人把他甩掉了吗?"他问道,这时他正坐在沙发上,靠着一个那颜色就跟腐肉似的坐垫,握着她的手。

"弗拉基米尔太爱我了,"她回答道,"这会伤透他的心的。"

"他的确是个好人。我也不想让他这么不幸。但愿他能忘掉这事。"

"他一辈子也忘不掉的。这就是俄国精神。我完全明白,当我一旦离开了他,他会觉得一切使他认为值得一活的东西一下子就全都没了。我再没有见到过一个这么以女人为命的男人,而他对我就是这样。不过他当然不会阻拦我的幸福。他还不至于那么小气。到了这种时候他是会保证我的个人发展的。我没有迟疑不决的理由。弗拉基米尔会把自由交给我的，这没问题。”

在那个时期离婚法在英国那里比今天还更复杂和荒谬。考虑到安娜塔西亚对此事了解不多，阿显顿还专就这种情况的纠葛麻烦向她作了一番解释。她一边把手温存地放在阿显顿的手上。

“弗拉基米尔是不会把我的种种都暴露出来，让我在离婚法庭上大出其丑的。如果我告诉了他我已决心嫁给了你，那他就会用自杀手段去了结这一切的。”

“那可是太可怕了，”阿显顿道。

他当然非常吃惊，但也大为激动。这真太像一本俄国小说了，太像陀思妥耶夫斯基笔下的那些连篇累牍的动人和可怕的篇章了。他此刻满眼都是他书中的那些角色的撕心裂肺、痛不欲生，那一堆堆的破酒瓶子，那向吉卜赛人的投奔，那伏特加，那晕厥昏迷、僵挺发癫，那人人一开口便再也制止不住的没完的唠叨。那一切都太吓人、太奇怪、太乱哄人了。

“这会让我们十分不安的，”安娜塔西亚·亚历山大洛娃道，“除了这个，他再干不出别的。我没法要他离了我去活着，那就跟船只没了舵，汽车没了汽化器似的。我太了解他了。他只会自杀。”

“那又会怎么个自杀法？”阿显顿还有那现实主义者追求细节的习惯。

“怎么个自杀法？一枪打去，脑浆迸裂呗。”

阿显顿想起了罗斯梅荷姆①。想当年他也曾一度是一名易卜

① 挪威大戏剧家易卜生早年一出家庭悲剧中的主人公名字；剧中情景与这里所说颇有几分类似。

生崇拜者，甚至还生过痴念，想学学挪威文，以便能通过其原文弄懂这位大师的奥秘精髓[①]。不仅此也，他甚至还亲见过这位大师，见过他在喝慕尼黑啤酒。

“可你想我们能过上一小会儿好日子吗，如果我们的良心上老有这么个死人？”他问道。“我有一种预感，他会时不时地就卡在了我们中间了。”

“我清楚我们会遭这份罪的，这份可怕的罪的，”安娜塔西亚道。“可我们又有啥办法？人生就是这个样的。我们肯定会想起弗拉基米尔来的。可我们也不能忘记了他的解脱之道。他只有自杀才是上策。”

她背过脸去。阿显顿看得清楚，大滴大滴的热泪顺着她的双颊就淌下来了。阿显顿也真感动了。毕竟他的一颗心还没坏透，因而一想到弗拉基米尔将会头上一枪倒在血泊当中，也真是太吓人了。

这些俄罗斯人啊，他们也是多能折腾。

但是当安娜塔西亚·亚历山大洛娃终于战胜了她的感情，重又恢复了理智之后，但见她一本正经地转过脸来，带着那副湿润、滚圆和微凸的眼睛对他说道：

“我们一定得拿准我们这次没有胡来。我会永远也原谅不了自己的，如果我弄得弗拉基米尔自杀了，可我自己却一点儿也不占理。我觉得我们一定得先弄清楚我俩确实是真心相爱。”

“你自己就弄不清楚吗？”阿显顿以一种低沉而紧张的语调问道。“可我能弄清。”

“还是让我们先到巴黎住上一周吧，看看我们能不能合得来。

---

① 这话显系对萧伯纳的一记暗讽，因萧本人便曾写过一部专著——《论易卜生主义的精髓》，但萧也并不谙挪威文。

那时我们就能说准了。”

阿显顿还是有些旧思想的，所以这一建议实在使他大吃一惊。只不过工夫不大。安娜塔西亚真是了不起的。她的思路那么敏捷，而且马上便觑出正在困扰着他的那一瞬间的迟疑。

“你总不至于还是满脑子的布尔乔亚偏见吧？”她在盯问他。

“当然不是，”他赶紧向她剖白自己。他宁愿自己被人当成恶棍也不能当成布尔乔亚。“我觉得这个想法真是再妙不过了。”

“你想想看，一个女人又有何必要非拿她的一辈子来作这种赌注？可一个男人到底是个什么样子，你只有跟他过上一段才能清楚。所以这么来做对她来说也是最讲公平的，这样如果不行的话，想再反悔还来得及。”

“一点不错，”阿显顿完全同意。

安娜塔西亚·亚历山大洛娃可不是那种办起事来拖拖拉拉的女人。如今计划既定，那个礼拜的礼拜六他们便不误时机地动身去了巴黎。

“我不打算告诉他我这次是跟你一块去的。那只会让他伤心。”

“那么着确实不好。”

“如果一周之后我终于发现我这次是搞错了，那他也就无需再知道这件事了。”

“完全没错。”

他俩在维多利亚车站[1]会面了。

“你买的是几等的票？”她问他。

“头等票。”

① 伦敦的始发站之一。

“买得好。父亲和弗拉基米尔出行时总是坐三等车,这是他们的原则。可我坐车好头晕,总想有个肩膀靠靠。这事在头等车里最好办。”

车开以后安娜塔西亚·亚历山大洛娃说她感到头晕,于是便把头靠在他的肩上,他也用手搂住她的腰。

“一点儿也别乱动,行吗?”她道。

等他们登上轮船后,她去了一趟盥洗室,船到加来,她吃起饭来时胃口极佳。再上车后,她脱去帽子,又把头枕在阿显顿的肩上。这时他想看本书了,便拿起本书来。

“你不看书行吗?”她道。“我的头得有个东西支着,可你老是动手翻篇我就会觉得太可笑了。”

最后他们到了巴黎,住进了塞纳河左岸安娜塔西亚熟悉的一家不大的旅馆。她说那里是有气氛的。她看不惯对岸的那些巨大豪华的宾馆;那些地方太俗不可耐了,也太布尔乔亚了。

“我跟你去哪儿都行的,只要那里有个洗澡间。”

她笑了,拧了下他的脸颊。

“你真是英国气得太可爱了。你一周不洗澡就不能活吗?我亲爱的,我亲爱的,你该学习的东西是太多了。”

他们真没少谈,一直谈到半夜:谈马克西姆·高尔基,谈卡尔·马克思,谈人的命运,谈爱情,谈人与人之间的兄弟情谊,一边也不知喝了多少杯俄国的茶;这样天亮之后,阿显顿便不想起来了,早餐想在床上吃点儿,等中午开饭时再起身。但安娜塔西亚不同,她可是个早起的人。人生多短暂啊,该做的事又那么多,八点半才吃早饭已是罪过,再晚(哪怕只再晚一分钟)还能行吗?于是他们坐到了一间灰溜溜的小餐室里,只见那里的门窗大概已有一个月未打开过了。倒是满“有气氛的”。阿显顿问安娜塔西亚想吃什么。

“炒鸡蛋。”

她吃得津津有味。阿显顿已看到了她有着一副极健全的胃口。他猜想这可能也是带民族性的：因为你想象那位安娜·卡列尼娜一个小圆面包一杯咖啡就能顶上一餐午饭吗？

早餐后他们去了卢浮宫，午后又去了卢森堡宫。他们提前吃了晚饭，以便再去法兰西喜剧院；出来后又去了一处俄国的卡巴莱①，在那里他们跳了跳舞。当第二天八点半他们又坐到了那间餐室的原位，而阿显顿再次问起安娜塔西亚想吃什么时，她的回答还是：

"炒鸡蛋。"

"可我们昨天已经吃过炒鸡蛋了，"阿显顿提出异议。

"不过今天再吃又何妨，"她微笑道。

"那好吧。"

这一天度过的方式也与头一天相同，只不过卡纳瓦莱博物馆替换了卢浮宫，集美亚洲艺术博物馆替换了卢森堡宫。但当第三天早上安娜塔西亚在回答阿显顿关于吃什么的询问时又一次提出了炒鸡蛋时，他的一颗心咯噔一下沉了下来。

"可我们昨天和前天一连两天都吃过炒鸡蛋了。"

"那你就想不明白这正是我们今天还要吃它的很好理由？"

"不，我想不明白。"

"难道说你今天早上的幽默感丢失了吗？"她问道。"我是每天都得吃炒鸡蛋的。我喜欢的就是这种吃法。"

"原来是这样，那好那好，所以当然我们还是要炒鸡蛋。"

到了第四天早上他再也无法面对这东西了。

"你还是和往常一样要炒鸡蛋？"

"那当然啰，"她满怀爱意地笑道，笑时两排方方正正的牙齿全

① cabaret，法语：有歌舞表演的餐馆或酒吧。

露了出来。

"那好。我给你还是要炒鸡蛋吧。可我的那份就要煎鸡蛋了。"

笑容从她的唇边消失了。

"是吗?"她停了一下。"你没想过这是太不体谅人了?你认为给厨子增加不必要的麻烦对他们公平吗?你们英国人,你们全都一样,你们总好把用人当机器看。你想过没有,他们也和你一样有心有肝,有肠有肺?你还有什么好奇怪的吗,如果无产阶级的不满正在此起彼伏就是因为像你这样的布尔乔亚这么骇人地自私自利?"

"难道你真的认为英国那里必将爆发一场革命只因为我个人在巴黎吃的是煎鸡蛋而不是炒鸡蛋?"

她已怒不可抑,那个秀美的头颅摇晃得就跟个拨浪鼓似的。

"这个你就不理解了。这个就正是这件事的原则。你认为这只是个玩笑,当然我知道你这是在故意想要逗人笑的。其实我对玩笑的欣赏能力丝毫也不次于别人。契诃夫就是以幽默在俄国闻名的;只是你明白这里面所包含着的意义吗?你的整个态度都是不对头的。这是缺乏感情。如果你也经历过 1905 年彼得堡的事件,你肯定就不会这么讲话了。每当我一想到成批成批的人群正跪在冬宫前面的雪地里,而哥萨克士兵却用机枪在扫射他们,也不管妇女儿童!不,不,不。"

她的眼眶里盈满了泪水,面孔被痛苦扭曲得不成形状。她拿起阿显顿的手表。

"我知道你有着一颗善良的心。刚才你说那话只是因为你没过脑子。我们也不再议论这件事了。你是有想象力的。你也挺能感受事物的。这我知道。你的鸡蛋也跟我的一样吃法,行吧?"

"当然。"

自这以后他每天早上都吃炒鸡蛋了。连那服务员都说了,"Monsieur aime les œufs brouillés ."①一周结束,他们返回了伦敦。一路之上他的一只手总是搂在安娜塔西亚的腰部,安娜塔西亚的头也总是靠在他的肩头,从巴黎到加来,再从多佛到伦敦。(他想起了他不久前刚刚完成的行程,从纽约到旧金山——那可是得五天哪!)当他们再次回到维多利亚车站,站在站台上等出租车②的时候,她也再一次地用她那滚圆、闪亮和微凸的眼睛仔细地望了望他,然后讲道:

"我们的确玩得太有趣了,对吧?"

"太有趣了。"

"我已经完全主意打定。这次实验是正确的。只要你不嫌弃,我将时刻准备着去嫁给你。"

可阿显顿却叫今后这一辈子天天都得吃炒鸡蛋这事给吓坏了。于是将女士扶上车后,立即另叫了一辆赶赴肯诺旅行社,并在购票后匆匆上了一条迅即启航去美的邮轮。所以当那个风和日丽的清晨该船驶入纽约港和欣睹自由女神像时,历来的移民者中,论到对自由的向往和对新生活的渴望,恐怕再没有谁能抵得上船头的这位阿显顿了。

① 法语:先生您特好吃炒鸡蛋。
② 更可能是出租马车。

十六　美商命运

自那次分手后，一晃又是多年，其间阿显顿没再见到过安娜塔西亚·亚历山大洛娃。他听说在二月革命爆发后他们夫妇返回了俄国。也有可能他们会给予他一些支援，因为无论怎么说，弗拉基米尔·西蒙诺维奇也总亏了他才捡回条命，于是他决定立即修书一封，问询他是否可以前去见她。

当阿显顿下楼去吃午饭时，他觉得他已休息过来。哈灵吞先生正在那里等他。就座后，开始吃起桌上的食物。

“请让服务员拿些面包来，”哈灵吞先生道。

“面包?”阿显顿答道。“现在没有面包。”

“可没有面包我吃不下饭。”

“恐怕是你吃不下也得吃了。现在不但没有面包，奶油、白糖、鸡蛋、土豆也都没有。只有鱼和肉了，另外还有些青菜。就这些了。”

哈灵吞先生一下惊得舌咋不下。

“可那是战争期间啊，”他道。

“目前也差不许多。”

哈灵吞先生竟一时说不出话来；但接着又道，“我可以告诉你我将怎么来干。我要抓紧时间尽快把我那业务了结了，然后迅速离开这个国家。我敢肯定哈灵吞太太是不会愿意看到我吃起饭来没糖没奶油的。我的胃口比较娇嫩。我们公司如果知道我在这儿一切享受都被剥夺，他们也不会忍心派我来的。”

工夫不大奥斯博士便走了进来，然后把一个信封递到阿显顿手里。那上面就有安娜塔西亚的地址。阿显顿把奥斯博士介绍给了哈灵吞先生。显然没有多久哈灵吞便对奥斯博士感到满意，于是不需更多啰嗦便直接向哈提到，这就是为他觅到的上等翻译。

“他说起俄文就跟个俄国人一样。可他又是个美国人，所以误不了你的事。我已经认识他相当久了，所以敢向你保证他绝对是信得过的。”

哈灵吞先生对刚才说的非常满意，于是饭后阿便立即告辞，一切由他们自己去商量了。他马上给安娜塔西亚去了封短信，并迅即接到复信说她正在赶赴一个会议，可以顺路前来他的旅馆看他，时间为当晚七时。等她的工夫他不免会惴惴不安。当然他此刻完全明白，他所爱的并不是她，而只是爱的下面一些人物，比如托尔斯泰、陀思妥耶夫斯基、里姆斯基-科萨科夫①、斯特拉文斯基②、巴克斯特③等等；只不知这点她看出了没有。当快八点半的时候她到来后，他提出她最好同他和哈灵吞先生一道去就餐。他心想有一名第三者在场，他们的见面就不至于太尴尬了；其实他的这层顾虑完全是多余的，因为坐下来还没有喝上五分钟的汤他已经清楚看到，安娜塔西亚对他的态度只是冷冷的，跟他对她没有两样。尽管如此，他还是不免心头一惊。因为按照常理，对于一个男人来说，哪怕他再谦虚，这一可能性还是会一时让他难以接受的，这就是，一个曾经爱过他的人此时却对他再没半点热情。当然，他倒也没有把他自家想得太美，认为对方会为此而一蹶不振，消损憔悴了长达五年之久，并因摆脱不了这痴情而几乎不能自持。不过他还是期盼能见到：腮上的一阵红晕、睫毛的一毫跳动或唇边的一丝微颤，而这些全能

① Rimsky - Korsakoff(1844—1908)，俄国作曲家。
② Igor Stravinsky(1882—1971)，俄裔美国作曲家与指挥。
③ Léon Bakst(1866—1924)，俄国画家与舞台设计大师。

泄露出一个人心底的未尽柔情。可完全没这回事。她跟他谈起话来就跟对一个普通朋友那样,多日不见,见了也还高兴,但更多的便说不上,那点亲热也只是纯社交性的。他问起了弗拉基米尔·西蒙诺维奇。

“他一直是让我失望透了。”她回答道。“我从来没有认为他是个聪明人,但我还把他看成个老实人。可人家现在却要有孩子了。”

哈灵吞先生正把一片鱼肉往嘴里放,闻言而突然愣住了,叉子还举在手中,满脸惊奇地盯着她看。这个,再从轻解释,也起码说明,他一辈子从来没看过一本俄国小说。阿显顿,同样稍感不解,也用探询的目光望了下安娜塔西亚。

“我并不是那孩子的妈,”她笑道。“我对这类事情根本不感兴趣。那孩子的妈是我的一个朋友,是一位很有名气的政治经济学作者。我并不认为她的这方面见解有多正确,不过我也绝不否认它的参考价值。她有着一副好头脑,相当好的头脑。”说着她转向哈灵吞先生问道,“您对政治经济学感兴趣吗?”

这一回哈灵吞先生可不免语塞,没有话可讲了。安娜塔西亚讲了一通她自己在这个问题上的见解,接着他们讨论起俄罗斯的局势。她似乎是跟各个政党的领袖人物都有着广泛接触,关系密切。于是阿显顿也就有意想试探一下她有无同自己进行合作的可能。他虽对她有过痴迷,但却并没忘记她乃是一名异常聪明的女性。饭后他对哈灵吞先生讲,他有正事要跟安娜塔西亚商谈,于是将她拉到一间休息室的僻静地方。他告诉了她他必须要办的一些事宜;他发现她不但对此大有兴趣,而且乐意相助。她对搞阴谋热情极高,对掌权尤有酷嗜。当他暗示自己此番携有巨资时,她立即看出她的机遇来了,可以通过他而在俄国的事务上有所作为。这使其虚荣心大炽。她当然是特别爱国的,而她也正如许多其他爱国者那样,心目中总有这么一个观念，即其个人之升迁得势发迹变泰亦必将利其国而阜其民。到两人谈毕分手时，他们业已达成了一项可行的协议。

“那可真是一位相当了不起的女人，”哈灵吞先生道，当他与阿显顿次日早餐碰面时。

“当心别让人家给迷住了。”阿显顿笑道。

不过这可不是一个哈灵吞先生准备在那上头开玩笑的题材。

“我从没有正眼看过一个女人，自从我娶过妻室以后，”哈灵吞先生道，“她的那个丈夫肯定不是什么好人。”

“现在再来一盘炒鸡蛋我可是没有意见了，”阿显顿道，冒出的话跟面前的东西全无相干。而现在也就真的没鸡蛋了，有的只是茶水，但没有奶喝；有点果酱，但又没有白糖。

现在有了安娜塔西亚的从旁协助，又有了奥斯博士的幕后支持，阿显顿已开始投入工作。这时的俄罗斯已是江河日下，国将不国。而克伦斯基，这位临时政府的首脑人物，惑溺沉迷于虚荣矜夸，并不殚精竭虑于国家大事，而是处心积虑去罢官免职，废黜贤能，以求排除异己，保住个人。他不去办事而去发表演说。无止无休地发表演说。一度法国人曾大有对彼得堡发动突袭的危险。克伦斯基还在发表演说。食物的短缺日趋严重，寒冬即将降临，燃料问题已迫在眉睫。克伦斯基还在发表演说。布尔什维克党人已暗地里四下活动，列宁本人就在彼得堡市内，而且据说克伦斯基也明知其所在，但却不敢加以逮捕。他还在发表演说。

使阿显顿忍俊不禁的是，处此一片鼎沸之中而哈灵吞先生竟然行若无事，丝毫不以为意。历史正在经历着翻天覆地的巨大变革，而哈灵吞想的只是他那点事儿。可这点事儿是进行不动的。他被逼得只能向那些秘书下僚纳贡行贿，因为据说唯有如此才能博得大人物的垂青惠顾。他被弄得在他们巨室的前厅一等便是半天,然后便被毫无礼貌地驱出门外。当最后他终于有幸见到这些大人物时,所能得到的也无非是几句空话。他们也对他作过一些允诺,可没过几天便发现那些允诺根本无法兑现。阿显顿曾劝过他,退出这场竞争回美国去算了,可哈灵吞先生却不听劝,他的公司派他前来担此重任,因此他不能打退堂鼓。老天做证,他是决心要干到底的,即使以身殉职也在所不辞。不久安娜塔西亚·亚历山大洛娃也加入进来。一种奇妙的友情竟在这两人间滋长起来。哈灵吞先生认为她是一个极了不起但却受到伤害的女人;他把他的妻子、两个孩子的情况全都告给了她,他把美国宪法全都告给了她;而她这方面,则把弗拉基米尔·四蒙诺维奇也全告给了他,她把托尔斯泰、屠格涅夫、陀思妥耶夫斯基也告给了他。他俩在一起过得快活极了。他对她讲,他实在没法继续管她叫安娜塔西亚·亚历山大洛娃了,那名字长得太绕嘴了;于是他就改叫她迪莉娅吧。此时她已把她的全副精力都投在他的事情上面,于是总是形影不离地双双去见那些可能会对他起作用的要人。但时局已到了不可收拾的严重地步。动乱时有发生,街上很不安全。满载着情绪不满的后备役士兵的装甲车时不时地疯狂般奔驰在涅瓦大街上,车上士兵为发泄其不满往往对过路行人胡乱开枪。一次哈灵吞与安娜塔西亚正在一辆电车里时,流弹竟在车窗爆起花来,吓得他们不得不躺倒在地上。对此哈灵吞的忿怒达于极点。

"这时一个肥胖的老女人一下便压在了我的身上。当我正挣扎着要起来时,迪莉娅一把揪住我的头发喊道,'别起来,你这傻瓜。'"我可受不了你们的俄国方式,迪莉娅。"

"不管怎么说,你给我悄悄呆着吧,"她咯咯地笑道。

"你们这个国家如果艺术再少些,文明再多些,那就好了。"

"你太布尔乔亚了。哈灵吞先生,你不属于知识分子的一员。"

"你可算是第一个说这话的人了,迪莉娅。如果我不属于这知识分子的一员,那我就不知道谁还属于了,"哈灵吞先生不失尊严地反驳道。

接着有一天当阿显顿正在他房间里工作时,门上敲了一下,但见安娜塔西亚悄悄走了进来,后面尾随着的是哈灵吞先生,一副猥琐不堪的神气,阿显顿看出了她很不平静。

"出了什么事?"他问道。

"除非他立即回国,他肯定要死在这儿的。你一定得跟他说说。如果我当时不在场 ,最不愉快的事就发生了。"

"完全不至于的,"哈灵吞厉声说道。"我完全能招呼好我自己的。一点点危险也不会有。"

"到底是怎么回事?"阿显顿问。

"我带了哈灵吞先生到亚历山大涅夫斯基修道院去瞻谒陀思妥耶夫斯基,"安娜塔西亚·亚历山大洛娃道,"回来的路上我们见到一个士兵对一名老妇人粗暴无礼。"

"真是够粗暴的了,"哈灵吞插口道。"这个老妇人正在路边走着,手里提着一篮食物。这时两个士兵赶上前去,其中一个抢了这篮东西就跑掉。那老人连叫带嚷就哭开了。我也听不懂她都讲了些什么,但还是能猜出那意思的。另一个士兵拿起枪来,用枪托直打她头部。我说的对吧,迪莉娅?"

"不错,"她回答道,还不禁笑了。"我还没反应过来,哈灵吞先生已经跳下马车去追赶那抢走篮子的士兵,一把夺了回来,一边还对这两个士兵骂了起来,就跟骂个小偷似的。一起初两人都愣了,几乎不知所措,可接着就发起怒来。我赶紧追了过去,跟他们解释开了,说他是个外国人,他喝醉了。"

"我喝醉了?"哈灵吞不服。

"就是你喝醉了。当然这时一群人已经聚拢过来。看起来情况有些不妙。"

哈灵吞先生笑了,眨巴着他那双淡蓝色的大眼。

"听起来你好像是在训他们,迪莉娅。听你的那讲话就跟看出戏似的一样过瘾。"

"可别再犯傻了,哈灵吞先生,"安娜塔西亚嚷道,一下生起气来,不停地跺脚。"难道你不明白那些丘八要杀死个你还不太容易了,连我也免不了。到时候那围观的人半点也救不了你。"

"杀死我?我是一名美国公民,迪莉娅。他们不敢动我一指头的。"

"他们要找这么位尊贵的人还真不太容易了,"安娜塔西亚·亚历山大洛娃反驳道,这位女士生起气来是顾不到礼貌的。"但是如果你认为这些俄国兵因为你是个美国公民就不敢对你下手,早晚有一天你会有热闹看的。"

"可后来这老妇人怎么着了?"阿显顿问道。

"很快士兵已经走了,我们又回到她那儿。"

"篮子还在手里?"

"不错,哈灵吞是死不放手的。这时她还躺在地上,额角在淌着血。我们马上把她扶上马车。等她稍稍平静下来能开口时,她说出了她的地址,于是我们便把她送回家去。她流血流得厉害,我们费了好大的劲才止住血。"

安娜塔西亚·亚历山大洛娃对哈灵吞先生做了一个怪脸,这时使阿显顿吃惊的是,哈灵吞一下脸就红了。

"这可又是怎么回事?"

"你知道,这时我们没有东西去包扎她。哈灵吞的手帕全湿透了。我身上只有一件东西可以马上利用。所以我就脱下了我的……”

还没等她说完哈灵吞已经拦住了她。

“快别跟阿显顿说你脱下了什么来了。我是一个已婚的人，所以我当然清楚女人都穿戴什么，可我觉得没有必要在一般社交场合提起这个。”

安娜塔西亚咯咯笑了起来。

“那你就必须亲一下我，哈灵吞先生。否则我还是要说。”

哈灵吞犹豫起来，仿佛在权衡此事之利弊，但他看得出安娜塔西亚·亚历山大洛娃是不轻饶的。

“那就来吧，你可以吻一下我，迪莉娅，虽然我必须说我看不出这个会带给你多大乐趣。”

她双臂搂住了他的脖子，在两个颊上都吻了吻，然后一言不发就突然热泪如注。

“你这个勇敢过人的小人儿，哈灵吞先生。你是够荒唐的，但也是够了不起的，”她哭开了。

阿显顿万没想到的是，对此哈灵吞竟仿佛没怎么惊慌。哈灵吞只是对她稍感诧异地淡淡一笑，并温存地拍了拍她。

“好了，好了，迪莉娅，别再动感情了。你吻了后不舒服吧？你太不平静了。你要是再在我脖子上流泪我会得风湿症的。”

这情景可笑透了，但也动人。阿显顿笑了起来，但喉头出现了点哽咽。

安娜塔西亚·亚历山大洛娃走了后，哈灵吞先生陷入沉思。

“他们也真是够怪的，这些俄罗斯人。你知道迪莉娅的做法吗？”他突然冒出了这句。“她冷不丁地就在马车上站了起来，就在大街的中间，两边还有那么多的行人，然后当众就把她裤子脱了下来。她一下撕成两片，一片让我拿着，另一片当了包扎。我一生也没有这么不自然过。”

“给我讲讲你是怎么想起管她叫迪莉娅的？”阿显顿笑道。

哈灵吞先生的脸红了。

“这是个很有魅力的女人，阿显顿先生。她在她丈夫那儿受大冤屈了，所以我自然对她深为同情。这些俄国人是极重感情的，但我不想让她把这种同情误会成别的什么。我跟她讲过，我和我的妻子是伉俪情笃，始终不渝的。”

“你脑子里就没有迪莉娅曾是波提乏①的妻子这回事？”阿显顿问道。

“你想说的那事我不清楚，”哈灵吞答道。“不过我内人常跟我讲我对女人是很有魅力的，所以我觉得如果我管我这位年轻的朋友叫迪莉娅，也许可以更好地表明我的立场。”

“我认为俄罗斯不是你呆的地方，”阿显顿笑道。“如果我是你的话，我早就会溜之大吉了。”

“可我目前是溜不掉的。我得最后使他们同意我的条件才行，再说下周我们就要签字了。那时我自然会打包回家。”

“我很怀疑你们的那签字值不值那张合同的纸钱，”阿显顿回答道。

他最后终于制订出了一套作战方案。他花费了二十四个小时的艰苦劳动才把这个材料编成密码电报发给了派他来彼得堡的那些领导。方案获得批准，他所需要的资金也都答应付与。阿显顿明白，他将一事也干不成除非目前这个临时政府能再维持上三个月；

① 波提乏为埃及法老之护卫长，买约瑟为奴，波提乏之妻以色相引诱约瑟不成反诬约瑟调戏于她，波提乏遂囚约瑟于监。（见《圣经·旧约·创世记》第39章）事实上迪莉娅（《圣经》译作大力拉）并非波提乏之妻，详见第270页注释①。

可冬天已经在即,食物的短缺日益严重。军队哗变时有所闻。和平的呼吁已喊破天。每晚阿显顿都与Z教授在欧罗巴酒店饮上一杯咖啡,商讨一下如何充分调动起那几名忠诚的捷克人的积极作用,以襄盛举。安娜塔西亚·亚历山大洛娃在某僻静地区的一处住房遂成了他与各色人等的碰面议事之所。种种计划之制订,措施之采取也多在这里。阿显顿有着大量的工作要干:辩论、说服、许诺、不一而足。他不得不克服纠正这个人的犹豫动摇,斗争那个人的怯懦畏缩。他得判断谁谁才是坚决果敢,谁谁是过于自信;谁谁忠诚可信和谁谁意志不坚。他对俄罗斯式的空话连篇得耐住性子,对一切讲起话来从不着边际的人也绝对不能发火;他对无论什么瞎吹乱唠、胡搅蛮缠全都得耐心静听,留点耐性。他还得提防别给人出卖。傻子的虚荣心还得去维持,野心家的贪婪还得去防止。时机已刻不容缓。可谓谣诼四起,愈形猖獗,而且大都是关于布尔什维克的。克伦斯基已吓破了胆,只知到处乱窜。

致命的一击终于到来。正是在1917年11月7日夜,布尔什维克上台了,克伦斯基的部长们遭到拘捕,冬宫横遭洗劫;权力的缰绳已掌握在列宁与托洛斯基的手里。

安娜塔西亚·亚历山大洛娃一大早便冲到阿显顿旅馆的房间。阿显顿正发着一份电报。他一整夜都没睡,先在斯摩尔尼宫,后在冬宫。他已疲倦透顶。她进门时脸色煞白,炯炯有光的棕灰色眼睛里透着悲惨。

“听说了吧?”

他点了点头。

“一切全过去了。据说克伦斯基已经跑了。连反击都没反击。”她气坏了。“小丑一个,”她喊叫道。

这时门边敲了一下,安娜塔西亚立刻惶恐起来。

“布尔什维克手上有着一份待决之囚的名单。上面就有我的名字,可能你的也在那上头。”

“如果是他们,想要进来一转把手还不就行了,”阿显顿笑道,只是心窝那地方微有股子古怪的不舒服,“请进。”

门开了,走进来的是哈灵吞先生,精干利索得跟往常一样,短黑外衣、条纹裤子、皮鞋擦得锃亮,头戴他那圆顶礼帽,见到安娜塔西亚后,他立即脱掉。

“哎呀,谁想得到这么早就在这儿找见了你。我出门后就去找你。我想告诉你我的消息。我昨天晚上就找过你,可没找见。你没有回来吃饭。”

“我当时正在外面开会。”阿显顿答道。

“你们两个都得祝贺我。我昨天得到签字了。我买卖做成了。”

哈灵吞先生此刻真是容颜焕发,光可鉴人,恰恰是踌躇满志的化身,一只得胜的斗鸡的架势,可他得到的只是安娜塔西亚的一阵歇斯底里式的刺耳笑声。他不禁大惑不解起来,呆呆地望着她道:

“这可是怎么啦,迪莉娅,出什么事了?”

安娜塔西亚一直笑到泪流干了,接着就真正不假地抽泣起来。阿显顿替她解释道:

“布尔什维克推翻了政府。克伦斯基的部长们也都蹲了监狱。布尔什维克已开了杀戒。迪莉娅说她的名字就在那黑名单上。你那部长昨天给你签了字,因为他们明白他们再干什么也无所谓了。你的那些合同一文也不值了。布尔什维克很快就要同德国人议和。”

此刻安娜塔西亚已恢复了自制,这个她失去得快,回来得也快。

“你最好立即离开俄国,越快越好。哈灵吞先生。现在这里已不是外国人呆的地方。没准再过几天,你就是想走也走不成了。"

哈灵吞先生看看这位,望望那位。

"我的天哪!"他道。"我的天哪!"他觉着这太不对劲了。"难道你们是想告诉我说,那位俄国部长是在耍我?"

阿显顿听了只是摇头。

"谁能说得准他到底是怎么想的?如果他幽默感强,他也许会觉着这事够滑稽的,昨天还一签就是合同五千万,明天就要靠着墙去吃子弹。安娜塔西亚·亚历山大洛娃是对的,哈灵吞先生,一有车你就赶紧去瑞典吧。"

"那你怎么办?"

"我是什么也再办不成啦,我已打了电报过去请示,一得到批准我就马上离开。这回布尔什维克赶到我们前头去了,我的那些同伙也只能甩下不干了,保命要紧。"

"鲍里斯·彼得洛维奇今早被枪决了,"安娜塔西亚·亚历山大洛娃皱着眉头说道。

他们全向哈灵吞先生望了望,而他自己则凝视着地板。他对他自己的一番成就之感破灭了,像一只被戳破了的气球。但只一刹那,他又昂起头来。他对着安娜塔西亚笑了一笑,但却使得阿显顿第一次注意到,原来他的一笑竟也会(仁厚之外)异样地动人,那一笑能完全解除掉对方的武装。

"如果布尔什维克要捉拿你,迪莉娅,何不找我来求保护?我会照护好你的;如果你想去美国,我敢说哈灵吞太太肯定会竭尽一切来接受你的。"

"我是能够想得出哈灵吞太太的那副脸色的,一旦你抵达费城时身边还带着一名俄国女逃犯,"安娜塔西亚大笑道。"到那时,我担心你再多上几张嘴恐怕也解释不清楚了。不。我还是留在这儿。”

“可你在这儿是要出事的。”

“我是个俄国人。这儿就是我该呆的地方。当我的祖国最需要我的时候,我是不能抛开她不管的。”

“你净胡扯了,迪莉娅,”哈灵吞先生平静地道。

安娜塔西亚刚才讲那话的时候是满腔深情的,此时却猛地一转,突然以带嘲弄的眼神瞅了他一眼。

“可我心里明镜似的,那话半点假不了,我的参孙①,”她回答道,“跟你说实话吧,那时我们可有得好活了,上帝知道将会发生什么,但是我也倒想见见这个;我一分钟也不想误了这个。”

哈灵吞先生听了只是摇头。

“好奇是你们女性的最大的祸害,迪莉娅,”他道。

“快回去打包裹吧,哈灵吞先生,”阿显顿笑道,“然后我们就把你送去车站。再晚,车站就要给包围了。”

“那好极了,我也巴不得能早回去的。而且走了也没有什么可后悔的。自从我来到这儿,我就没吃过一顿像样的饭。我经历了我从来没有梦想过会经历的事:喝咖啡没白糖,吃面包没奶油(如果总还走运弄到一块黑面包的时候)。我要把受的这种罪告诉我太太时,她会相信吗?这个国家缺的就是组织工作。”

他走了以后,阿显顿与安娜塔西亚·亚历山大洛娃讨论了一下时局。阿显顿的情绪是低沉的,他的一切精心设计至此已全成了泡影,但安娜塔西亚倒还相当激动,她对这场革命的将来结局作了种

① 《圣经》中的人物,以色列人的大力士师(Judge),以神勇著闻,后被一名叫迪莉娅的女子出卖给非利士人,致遭到后来的殒灭。事见《圣经·旧约·士师记》第13—16章。安娜引用这个是想说,真要是把她自己带去美国她本人岂不成了出卖哈灵吞的凶手,就跟迪莉娅一样?接下来她的一段话,也都是顺着这个往下说的,当然全是“打哈哈”性的话语。

种预测。外表上她装得挺严肃的,但内心之中这眼前的一切也只不过是一出戏。她所追求的是发生更多更多的事。这时门边又是一响,还没等阿显顿应上一声,哈灵吞先生已经冲了进来。

“这个旅馆的服务也太不成话了吧!”他大声喊道。“我把我那铃铛摇了十五分钟而居然还没人应。”

“服务?”安娜塔西亚扯着嗓子叫道,“旅馆早就一个用人也没了。”

“可我得要回我送洗的衣服。旅馆答应昨天晚上就取回来。”

“我担心你很有可能是再也取不回来了。”阿显顿说。

“不取回衣服我不能走。四件衬衫、两身连衫裤、一套睡衣、四个领子。我得要回这些。没了这些我不出旅店的门。”

“别胡涂了,”阿显顿嚷道。“你现在该做的就是趁还能走的时候赶紧走掉。如果没有用人给你取回来,你也只有丢下算了。”

“恕难从命,先生,这种事我干不来。没人去取我就自己去取。我在这个国家里早就忍受够了。我不能把四件高级衬衫留给那些肮脏的布尔什维克去穿。不,先生。不弄回衣服我不离俄国。”

安娜塔西亚·亚历山大洛娃本来在眼盯着地,这时突然一笑抬起头来。这时给阿显顿的感觉是,她身上仿佛透露出了她对哈灵吞毫无益处的一意孤行的某种感应。也许按照她那个国家的人的理解方式,她明白了此人如弄不回他的衣服他还真的会不走了。他的固执取得了某种象征性的价值。

“我现在就下楼去看看有没有谁知道那洗衣店的地址,然后陪你一道去弄回衣服好把你打发掉。”

哈灵吞这下一颗心放下来了。对此,他报之以他的那种几乎可以降服人心的甜美一笑。

“这可是冲破天的大人情了,迪莉娅。这回不论说了还是没说,我都会照样取回来的。"

安娜塔西亚下楼去了。

"喂喂,说说你对目前的俄国是个什么看法?"哈灵吞先生问阿显顿。

"我烦透了他们。我烦透了托尔斯泰,烦透了屠格涅夫,烦透了陀思妥耶夫斯基,烦透了契诃夫。我烦透了知识分子。我想要的是那些什么时候也有他自己看法的人,说了话过后还算话的人,那些他的话你能信得过的人。我最见不得那些漂亮句子、冠冕堂皇、装腔作势。"

受时代恶习之感染,当阿显顿也正准备大作其讲演时,他突然被一阵响声打住,那响声正像豆子打在鼓上似的,在此异乎寻常的寂静无哗的城市当中,这些声响来得怪而突然。

"什么声音?"哈灵吞先生问道。

"放枪呢。我认为是来自河的对岸。"

哈灵吞先生带滑稽地瞅了瞅。他笑了,但脸色有点苍白;他不想听到这个。阿显顿也不怪他。

"我确实该上街了。光我自己倒也没什么 ,可我是个有老婆孩子的人。我这么多日子没接到她一封信了当然有点放心不下。"他停了一下,"我真巴不得你也能见着她。那可是个了不起的女人。一个男人在世上再难碰到的一个女人。这次来这里不说了,除此之外,自从结婚以后我就从没有离开过她三天。"

安娜塔西亚回屋了。她找见了那地址。

"离这儿就是个四十分钟的路,如果现在就走,我可以跟你去。"

"现在就可以走。"

"你可得提防着点儿,"阿显顿提醒他道。"今天街面上恐怕不会太平静的。”

安娜塔西亚盯视了一下哈灵吞。

“我一定得要回我的衣服，迪莉娅，”他道。“我永远也要平静不下来的，如果我带不走我那衣服。我老婆会唠叨我一辈子的。”

“那就走吧。”

他们出发了。阿显顿又接着干起他那枯燥业务，把他该向上面汇报的零七碎八的消息都打进一份相当复杂的电报密码里，这材料还挺老长的，此外并对自己的行止加以请示。这个是机械活儿，可容不得你有半点走神。错上一个小小的数码，整个句子没准儿就看不懂了。

正忙的工夫，门一下给踢开了，安娜塔西亚冲了进来。她帽子也不见了，气儿也喘不过来了，头发更乱成了一团。眼睛简直快从脑袋上崩出来了。她显然激动紧张得不成样子。

“哈灵吞哪儿去了？他没在这儿？”

“没有。”

“没在他自己房间？”

“这我不知道。喂，是怎么回事？我们一块找找他吧，如果你觉着必要。他怎么没跟你在一起？”

他俩穿过楼道，敲了敲哈灵吞的房门；没有人应；转了转把手；门锁着的。

“他不在这儿。”

俩人又返回阿显顿的房间。安娜塔西亚往椅背上一靠，就不想再动了。

“快给我杯水喝。我气儿也快上不来了。我跑垮了。”

她喝了阿显顿给她倒的水，然后突然抽泣起来。

“但愿他没出事。如果他有个三长两短我永远也无法原谅自己的。我原以为他早回来了。他衣服拿到了。我们找着了地方。只有一个老妇人在那儿,她不想让我们取回,但我们非取回不可。哈灵吞发了大火了,一切原样没动。跟送去时一样。他们原来答应昨晚就洗好送回的,可还在哈灵吞自己打的那个包裹里头。我说了,这就是俄国。哈灵吞回答说他宁可要那有色人种。我把他带到了小路上去,认为那里更安全些,然后就往回走。我们从一个街头开始走的,街尾的地方看到了 一小群人。其中一个人正在当众演说。

"'让我们过去听听,看他正在说些什么',我提出。

"看得出人们辩论起来了。情形非常激烈。我想弄清是怎么回事。

"'别过去了,迪莉娅。操心自己的事情吧。'

"'你先自己回旅馆去打行李包吧。我想过去瞧瞧热闹。'

"我顺路跑了过去,这时他还跟在后头。那里大概有二三百人,一名学生正在对着他们讲话。那里有些人是工人,也正在叫喊着反对他。我爱看吵架,就挤进人群里去。突然间我听到枪声大作,而且还没等人们反应过来两辆装甲车就冲了过来,车上的士兵一路就放开枪了。我也不明白为何要放枪。为闹着玩,我猜想,也或许是因为酗酒生事。可一下子人群就散了,只顾各自奔命。我找不见哈灵吞了。我弄不清他怎么不在这儿。你认为他会出事吗?"

阿显顿一时说不出什么。

"我看我们还是出去找找他吧,"他道。"我不明白他怎么就舍不得那几件衣服。"

"我能了解,能清清楚楚地了解。"

"那是个安慰,对吧。"阿显顿没好气儿地讽刺道。"走吧。"

他穿好外衣戴上帽子就跟她下了楼。旅馆静得令人奇怪。他们上了大街。周围连个人影也见不到。他们沿路走着。街上没了电车。偌大个城市此刻寂静得好不吉利。店铺也家家关张。这时当一辆汽车以那玩命的速度忽地冲过来时简直会把人吓得心惊肉跳。路上行人见之更是避之唯恐不及,一脸惊惧,情绪低落。当他们不得不穿越一条主干道时他们加快了步伐。那里人众不少,茫茫然地彳亍街头,不知下一步该干什么。后备役士兵一身破旧灰衣,正三五成批地走在街心。他们什么也不言语,活像一群失散的羊在寻其牧人。接着他俩赶到了安娜塔西亚从那里赶回来的那条街,只不过方向相反。这时只见沿街的一些窗户玻璃已被流弹打碎,而且里面的人早已跑光。你甚至不难说出他们的逃亡的方向,因为东西丢得一地都是,都是慌忙逃跑时顾不上的,书籍呀、鞋帽呀、女人的提篮背包呀,等等。安娜塔西亚拉了卜阿显顿让他去看:人行道上还坐着个头已沉到膝盖上的老妇人,可人已死去。不远处两个男的也跌倒在一起。他们也都死去。那些未死而伤着的,可以料想,不是已经支撑着离去了就是其友人已将其运走。接着他俩发现哈灵吞了。他的圆礼帽已滚到沟里。他面朝下地倒在血泊之中,一副秃头,森然骨露,颜色惨白,那整洁的黑色外衣也已弄脏,沾满泥水。但他的一只手还紧紧抓住那个衣服包,内含四件衬衫、两身连衫裤、一套睡衣和四个领子。哈灵吞先生到底没有对衣服包松手。

(2012.3.16 上午译毕

4.16 中午校毕)

译后余墨

翻译既毕,责编嘱我写点带介绍性的文字,以供读者参考。意见正确,义不容辞。但因年迈不能再作长文。恕我只能简略谈谈。

如果有人问我,你译者本人对此书的看法是如何,它写得好吗以及好在何处?那么我的回答将是,它当然是一本写得很不错的书,好的地方很多,但为了节约篇幅,这里只准备谈一个问题,即作者确实写出了一部很成功的间谍小说,并因写得较早,在这方面还带有开创的性质。所以说写得成功是因为,这种小说是很难写,甚至可说特别难写,而困难的原因就在于,写这种作品所需要的生活与体验一般无处去寻,除非作者本人便曾是此道中人,但即使是如此,并有过其切身实际的经验,这种经验也未必便一定能提供他多大便利,这又是因为谍报工作本身便常常是机械单调枯燥乏味的,不是材料来源的丰富供应场所。其次,参加者的活动是受着严格限制的,无论在材料来源、采集范围、来往关系、接触机会、出入场地等等方面,他是享受不到太多自由的。情报工作的性质本身便天然产生出它的许多特点:保密性大、透明度低、隔离性强、联系方式的有限与单调以及分工上的过窄过细等。正因这样,一名参加者由于其上下左右周围己方与敌方的过多过繁的重重限制,其个人的了解内容与范围便常少得可怜,对不少情况都是只知其一,不知其二,只知道这段,而不知道那上段、中段、下段,更不必说那全过程。孤陋寡闻正是情报人员的一大本质特点。处在这种情况下,情报小说好写吗?更不必说能写好。别的不说,只趣味性一项便无法解决。这类小说的故事性与趣味性只可能是极弱的,没有多大读头与写头。这时若想写好，其面临的困难必将是多重的。首先，那趣味性将如何解决？即使说这个问题已解决了，那真实感会是如何，可信性又将怎样，也都不是好处理的，原因是这几者之间常常是不一致的，彼此排斥，互相矛盾。比如说吧，没有趣味当然没有读头，但有了趣味便有真实感吗？有了真实感便有可信性吗？实际情况并非简单如此。趣味是必要的，但趣味不能脱离真实，真实也未必一定可信，而可信也不能代替趣味。即使是三者全都齐备，也还存在着一个现实的或历史的真实的问题，也还存在着一个艺术上的真实的问题，也还存在着一个读者的口味的变化的问题，也还存在着一个国家利益或政治影响的考虑的问题（例如本书中的若干章节，特别是其最后一章便可明显看出这一问题），甚至还存在着更多的意想不到的问题……在这种情况下，一部谍报小说仍能写得精彩，其所面临的难度之大与其成功是不易也就不难想见。上面说了，这本书写得不错，这一看法的得出正是基于对上述诸多因素的协调与解决的情况的充分考虑。

这些话可能有些读者看后并不太以为然。虽提不出太多异议，但总是觉着这本书也未必便像其译者所说的那么神奇，另外对其艺术成就也不无相当的保留。他们还是认为，在想象的发挥与趣味的丰富等方面，晚出的一些作品可能已经后来居上，超过了这部所谓的间谍小说经典。译者本人知识不够，难以遽下判断。他只想在此提出一个问题，即是，那许多被认为更优秀些的作品在前述一系列的矛盾（实亦即一组标准）的考验方面都能否经得住和通得过？如果都能的话，当然再好不过，但如若不然，那便是另一回事了。这许多作品尽管其内容更为丰富热闹，声势规模也非同一般，而且人物众多，情节复杂，头绪纷纭，现象离奇，甚至其语言也都不坏，但其中一切人与事件的发生与出现都净是些无厘头的东西，莫名其妙的怪象，净是些其来无由，其去无因，其存其亡，其出其没，全都是既无迹可寻，无踪可追,而且也常没有定准,其发生纯属偶然,其显现更无道理,再有其间的一切都很少因果关系,时与地的安排经常出现错乱,发展没有过程,动作不见动机,桩桩不近人情,事事不合逻辑,件件又都违背人性,至于对时代、国情常识、科学等更多的违反就更不必提了。那么请问即使其优点长处特色美德再多,又将有何可贵!所以毛姆此书之高明与一般这类小说之一般,说到底,不正是在上述那些矛盾的处理上而见出分晓?更不客气些说,是向壁虚构、闭门造车呢,还是一切以事实为根据和以事实为依归。在这方面毛姆确实可说已尽了位小说家之能事,做了一名文士之所能为与所应为。试想居今之世,生逢科技已如此发达的时代,而又身处于各种制度都如此完备,各种管理与限制又如此周密严格的环境之中,一名做谍报的而仍然怀着可以横空出世、超绝一切的幻想,而仍然大做其行动举止可以不受任何限制,处处如入无人之境的美梦,这样的英雄还有其以求一逞的哪怕很些微的可能性吗?尤其是他的那种无人不知无事不晓,无时与无处不在和不大露其嘴脸的形象实在是太令人难耐了。能得人好感吗?恐怕也只能取憎与取辱而已。而专写这类英雄的作者们也最好能再去读读塞万提斯吧。毛姆缺乏想象。是这样吗?问题恐怕不是这一能力的有或无甚至多和寡,而是谁在这一本领上的发挥的质量为如何,是谁把它用得更合分寸,更适场景和更是时候与地方。不错,毛姆此书的一些场面也许不是那么轰轰烈烈,但它却是一部完美的书,一部站得住的小说,一部近情合理、可信耐读的和趣味盎然的作品,既有其事实依据,也不乏想象的发挥,更不违背艺术的与历史的真实。此外其英国风情十足,文学意味亦丰厚浓郁,大有观赏价值。至于这位故事大师(wonderful raconteur)在写作技巧、叙事本领、人物刻画、语言运用等方面的诸多长处,这里就不一一缕叙了。

下面是关于此译稿的一件小事了。这部译稿是我近一年来完